认知中华传统美德的意义和价值 并不断赋予其新的时代内涵

百善孝为先

传统美德

谢寒梅◎著

修德之本——中华文化源于易而成于孝，
孝即是道——孝合乎自然的道理，做人的根本
百善孝为先——以孝道为根本，来修身、齐家、治国推及平天下！

台海出版社

图书在版编目(CIP)数据

百善孝为先 / 谢寒梅著.--北京:台海出版社,
2015.7

ISBN 978-7-5168-0646-3

Ⅰ.①百… Ⅱ.①谢… Ⅲ.①孝–中国–通俗读物
Ⅳ.①B823.1–49

中国版本图书馆 CIP 数据核字(2015)第 159266号

百善孝为先

著　　者：谢寒梅

责任编辑：俞滟荣
装帧设计：虞　佳　　　　　　版式设计：通联图文
责任校对：李　雯　　　　　　责任印制：蔡　旭

出版发行：台海出版社
地　　址：北京市朝阳区劲松南路 1 号　邮政编码：100021
电　　话：010-64041652(发行,邮购)
传　　真：010-84045799(总编室)
网　　址：www.taimeng.org.cn/thcbs/default.htm
E - mail：thcbs@126.com

经　　销：全国各地新华书店
印　　刷：北京柯蓝博泰印务有限公司
本书如有破损、缺页、装订错误,请与本社联系调换

开　　本：710mm×1000 mm　　　1/16
字　　数：230 千字　　　　　印　张：18
版　　次：2015 年 8 月第 1 版　印　次：2015 年 8 月第 1 次印刷
书　　号：ISBN 978-7-5168-0646-3

定　　价：36.00元

前言

①

子曰："夫孝,德之本也,教之所由生也",意思是说,孝道是道德的根本,是教化产生的基础。孝是中华民族的传统美德,是人伦道德的基石,是中华文化中的瑰宝。

自古至今,人人皆道"做人以孝为本"、"百善孝为先"。《孝经》云:"孝子之事亲,居则致其敬,养则致其乐,病则致其忧,丧则致其哀,祭则致其严,五者备矣,然后能事亲。"人来到这个世界,父母的恩德最大,知父母恩、感父母恩和报父母恩是自然的孝亲过程,是做人的大根大本,这也是古人所说的"孝亲为大"的道理。

但凡有心的人,都会将"孝"当成一种责任、一份义务。《诗经》云:"蓼蓼者莪,匪莪伊蒿。哀哀父母,生我劬劳。"不管你的成就如何,不管你是莪菜还是蒿草,父母养育你的劬劳之恩,必不可忘,在他们有生之年,你必当及时报答养育之恩。这样,你才无愧于父母且有益于后人。

②

孝,作为一种基础道德,它与公民道德的各个要素之间有着内在的联系。先有孝而后才有忠、有仁、有义、有悌,不孝乃人之大恶,这一点,我们应该很清楚。试想一下,一个人若连生他养他的父母都不爱,怎么能指望他去爱别人,进而热爱人民呢?

古代《孝经》曾对实行"孝"的要求和方法也做了系统而繁琐的规定。它主张把"孝"贯穿于人的一切行为之中,"身体发肤,受之父母,不敢毁伤",是孝之始;"立身行道,扬名于后世,以显父母",是孝之终。今天的我们虽然不需要事无巨细地按照古人的标准来实施,但是我们谁也不能否认,人世间一切的爱都需要从爱父母开始。正如《礼记》所云:"仁爱、守礼、正义、信实、自强等行为,皆本于孝道"。中国的孝道,是"以人为本"的"人本主义",是家庭美德的核心,社会公德的根基,社会稳定、国家发展的一种精神动力。从敬爱父母进而尊敬长上,爱护人民以至于爱护万物,对父母孝敬、对兄弟亲爱、对他人礼让才会自然生出敬爱之心。"君臣有义,朋友有信"才是有根之木、有源之水。这也是古人所说"忠臣出孝子之门"的道理所在。

中国古代的帝王们多以孝治天下。父母死后,子女按礼须持丧三年,期间不得行婚嫁之事,不预吉庆之典,任官者必须离职。因特殊原因国家强招丁忧的人为官,叫做"夺情",从名称即可以看出,不守孝是何等不近人情。

而现代企业管理中,"孝"也已经成为绝多大数企业家对员工的要求,甚至作为企业管理的一个准则,选择人才的一个基石,试想一个连自己父母都不孝顺的人,又怎么指望他给团队带来和谐、忠诚,又如何懂得尊重客户、团结同事呢?

由此我们可以看出,今天的社会也许比以往更加需要信仰和原则。而对父母长辈、兄弟姐妹的爱惜之情,本身是一种心情自然产生的情感,亲人之间的关系如何处理,也是普遍存在的问题,孝道作为一种伦理思想,是永远不会过时的。

3

本书将传统孝道与现代生活相结合,针对孝的内涵和外延进行分析,通过古今中外的小故事来帮助读者进一步理解"百善孝为先"的含义。不管时代如何变迁,"孝心"永远不应该被人们淡化,因为这不仅仅是天性使然,更是我们与生俱来的责任。

作为21世纪的栋梁之才,让我们大家都先从孝敬父母长辈开始,学会助人和奉献,学会做人和处世。这不仅体现出一种社会文明,更是自己的品质折射,是为人处世的第一准则。

目录

第一章

百善孝为先

——孝是一切美德的基石

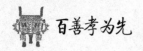

1.礼仪之邦兴于孝

　　中国有首名为《劝孝歌》的古诗:"人不孝其亲,不如禽与兽。"语言虽然很直白,但是却蕴涵着很多深刻的道理。一个人,不论他生于什么样的家庭,也不论他将来的地位有多大的变化,只要他的父母还健在,那么他就有尽孝道的义务,这也是人之所以为人的根本。

　　我们经常说"乌鸦反哺,羊羔跪乳",我们赋予动物一种孝心的品格,也以此来教育孩子们要懂得孝敬父母。为什么"孝"是所有品德当中人们最看重的呢?且不说"身体发肤,受之父母"的生育之恩,多年来的养育之情,也足以解答这个疑惑。

　　孔子说一个人有没有学问,就在于这个人能否对父母尽孝,对兄弟姐妹、亲朋好友乃至陌生之人是否友爱。孝敬父母、关爱他人的人都有着深厚的感情和仁爱之心,"而好犯上者鲜矣",这种人是不会危害社会的。

　　"孝"是一种爱的回报。父母对子女总是无私地付出,并且无怨无悔,仿佛儿女成长中一棵枝繁叶茂的大树,为儿女遮风避雨,为儿女抵挡烈日风霜。父母如同大树,总在无私地奉献着,你的忧伤便是树的忧伤,你的快乐便是树的快乐。儿女在为自己的事业、自己的家庭忙碌时,总是无暇顾及父母;可当出现变故、陷入困境时,首先想到的则是向父母求救。如果我们都是这样只知道索取,却从不知道感恩和回报,那么人生就变得自私丑恶,社会也会变得冷漠无情。

　　《庄子》中曾记载:"子之爱亲,命也,不可解于心;臣之事君,义也,无适而非君也,无所逃于天地之间。""是以夫事其亲者,不择地而安之,孝之至也。"孟子也讲:"孰不为事,事亲,事之本也。"

　　远在2000多年以前的周朝,在中国的北方有一个偏僻的小山村,村中住着一个叫剡子的少年。剡子个儿虽然不高，却很机智勇敢，又特别孝敬父母，村里的大人、小孩都特别喜欢他。剡子常常对村里人说："父亲母亲生养了我，把我养大不容易，我要像父母爱我那样爱他们。"剡子不仅是这样说的，也是这样做的。

随着时光的荏苒，剡子一天天长大了，他越发变得懂事，知道自己应该为父母分忧。他每天天刚蒙蒙亮就起床，帮助父母担水、做饭、打扫院落，侍候父母起床，帮助他们上山去打柴。

有一年赶上闹灾荒，田里收成不济，日子越发艰难，父母忧急交加，一时心火上攻，双双眼睛失明，这可急煞了小小年纪的剡子。为了给父母治病，剡子每天半糠半菜地侍奉双亲充饥，到处求人，寻医问药。

一天，剡子到深山采药，路过一座庙宇，便进去讨口水喝。他见方丈童颜仙骨，就向他请求治疗眼疾的药方。老方丈问明缘由，沉吟一下说："药方倒有一个，恐怕你采不来。"

"请说，我舍命去采！"

"鹿奶可以治眼疾。"

剡子听了，立即叩头谢过老方丈，飞步赶往鹿群出没的树林中。这里的鹿确实不少，可它们蹄轻身灵，一见有人靠近，就一阵风似的飞快逃去。

怎样才能弄来鹿奶呢？剡子绞尽脑汁，昼思夜想。

一天，他见村东头猎户家的墙头上晒着一张鹿皮，忽地眼前一亮：把鹿皮借来，披在身上，扮成小鹿的模样，不就能悄悄接近鹿群了吗？

于是，剡子迫不及待地走进猎户家，说明来意。好心的猎户欣然把鹿皮借给了他，还指点剡子如何模仿小鹿四肢跑跳的动作。经过多次演练，剡子竟然举手投足都像一只活脱脱的小鹿。

第二天，剡子用嘴叼着一只木碗，悄悄地蹲在树林里。待鹿群走近时，披着鹿皮的剡子像一只小鹿似的不紧不慢地凑到一只母鹿身边，轻手轻脚地挤了满满一木碗鹿奶。直到鹿群走开了，他才站起身来，捧着鹿奶直奔家中。

打这以后，剡子多次用扮成小鹿的办法去挤母鹿的奶汁。有一天，他又上山去挤取鹿乳，没想到一个猎人却把他当成真鹿了，在要射杀他的时候，郯子急忙走出来，告诉了猎人真相，猎人大受感动。郯子的孝名也因此被传播开来，乡亲们都夸奖郯子是个孝敬父母的好孩子。

郯子父母由于常常喝到鲜美的鹿奶，营养不良的身体一天天强壮起来。后来，失明的眼睛果然奇迹般地恢复了视力。

古人讲"求忠臣必于孝子之门"，一个人对父母家庭有真感情，如出来为天下国家献身，就一定有责任感。换言之，忠就是孝的发挥，就是扩充了爱父母的心情，爱别人，爱国家，爱天下。

汉文帝刘恒是汉高祖刘邦的第三个儿子，他是嫔妃所生，原本不是太子，后来因为孝顺贤能，而被群臣拥立为皇帝。

汉文帝即位后，有一年，他的生母薄太后病了，他十分体贴地侍奉，从不懈怠。薄太后卧病三年，他每天都去探望，衣不解带地在旁边照顾，每次看到母亲睡了，才趴在母亲床边睡一会儿。母亲所服的汤药，他都要亲口尝过后才放心让母亲服用。

汉文帝孝顺母亲的事，在朝野广为流传。人们都称赞他是一个仁孝之君。有诗颂曰："仁孝闻天下，巍巍冠百王。母后三载病，汤药必先尝。"汉文帝的仁孝传遍了四方，感化了所有的官员和百姓。

汉文帝共在位24年，他一直很注意发展农业，用德治国，非常注意教化百姓孝顺。因此，他在位期间，西汉社会稳定和谐，人丁兴旺，经济也得到恢复和极大的发展。在历史上，他与汉景帝的统治时期被共同誉为"文景之治"。后人为了纪念文帝的伟业和仁政以及他的孝道，人们将其列为《二十四孝》之第一孝。

自古道"久病床前无孝子"，而刘恒却能做到三年如一日，万事孝为先。父母的付出远远比山高、比海深，怀着一颗孝心，去看待社会，看待父母，看待亲朋,你将会发现自己是多么快乐。

百善孝为先,原心不原迹,原迹贫家无孝子,所以说,孝的止境,在于以父母待你之心回报,无论何时何地,无论贫穷富有,孝由心生,不由外物。《孝经》云:"用天之道,分地之利,谨身节用,以养父母,此庶人之孝也。故自天子至于庶人,孝无终始,而患不及者,未之有也。"

东汉时,有一个人名叫黄香,很小的时候,他就知道亲近孝顺父母。

在他九岁时,母亲去世了,父亲一人来养育他。他深知父亲的辛苦,对父亲倍加孝顺,一切家务活都由他一个人承担。别的小孩子在玩耍时,他在家里劈柴做饭,好让父亲有更多的时间休息。

夏天的时候,天气炎热,黄香的父亲干完活,坐在院子里乘凉。黄香就用扇子把床扇凉,然后伺候父亲上床就寝。冬天,天寒地冻,他先用自己的身体把被窝暖热,才让父亲躺下睡觉。日久天长,黄香对父亲的孝道深得乡邻的称赞。

在黄香12岁时,江夏的太守称他为"至孝",汉和帝也曾嘉奖过他。长大后,人们推举黄香当地方官。黄香担任太守时,体恤百姓们的饥苦,爱护子民,为百姓谋利。有一次,黄香出任太守的地区遭受了特大水灾,他毫不犹豫拿出自己历年的俸禄,赈济受灾的百姓;同时上奏皇帝,请求减免百姓当年的税务。百姓们都十分爱戴这位爱民如子的好官,在当时流行着这样的一句话:"天下无双,江夏黄香。"

孝顺是发自内心,由衷而出的。孝不仅是形式,更重要的是在于内心。一个人总强调正己,而正己的伊始要从回馈父母开始,孝为百德的先行,如果尚不知爱父母,没有德行的人绝难成事。

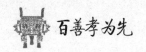
2.孝是一切美德的基础

"德"是什么？德是道的相,道是德的体。道,虽然我们看不见摸不着,可是它能显现出来,显现出来就叫德。我们人类把道人格化了,也就是儒家讲的八德:"孝悌忠信礼义廉耻",而八德就是人格化的道。此外,还有伦理化的道,也就是人与人之间的关系,即人伦,是用五伦十义来体现道的方式,所谓父子有亲,君臣有义,夫妇有别,长幼有序,朋友有信,这是伦理化的道。把道显现出来,就是德。比如,大海中水是道,水是大海的本体,那个波,你能见得到。水波起来了,你看见波,就知道那是水。波是德,波能显现水,水是波的体。因此我们行德就能证道。我们能够做到的,能够看到的,能够用到的,那是德,知道德就是有道。

那么德的根本是什么呢？是孝,孝为德之首。在中国这块拥有数千年文明的土地上,没有不崇尚孝德的地方,也没有不崇尚孝德的人。孝是中华文化中的核心观念,具有原发性和综合性,也是中国文化精神的源头和出发点,堪为中华民族精神的渊薮。所谓"读尽天下书,无非是一个孝字"。

徐孝克生活在南朝时期,是当时陈东海郯(今山东郯城)人。他家境贫寒,父亲常年卧病在床,可是徐孝克十分孝顺,整日衣不解带地伺候父亲。在父亲去世时,徐孝克四处借债才使父亲得以安葬。

在父亲去世之后,徐孝克一心奉养老母亲陈氏,对其照顾得十分周到。由于当时战乱频繁,人民生活在水深火热之中,徐孝克虽然有孝心,但有时候还是不能有足够的米粮奉养母亲,对此,徐孝克感到十分苦恼。

后来,为了能更好地奉养母亲,徐孝克一狠心就出家当了和尚,去讨食物让母亲食用。徐孝克的孝名传到了当时的皇帝陈宣帝耳朵里,皇帝就任命他为国子祭酒,让他能够更好地奉养母亲。

但是，每当皇帝宴请群臣的时候，他都不吃任何食物，而是把自己的那份留下来，等到酒席散的时候，再拿已经准备好的器皿装好带回家中。时间久了，陈宣帝觉得很奇怪，就让管斌去问一下怎么回事。管斌一打听才知道，原来徐孝克是把食物带回去供养老母亲了。

　　得知事情的真相之后，陈宣帝非常感动，他特意下令，以后再宴请群臣的时候，准许徐孝克先把他母亲爱吃的食物挑出来，大家一起鼓励他为母亲尽孝。

　　一颗至诚的孝心唤起了无数的孝心，因为所有人皆有善心。当一个人在行孝的时候，他能与道相通，就能让所有人的孝心跟着显发出来。因为体是一样的，所以佛家讲"众生同体"，儒家讲"仁"，仁爱的仁，这都讲的是同体的爱心。既然是同体，就能互相感动，互相传递、开发这种孝德。

　　孝不仅仅是能养活父母，而关键在于尊敬父母，心里有这样一分诚意。所以富有的人抱着交差的态度给父母送一栋房子，不如贫寒的人怀着感激之情为父母热一碗汤菜。孝心的可贵，在于孝行中所含的一片真心，拥有了这份发自肺腑的孝心，也就拥有了美德的根基。

　　焦华，晋代南安人，父亲名叫焦遗，是西秦安南将军。焦华是个孝子，平日里对父母照顾得十分周到。

　　有一年冬天，父亲焦遗生了重病，焦华不分昼夜地服侍父亲，但是焦遗的病迟迟不见好转，焦华整天忧心不已。后来父亲说很想吃新鲜的瓜，这可难为了焦华，冬天上哪儿去找瓜呀？他整天茶饭不思，一心想为父亲觅得一瓜。一次，他在美好的愿望中睡着了，并做了一个奇怪的梦，一个声音对他说，我给你送来了瓜。焦华别提多高兴了，接过瓜就笑醒了。

　　醒来之后，他明白自己只是做了个梦，不仅感到失望，但是没想到手里真的拿了一个新鲜的瓜，他的父亲食用后，精神一下子就好了很多，慢慢地病竟然也痊愈了。

后来，他的纯孝事迹被西秦王乞伏干知道了，乞伏干提出把自己的女儿许配给他，没想到焦华却说王姬身份高贵，认为自己没有能力让她过上好的生活，没有资格娶如此尊贵的小姐，婉拒了这门亲事。

焦华说的话一半是事实，一半是托词，他只是觉得孝顺父母是自己应该做的事情，而不是自己攀龙附凤的工具，因此才婉拒了这门亲事。

乞伏干自然也明白焦华的意思，结果不但没有生气，反而让他担任了尚书民部郎一职。

孝是一切美德与言行的基础，所有这些高尚的品格正是从"孝"发展起来的，它引导着人的一举一动，是人言行举止的指南针。

圣人言：厚德方能载物。何为厚德？厚德就是大德，作为一个人来讲，首要具备的一种德行就是孝德。在我们五千年的历史传承中，孝道文化一直是百德之首，翻开历史，当我们细数那些古圣先贤的时候，无一不提及他们的孝德，如：周文王寝门视膳、孔子立身行道、虞舜耕田、仲由负米、闵损芦衣、黄香扇枕温衾、吴猛恣蚊饱血，等等。

这些故事尽管是几千年前的事情，可是到了今天，人们依然在传颂，依然在效仿，可见孝是恒常不变的大道。时代虽然有变迁，哪怕是金石都可能被销毁，但是孝亲的德行是永远不能够改变的。古人重孝，是因为他们知道孝是人和天地同参的重要枢纽。我们知道，三才是指天、地、人，人之所以能够和天地同参，是因为人有自己的道德。人之所以别于禽兽，也是因为我们有自己的道德。而人的道德从何处来？就是从孝开始的。

由此看来，孝德不仅是一种精神，也是一种行为。孝德文化以生命论为本质，以儒家思想为基础，作为中国文化的一个核心概念，体现出儒家亲亲、尊尊、长长的基本精神。纵观历史，我们不难看出，孝德既是纵贯天、地、人，祖先、父辈、己身、子孙，过去、现在与未来的纵向根脉，也是中国人际与社会关系得以形成的精神纽带。无论经历多少岁月的洗涤，经过多少世代的传承，经受多少次遗忘和重塑，孝德永远是民族认同的标记，民族凝聚力的源泉,中华文明的精髓,民族美德的荣耀,是永远不过时的价值观。

　　孝德是一个国家人伦道德的基石,更是传统文化中的一颗瑰宝,它永远闪烁着绚丽之光,照亮整个社会乃至世界,使社会和谐,世界和平,万众幸福平安。所以我们说孝亲是大德、大道,是不用任何人去教的,因为孝是道的显现,是自然而然发生的,是每个人与生俱来的能力。

3.孝是一个人的立身之本

　　《论语》课上,教授说:“孝,是一个人的立身之本。”于是一个学生问教授:“人如果能孝,就能提高学习成绩吗?”

　　一个银行的职员问教授:“人如果能孝,就可以做好工作吗?”

　　教授打开《论语》,说:“大家看,孔子是怎么讲孝的。”于是教授读道:“子游问孝。子曰:‘今之孝者,是谓能养。至于犬马,皆能有养。不敬,何以别乎?’”教授解释说:“孔子这句话,意思是说,大家都说能养活父母就是孝,可是家里的狗啊、马啊,主人不都是在养活他们吗?如果心里不尊敬父母,那么养父母和养狗、养马有什么区别呢?”

　　大家沉思了一会,学生忽然说:“我明白了,这句话可以换成‘今之学生,是谓能读书,至于录音机,也能读书,不用心,何以区别乎?’”

　　银行职员也说:“我也明白了,这句话可以换成‘今之收银员,是谓能数钱,至于点钞机,也能数钱,不敬业,何以区别乎?’”

　　教授开心地笑了,说:“我加一句吧,这句话可以换成‘今之教授,是谓能传播知识,至于讲义纸,也能传播知识,不为人师表,何以区别乎?’”

　　下面的听众纷纷举手,说:“我也可以换……”

孔子告诉我们，什么是真正的孝呢？不仅仅是能养活父母，而关键是在尊敬父母，心里有这样一份诚意。所以富有的人轻而易举地给父母盖一栋房子，不如穷人的儿子怀着感激之情为父母做一碗热汤菜。孝心的可贵，就在于孩子的一片真心。拥有了这份发自肺腑的孝心，也就拥有了所有高尚品德的根基。

《论语》是美德的典范，它教导人们孝敬父母，一方面要求人们报答父母的养育之恩，另一方面则是为了培养人们的这种诚意，希望人们真心地尊敬每一个人，用心地对待每一件事情。一个人从小就生活在家庭里，从出生开始，父母就怀抱着，哺育着，儿女对父母的感恩之情应该是最深的。如果一个人连父母都不能从心底里感恩，发自肺腑地尊敬，那么还能谈别的事情吗？所以古人经常说："忠臣必出于孝子之门。"

茅容是东汉时期河南陈留人，字季伟。在茅容四十岁时，还只是个非常普通的农夫，而让人称道的是，他对自己的母亲特别孝顺，为了增加庄稼的收成，更好地奉养母亲，不管刮风下雨，他都非常辛勤地劳作。

有一次，他又在地里辛勤地耕种，忽然天降大雨。茅容和地里耕种的其他人都跑到一棵大树下避雨。只见其他人都在树下吊儿郎当地或站或坐，谈笑粗俗，只有茅容一个人在那里端正地坐着不说话。这时候，有一个人从此处经过，见到茅容气质不凡，就主动与茅容交谈起来。两个人一直聊到天黑还言犹未尽，于是此人就随茅容回家住宿。

此人正是当时的名士郭林宗。郭林宗学识渊博，有弟子千人，十分喜爱结交有德之人。两人一夜无话不谈。第二天一大早，郭林宗看到茅容在杀鸡炖汤，以为茅容要款待自己，不禁为茅容的好客所感动，但是等到吃饭的时候，茅容端上来的只是山肴野蔬。郭林宗不禁暗自惊讶。

后来，他才知道茅容把炖好的鸡肉一分为二，一份让母亲这顿吃，另一份留着让母亲下顿吃，而自己和客人吃的都是山肴野蔬。郭林宗感动于茅容的孝心，对此大加赞赏，并主动提出教茅容学习圣贤之道。后来在郭林宗的指导下,茅容成为学位品行并重的人,而他孝顺母亲的故事也广为流传。

把好东西让给父母享用,这个看似简单的举动,只有真心惦念父母的人才能做到。茅容的故事让我们明白,孝顺父母是品德完善的表现,而这种孝心有时候跟成功、学识和名利关系并不大,不管是学识渊博的知识分子,还是耕作田间的农夫,只要有孝顺父母的心意和做法,都值得人们尊重与景仰。

李密,名虔,字令伯,武阳人,蜀末晋初文学家。李密从小境遇不佳,出生6个月就死了父亲,4岁时舅父又强迫母亲何氏改嫁。他是在祖母刘氏的抚养下长大成人的,李密以孝敬祖母而闻名。相传,祖母生病的时候,李密痛哭流涕,每天晚上衣不解带,守在祖母的身旁,侍奉其左右。所有的食物、汤药,一定要先自己尝过,然后才给祖母进食。

蜀国灭亡后,晋武帝准备让李密做太子洗马这个官,郡县不断催促他前去任职。这时,李密的祖母已96岁,年老多病,李密舍不得离开祖母,于是,就上书给晋武帝,陈述家里情况,说明祖母年老多病,需要人侍奉,这就是著名的《陈情表》。

李密在《陈情表》中恳切地说:"如果没有祖母就没有今天的我,今天祖母需要我,否则就不能安度晚年。据说乌鸦都知道喂养衰老的母鸟,人岂能不如鸟呢?况且陛下是以孝道治理天下的,许多官员都受到您的垂怜,何况我比他们更加特别。我请求陛下准许我奉养祖母,让她安度晚年!"

《陈情表》言语恳切,委婉动人,晋武帝看了,为李密对祖母的一片孝心所感动,赞叹李密"不空有名也",不仅同意暂不奉诏,还嘉奖他孝敬长辈的诚心,赏赐奴婢二人,并指令所在郡县,发给他赡养祖母的费用。

孝敬父母是人之常理,一个人应该报答父母的养育之恩,因为没有父母就没有自己。孝道不是做给别人看的,也不是攀龙附凤的工具。不要企图通

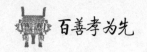

过它来获得什么,只要有份真挚的心就能够感动天地、感动世人!

热爱学习、热爱工作、敬业爱人,所有这些高尚的品格正是从"孝"这一个小小的点上成长起来的。在孔子看来,孝是一个人的立身之本。"其为人也孝弟,而好犯上者,鲜矣;不好犯上,而好作乱者,未之有也。君子务本,本立而道生。孝弟也者,其为仁之本与。"意思是,人如果对父母很孝顺、对兄长也很尊敬,这样的人却喜好犯上的,是很少的;不喜好犯上,而喜好作乱的,更是从来没有过的事。君子重视根本,根本的东西建立了,人生才会一帆风顺,而孝敬父母、顺从兄长,这就是为仁道的根本。

孝是一切道德和爱心的根源,是一个人为人处世的根本,是做人的基本要求。

4.孝道永远都不会过时

孔子说:"无声之乐,无体之礼,无服之丧,此之谓三无。"

子夏曰:"三无既得略而闻之矣,敢问何诗近之?"

孔子曰:"夙夜其命宥密,无声之乐也。威仪逮逮,不可选也,无体之礼也。凡民有丧,匍匐救之,无服之丧也。"

无论是乐,还是礼,都是来教化百姓的,只是方式有所不同。音乐当然要用声音来表示,礼仪自然要触及身体,他人有难时应有服丧之举才是常理,但孔子却说"三无"。子夏也和我们一样疑惑,于是又做了进一步的询问。孔子的回答其实超越了具体的礼乐仪式,将问题引到了关于"礼乐之原"的思考,那就是这三者殊途同归,最后走向的都是心灵的触动。

孔子以《诗经》中的三句话对它们做了解答——礼是从心里出来的,心到情到,是最重要的。没有人对百姓说君主很操劳,但心中有数,没有人能让你作揖鞠躬，但你自然会去做；邻家有难，虽然未必为之服丧，但就算是爬着也要去救。教化非生硬地指点他人，而是以化为教，是一种"随风潜入夜，润物细无声"的感染和熏陶。

孟子说，"世间不孝有五。四体不勤，不养活父母，一不孝也；耽于下棋喝酒，不养活父母，二不孝也；贪婪财货，溺爱妻子，不养活父母，三不孝也；纵情于声色，使父母蒙羞，四不孝也；好勇斗狠，使父母的安全处于危险之中，五不孝也。"这五种不孝的言行是不是只存在于古代呢？

答案当然是否定的。孝是一种人类普遍的情感，孝道弘扬的也是一种心怀感恩和敬畏的觉悟，在当今社会仍然很实用。

然而，在今天，绝大数子女也同样无条件地深爱着父母，但是由于自身从小所受的教育有限，社会生活的压力大，竞争激烈，在处理问题的时候往往比较自私。所以，提到孝道的时候，很多人恐怕会先皱眉头，认为它已经"不适合现代社会生活。"诚然，城市更欢迎年轻有活力又有创造能力的人，他们很快就能认识新朋友，找到自己适合的工作，成为城市的一部分。而且城市资源紧张，奉养父母成为一个可望而不可即的梦想，孝道推行起来确实存在难度。加上现在子女和父母分开住，子女自身的生活压力加大，往往自顾不暇，遑论孝道。所以，我们从电视和报纸上看到许多遗弃老人、因为财产问题而兄弟反目、父子决裂的新闻，其实这是一件很让人痛心的事情。

如果我们认为尽孝道已经过时，那么先让我们一起看看下面的故事吧。

北魏时，房景伯担任清河郡太守。一天，有个老妇人到官府控告儿子不孝，回家后，房景伯跟母亲崔氏谈起这事，并说准备对那个不孝子治罪。崔氏是一个知书达理、颇有头脑的人，她得知情况后，说道："普通人家子弟没有受过教育，不知孝道，不必过分责怪他们。这事就交给我来处理好了。"

第二天，崔氏派人将老妇人和儿子接到家里，崔氏对不孝子一句责备的话也没说。崔氏每天同老妇人同床睡眠，一同进餐，让不孝子站在堂下，观看房景伯是怎样侍候两位老人的。不到十天，不孝子羞愧难当，承认自己错了，

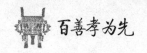
请求与母亲一起回家。崔氏背后对房景伯说:"这人虽然表面上感到羞愧,内心并没有真正悔改。姑且再让他住些日子。"又过了二十几天,不孝子为房景伯的孝顺深深打动,真正有了悔改的诚意,不断向崔氏磕头,答应一定痛改前非,老妇人也替儿子说情,这时崔氏才同意他们母子回家。后来这个不孝子果然成了乡里远近闻名的孝子。

崔氏很聪明,她相信每个人心中都会有"仁"在,其中之一就是孝心。她无所为而为,以身教代替言传,让他心中蛰伏之"仁"能在外面的触动下得以彰显。崔氏的这个方法,是不是在今天就不能用了呢?很显然并非如此。

古语有云,百善孝为先,中国古代的帝王们多以孝治天下。父母死后,子女按礼须持表三年,期间不得行婚嫁之事,不预吉庆之典,任官者必须离职。因特殊原因国家强招丁忧的人为官,叫做"夺情",从名称即可以看出,不守孝是何等不近人情。

今天的社会也许比以往更加需要信仰和原则。而对父母长辈、兄弟姐妹的爱惜之情,本身是一种心情自然产生的情感,亲人之间的关系如何处理,也是普遍存在的问题,孝道作为一种伦理思想,是永远不会过时的。

儒学大家梁漱溟先生说,"(孝悌)本来与礼乐一样……礼乐的根本是无声之乐,无体之礼,即生命中之优美文雅。孝悌之根还是一个柔和的心理,亦即生命深处之优美文雅。"礼乐原本就是以人之心为源头的,孝悌亦然。

5.孝顺,人生成长的必修课

《现代汉语词典》对"孝顺"一词的解释是这样的:"尽心奉养父母,顺从父母的意志。"孝顺是孝心、孝敬、孝道的综合。孝顺不是简单的给钱给物,也不是单纯的心里面敬重，更不是体现于送终和祭祀时的规模和规章，孝顺既有报恩的情感成分，也有善己的责任成分。孝顺的情感和道德属性大于物质和礼仪属性。

我国古人甚重孝道，在孩子的启蒙读本中，关于"孝"的有很多，如《孝经》、《论语》等。子女必须孝敬养育自己的父母，家庭中的成年人必须孝敬曾经养育自己的老一辈，一代依赖一代，一代孝敬一代。所以，孔子认为孝道是人生义务，是人成长的必修课，是伦理道德的核心，是修身齐家治国平天下的灵魂。

相传我国伟大的思想家、教育家孔子一生弟子三千，其中贤弟子七十二。

这七十二人中有一个叫子路的人，在所有弟子当中，他以勇猛耿直闻名，而其自幼的孝行也常为孔子所称赞。

子路小的时候家里很穷，一家人时常在外面采集野菜充饥。子路年迈的父母许久没有吃过饱饭了，总念叨着什么时候能吃上一顿米饭该多好啊！可是家里一点米也没有。子路看在眼里，急在心里。子路突然想起山那边舅舅家里还比较富足，要是翻过那几道山到他家借点米，他们心疼我，就一定肯借，那父母的心愿不就可以满足了吗？于是，子路打定主意出发了。

他不顾山高路远，翻山越岭走了几十里路，从舅舅家借到一小袋米，又马不停蹄地往家赶。夜里看着满天的繁星，一个人走在漆黑的山路上还真有点害怕，可想到父母还在家里等着自己，子路又鼓起勇气，大步流星地朝前赶去。

回到家里，生火、洗锅、打水，蒸熟了米饭，自己一口也舍不得吃，连忙端给了父母。看到父母吃上了香喷喷的米饭，子路忘记了一切疲劳，开心地笑了。

父母去世以后，子路南游到楚国。楚王非常敬佩他的学问和人品，给子路加封到拥有百辆车马的官位，使其家中积余下来的粮食达到万石之多。坐在垒叠的锦褥上，吃着丰盛的筵席，子路常常怀念双亲，感叹说："真希望再同以前一样生活，吃藜藿等野菜，到百里之外的地方背回米来赡养父母双亲，可惜没有办法如愿以偿了。"孔子赞扬他说："你侍奉父母，可以说是生时尽力，死后思念哪！"

正是由于子路的孝顺，才有了百里负米这样的孝行。这说明孝具有一种无形的力量，能让人有所作为。

一辆旅游大巴经过一个发生过地震的地方时，导游讲述了一个既悲伤又感人的故事，这个故事发生在大地震之后：很多房子都倒塌了，来自各个国家的救援部队都在寻找幸存下来的人。两天之后，救援部队在废墟中看到了令人吃惊的一幕——一个年轻的女人，手死死撑着地面，用背顶着多块石头。救援部队发现她的时候，她拼命喊着："快救救我妈妈，我快撑不下去了。"在她用手和背撑起的小小空间里，她年迈的母亲躺在那里。

救援部队开始挪动她们周围的石头，希望尽快救出这对母女。石块很多，救援工作难以迅速展开，他们只能慢慢地搬走石块。

记者们拍下这个画面，女儿还在苦苦支撑，救援部队中很多人泪流满面，努力地挪开石头。很多居民都赶来了，放下手头的工作来帮助他们。

天很快就黑了，一天下来，救援部队终于救出老人，可是老人已经死去很久了。

这时，苦苦撑着的女儿问："我妈妈还有呼吸吗？"

人们无声地流泪，但还是大声说着："还活着，我们现在就送去医院急救，马上也要救你出来。"人们都清楚，如果女儿知道母亲已经没了呼吸，她的精神会一下子崩溃，再也支撑不下去，而她背上的石头就会将她压死，所以他们欺骗了她。女儿听后轻轻地笑了，之后她被救出送往医院。

第二天，所有的报道都讲述了这对母女的故事。

导游说："我看到了关于那对母女的报道，从那以后每次来这个地方，我都会讲一遍这个关于爱的故事。"

正是因为对妈妈的爱,女儿才能坚定不移地撑着背上重重的石块。有孝心之人在奉行德义之时是出于良心和义务的需要,而人与人之间的关系因为孝才变得珍贵。孝,会让人感动,也会让人感恩人伦关系中的得到和拥有。

古语云:德不孤,必有邻。孝,是人生的桂冠和荣耀。它构成了人的地位和身份,是一个人在信誉方面的全部财产。

孝源于一个人金子般的品行。人们总是更愿意帮助那些孝顺父母的人,因为这样的人更值得尊重。同时,孝是维系人与人之间关系的一根纽带,是家庭关系和睦的催化剂。

孝并不是要我们无私奉献和牺牲,孝顺父母与完成自己的人生愿望并不矛盾,我们在人生成长的每一个阶段,都既可以孝顺父母,又可以完善自我。

孩提和成长时期,听父母话、好好学习,让父母省心就是孝顺;成家立业了,夫妻和睦、遵纪守信、敬业向上,让父母放心就是孝顺;再后来,父母生病时能得到及时的问候和救治、行动不便时能得到应有的关照和护理、孤独寂寞时能得到子女常回家看看陪老人聊聊天……让父母开心就是孝顺;而在父母有生之年能够尽力帮助其实现各自的夙愿,当他们寿终正寝时可以瞑目安心就是孝顺。

幼年时候的健康聪明,上学时期的好学勤奋,工作后的踏实敬业,这些也都是孝顺的方式;在天冷时为父母倒一杯茶,在他们孤独时送上一句暖心的话,父母生日时一句简单的祝福……这些也是我们力所能及的孝顺。

在这些点点滴滴的行动中,我们付出了感情,便能体会到付出的快乐以及被人信赖的幸福感。当我们可以让父母引以为傲的时候,我们面对困难会更加从容;当我们理解父母的困难时,我们也避免了亲人之间的相互抱怨——孝是一门真正教会我们如何对待亲人、朋友的课,和上学时学习的那些科学知识、人文常识一样重要。

“孝顺”既是人生路上的一门必修课、一道必答题,也是我们人生中必须经历的考验,不论你出生在怎样的家庭,父母是否健在,处于什么年龄、何种职业,你都在学习这门课的路上。

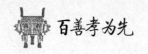

6.年龄不是孝顺的"屏障"

很多人认为,孝顺父母是将来的事,跟现在没有关系,等以后长大了,我们能独立了再孝顺父母,现在正是享受父母慈爱的时候,不需要考虑孝顺。这种想法看起来很有道理,实则误解了孝的含义。孝顺不仅仅是供养父母的吃穿住行,最重要的是善待父母,理解他们,关心他们。理解和关心不是长大之后才有能力做的事,年龄不是孝顺的分界线。从孩提时代起我们就要形成孝顺的意识,从小事做起,从关心做起,从爱做起。

三国时期的陆绩,是当时著名的科学家、天文学家。陆绩自小爱读书,聪明伶俐,其父陆康十分注重对他进行孝道教育。因此,陆绩不仅通晓天文、历算等各方面的知识,还是个十分孝顺的人。

陆绩六岁的时候,随父亲陆康到九江拜见袁术。一见面,陆绩便表现得落落大方,跟袁术谈天说地,不亦乐乎,十分讨袁术的喜欢,袁术在开心之余,还不时惊叹他的才学,于是就像对待成年客人那样给他赐座,还吩咐下人拿来很多橘子让陆绩吃。

陆绩一看这么多橘子,十分开心地吃起来,趁着袁术跟父亲陆康聊得开心的时候,还悄悄地往怀里塞了两个橘子。

等到告别之际,袁术让陆绩再拿些橘子在路上吃,陆绩摇摇头说自己不吃了,但没想到,这时候他藏在怀里的橘子却滚落到地上,袁术一看,不禁大笑:"原来已经拿过了呀,这小孩子真好玩。来我家做客,还要怀藏主人的橘子啊。"

没想到陆绩神色自若地告诉袁术,他母亲喜欢吃橘子,这是特地给母亲捎回去的。

袁术不禁感到更惊奇了,他没想到陆绩这么小的年纪,就懂得孝顺母亲,真是难得。

其实,孝顺不分年龄,不分长幼,自古依然。

圣诞节时,李罗的儿子送他一辆新车。圣诞节当天,李罗离开办公室时,一个男孩绕着那辆闪闪发亮的新车,十分赞叹地问:"先生,这是你的车?"

李罗点点头:"这是我儿子送给我的圣诞节礼物。"男孩满脸惊讶,支支吾吾地说:"你是说这是你儿子送的礼物,没花你半毛钱?我也好希望能……"

"我希望自己能成为送车给父母的孩子。"男孩继续说。

李罗惊愕地看着那男孩,冲口而出邀请他:"你要不要坐我的车去兜风?"

男孩兴高采烈地坐上车,绕了一小段路之后,那孩子眼中充满兴奋地说:"先生,你能不能把车子开到我家门前?"

李罗微笑,他心想那男孩必定是要向邻居炫耀,让大家知道他坐了一部大车子回家,没想到李罗这次猜错了。"你能不能把车子停在那两个阶梯前?"男孩要求。

男孩跑上了阶梯,过了一会儿李罗听到他回来的声音,但动作似乎有些缓慢。原来他带着跛脚的父亲出来,将他安置在台阶上,紧紧地抱着他,指着那辆新车。

只听那男孩告诉父亲:"爸爸,这就是我刚才在楼上告诉你的那辆新车。这是李罗他儿子送给他的哦!将来我也会送给你一辆这样的车,到时候你便能去看看那些挂在窗口上的圣诞节漂亮饰品了。"

李罗走下车子,将跛脚父亲扶到车子的前座。高兴的父亲坐上车子,坐在儿子的旁边。就这样他们三人开始了一次令人难忘的假日兜风。

小男孩简单真挚的话语,相信给了很多人深刻的感触和启发。孝顺是每个人都应该具备的一种感情,它不仅仅是快乐的源泉,而且还是难能可贵、千金不换的宝物。

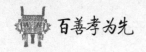

有一个父亲，独自抚养一个七岁的小男孩。每当孩子和朋友玩耍受伤回来，他对过世妻子留下的缺憾，便感受尤深，心底不免非常难过。这是他留下孩子出差当天发生的事。因为要赶火车，父亲没时间陪孩子吃早餐，便匆匆离开了家。父亲一路上担心着孩子有没有吃饭，会不会哭，心里老是放不下。即使抵达了出差地点，也不时打电话回家，而孩子总是很懂事，让他不要担心。因为心里牵挂不安，父亲草草处理完事情踏上归途。回到家时孩子已经熟睡了，他这才松了一口气。旅途上的疲惫让他全身无力，正准备就寝时，却发现棉被下面，竟然有一碗打翻了的泡面！

"这孩子！"他在盛怒之下朝熟睡儿子的屁股一阵狠打。

"为什么这么不乖，惹爸爸生气？你这样调皮，把棉被弄湿要给谁洗？"这是妻子过世之后，他第一次责罚孩子。

"我没有……"孩子抽泣着解释，"我没有调皮，这……这是给爸爸吃的晚餐。"

原来孩子为了配合父亲回家的时间，特地泡了两碗泡面，一碗自己吃，另一碗留给父亲。可是因为怕爸爸那碗面凉掉，所以放进了棉被底下保温。

父亲听了，紧紧抱住孩子。看着碗里剩下那一半已经泡涨的面，他说道："啊！孩子，这是世上最最美味的泡面啊！"

故事中的这个孩子才七岁，就知道心疼自己的父亲，为父亲分忧，难怪父亲会被孩子的孝心所感动。孝心是不分年龄的，孩子只有从小培养，长大后才会有真正的孝心。

有些人常常想，孝顺父母是将来的事，跟现在没有关系，等以后长大了，我们能独立了再孝顺父母，现在正是享受父母爱的时候，不需要考虑孝顺。这种想法看起来很有道理，实则误解了孝的含义。孝顺不仅仅是供养父母吃穿住行，最重要的是善待父母，理解他们，关心他们。

7.人之行,莫大于孝

　　从前,在波罗奈国有一个穷人,虽然只有一个儿子,但孙子却很多。当时到处闹饥荒,家里根本吃不上饭,儿子就把父亲抛弃了,只养活自己的孩子。有邻居问起来:"你父母哪里去了?"他说:"我父母年纪大了,死亡是他们早晚的归宿,所以我就抛弃了他们,用他们的那份口粮来养活我的孩子。"邻居觉得有道理,也照着办了。大家辗转相告,这种做法迅速风行起来,波罗奈国从此也就成为了一个弃老国。

　　有一位长者的儿子听到这事,认为抛弃老人是很不对的,就想办法来遏制这个做法。他在地下修了一间房屋,先让自己的父亲住在里面,每天供给很好的饮食,还找来很多书,让父亲可以用读书来度过晚年。

　　儿子苦思冥想:"谁能和我一起,来遏制这个做法呢?"他的善良感动了一个天神,这个天神告诉他:"我来帮助你吧。"

　　波罗奈国国王接连几天做噩梦,头痛得要命。医生过来诊断,没有人能够知道国王得了什么病。一天夜里,国王在梦里听到天神说:"你不过头痛罢了,就难受成这个样子,如果七天以后我把你的脑袋打成七块呢?我问你四个问题,给你七天时间,你要是回答不了,我就把你的脑袋打成七块。如果再过七天,你还是回答不了,我就把你的国家分成十四块。"

　　国王一下子惊醒过来,赶紧点上灯。他发现床头有一个纸条,上面写着:"一、什么是最宝贵的财物?二、什么是最大的快乐?三、什么最有味道?四、什么寿命最长?"他开始苦思冥想,怎么也琢磨不透答案。拉开窗,慢慢天发白了,待会儿,太阳升起来了。国王赶紧向满朝大臣寻求这四个问题的答案。五天过去了,竟然没有任何人能够给出答案。国王把这纸条贴在宫外,向全国寻找能够回答问题的人。

　　长者的儿子揭了纸条,回去问他的父亲,他父亲写道:"信义是最宝贵的财物;学习是最大的快乐;真话的味道最好;智慧的寿命最长。"他把答案呈给国王,国王夜里转达给了天神,天神非常欢喜,国王也非常高兴。国王就把长者的儿子找来,问:"你怎么知道答案的?"

他回答说:"我不敢说。"

国王说:"既然真话的味道最好,你就只管说真话吧,只要是真话,我就可以给你要求的任何赏赐。"

他回答说:"我不奢望大王给我赏赐,只是希望您不要治我的罪。事实上,拯救了大王,拯救了整个国家,让天神欢喜的人,不是我,而是我的父亲,他给我这个答案,让我送给您的。"

国王问:"你的父亲在哪里?"

他回答说:"他年纪很大了,藏在我家的密室里。父母对我的恩情犹如天地、太阳和空气。母亲怀胎十月,经历痛苦分娩下我,哺乳养育我,让我能够长大成人,这都是父母的恩情啊。他们让我能够独立生活,教我为人处事的道理,我现在即使左肩担着我的父亲,右肩担着我的母亲,行走一百年,用我全部的财物和心血奉养他们,也不足报答他们的恩情啊。"

国王想了想说:"你说的有道理,你希望得到什么赏赐?"

他回答说:"请大王禁止遗弃老人的不合理的做法吧。这样我就可以把父亲接到阳光下生活,努力向他学习智慧。我们每一个人都会变老的,我们每一个人也都不希望自己将来被儿女抛弃。请大王禁止这条遗弃老人的不合理的做法吧。"

国王意识到了自己国家的奇怪风气,当即宣布:"每个人都要向父母学习智慧。不孝敬父母的,必须判重刑。"

从此,国王的头痛病也好了。

孝敬父母是为人子女之本分,做人不可丢失孝悌的本分。父母给了孩子生命,又把他们培养成人,在这漫长的过程中经历了许多艰辛,也付出了许多爱。在每个孩子的生命历程中,没有任何一个人会像父母那样给予他们这种无私的爱，也没有任何一种付出像父母对儿女的付出那样心甘情愿，我们要做的就是用一颗孝心来回报父母。

　　小磊是一个小学五年级的学生，一天中午放学，他从一家商店经过，橱窗里的一件商品使他怦然心动。他趴在玻璃上看价格，五十元，太贵了，这几乎是他们全家人一个月的开销。

　　他站在那儿踌躇了一会儿，还是推开这家商店的门走了进去，指着那件商品对店主说："我想买那件商品，不过，我现在没有钱，请您留着先别卖好吗？"

　　"好吧！"店主看着这个一脸诚恳的男孩，微笑地答应了他的请求。

　　他很有礼貌地告别店主，走出了商店。

　　他走着走着，拐进一条小巷，忽然看见从一个大门里扔出好几个纸箱子。他突然想起了什么，连忙走过去看仔细。原来这里是水果批发市场的后门，每天有大量的水果被运到这里，再销往各处，在重新包装的时候，就会扔掉很多废纸箱。他捡了几个废纸箱，拿到废品收购站去卖了。回家的路上，他的手里紧紧地攥着一个一角钱的硬币，生怕掉了。

　　回到家，他把硬币放在一个小铁盒里，又把小铁盒藏在墙角米缸的后边。这时，母亲叫他吃饭，他答应了一声便走进厨房。爸爸刚从工地上回来，妈妈已经摆好了饭菜。妈妈自从去年生病动了手术后，身体一直很虚弱，不能上班，每天在家里洗衣做饭，还要描鞋样挣钱，十分辛苦。

　　每天放学后，他总是一路跑着回家，写完作业，干完妈妈交代的家务活儿，然后走街串巷去捡纸箱或可乐瓶。冬天来了，天气十分寒冷，喝饮料的人也少了，有时候他找了好久也没有捡到多少，可是他依然坚持了下来，因为一想到橱窗里的那件商品，他心里就有了战胜困难的勇气和力量。

　　到了第二年的一天，一大早，他就把藏在米缸后边的小铁盒取出来，把里边的硬币都倒出来，用发抖的手仔细数了一遍，仍然不放心，又仔细数了一遍。他差点惊呼出来，只差一角二分就凑够五十元了！于是，他心里默默祝愿着今天能捡到足够的纸箱和可乐瓶。

夕阳下去的时候，他正扛着纸箱子急匆匆地往废品收购站赶。此时，收购站的那位伯伯已经准备关门了。他着急地叫道："伯伯，请您先别关门！"那人转身看见呼哧呼哧喘气的小男孩说："明天再来吧！孩子！""不行啦！伯伯，请您帮帮我，我今天一定要卖出去！"听着这个已经是老顾客的小男孩的焦急请求，那位伯伯很不忍心地拉开关了一半的门。

"孩子，你干吗这么急着用钱？"伯伯好奇地问。

"对不起，这是我的秘密，现在还不能告诉您。"他笑了笑，不肯说。

拿到两个一角钱的硬币后，他便飞也似的跑回家，取出小铁盒，然后又匆匆地跑到那家商店，还好，商店还没有关门。他二话没说，便把所有的硬币、毛票倒在柜台上。

他又一口气跑回家，看见妈妈正在厨房里忙碌。他迫不及待地走到妈妈面前，将自己用半年多的心血换来的珍宝放在妈妈的手里说："妈妈，生日快乐！"妈妈很惊讶，她轻轻打开包装纸，里面包着一个红色绒布的首饰盒，盒内放着一枚百合花的胸针。妈妈热泪盈眶，这枚胸针是她收到的少数几个礼物中最珍贵的一个，她一把将儿子紧紧搂在怀里，感动得泪流满面。

很多人并不觉得自己对父母不好，也没有丝毫的不安。但是每个人都有老了的时候，也往往到那时才能意识到父母一直以来真正需要的是什么，也才懂得反省自己当时做得够不够。

生命最公平的地方在于，我们每个人都要经历童年、青年、中年和老年，我们迟早会经历父母那一辈人经历过的心理变化，感到自己渐渐衰老无用，那个时候我们就会知道自己年轻的时候做得对不对，我们的内心也才能真正给自己一个评判。而那时，我们才知道，人之行，莫大于孝。

8.孝的精髓在于"诚"

毫无疑问,爱的确是这世界上最美丽的语言。爱的精髓在于一个"诚"字。无论父母怎么对你,我们都要怀着一颗敬爱的心去孝顺他们,温暖他们。这种"诚意"往往能换回一家人的和睦和长久的幸福。

清代江苏省崇明县,有一位吴姓老人,生了四个儿子,后来家中一贫如洗,不得已,只得卖子求生。那四个儿子都在富人家中当奴仆,长大以后,才赎身自立,各自娶了妻子。他们并没有忘记父母,于是千方百计地寻找到父母兄弟,大家团圆在一起。

兄弟们聚在一起,商量起来:"我们从小骨肉分离,受尽了苦,现在好不容易聚在一起,一定要好好奉养父母,再也不要分开了。"起初,他们奉养父母,是一月轮流一次。可是儿媳们说:"一月一轮,必定经过三个月后,才有侍候父母的机会,这样对父母太疏远,应当一天一轮才好。"后来又觉得一天一轮,还是要经过三天以后,才能奉养父母,仍是太疏远,一餐一轮应当更好。从此以后,他们改为每餐轮流,譬如早餐在老大家,午餐就到老二家,晚餐到老三家,明天早餐就到最小的儿子老四家里,这样周而复始的轮流奉养父母。每个月的五号和十号,四个儿子会共同操办一桌丰盛的酒食,让父母面南而坐,四个儿子及孙子们坐在东面,四个媳妇及孙媳们坐在西面,大家依次向吴老夫妇祝酒敬菜。儿子们还为老人做了一个木橱,每家都要在橱中放一串钱。这样,老人每次吃完饭,就回头在橱中取一些钱,到集市上去买自己喜爱的水果和糖饼吃。四个儿子每天源源不断地把钱补进去,所以橱中的钱从来没有匮乏的时候。

老人空闲的时候,常到知己朋友家中去玩,有时候与朋友一同下棋,有时与朋友一同打牌。他的儿子们知道老人家玩的地方,暗暗地送几百文钱给老人的朋友，请朋友故意把钱输给老人，老人赢了钱，洋洋得意，回家津津乐道地告诉孙儿们，或买玩具给孙儿娱乐，并不知道赢得的钱，就是自己儿子的，因此整天乐而忘忧，全家洋溢着一团喜气。

当老人九十九岁的时候，老太太九十七岁，长子七十七岁，次子七十六岁，三子、四子也都已须发斑白。儿子们仍像以前一样孝顺老人。这时，家里已经是五世同堂的大家庭了，光曾孙和玄孙就有二十多个。家里人个个都像四个儿子一样孝敬自己的父母。小家伙们蹦来蹦去，老人们其乐融融，尽情享受着天伦之乐。

看到这样幸福的家庭，刘兆专门给吴老人题写了一副门联："百龄夫妇齐眉，五世儿孙绕膝。"

孝并不是说说孝的文章或孝的故事，孝更在于行者中的真诚。

在我们成长过程中，父母给了我们最多的爱，我们也应回报他们最诚挚的爱。爱在一些平凡的小事中散发光芒，它体现在一个"诚"字上才显得越发珍贵。

刚吃过晚饭，母亲正在厨房里忙着。女儿不时推开哥哥的房门进进出出，样子还挺神秘。不一会儿，儿子就显得有些不耐烦了。

"你今天真讨厌，我还要做功课呢，难道你不知道自己去问妈妈吗？"

女儿有些低声下气地央求着哥哥："不行啊，这件事情绝对不可以让妈妈知道。"

过了没多久，女儿两手背在身后，笑眯眯地来到母亲的面前说："妈妈，明天是您的生日，我做了一个算命袋送给您。它很灵的，可以预测您以后的命运哦！"

接着，女儿递给母亲一个厚纸板做成的袋子。袋子上有三个用红色彩笔写成的字——算命袋，字的旁边还画了几朵小花儿。在袋子里放着五支折叠得严严实实的纸签。

"妈妈您抽抽看嘛，试一试运气好不好。"女儿有些迫不及待地对母亲说。

母亲看着女儿认真的表情，不忍拒绝，便抽了一支，拆开来一看："你以后会有一个非常体贴你的丈夫。"

"哇！"母亲故作惊喜地叫了起来，"这可是我一生中最期待的事情，没想到真的变成了现实。果然十分灵！"女儿听了母亲的话，满脸的兴奋，她拉着妈妈的手又说："妈妈加油哦，说不定还有更好的运气在后面等着您呢。"

于是，母亲亲手一张一张地打开了女儿算命袋里的纸签：

"你将来会有一幢漂亮的房子。"

"你会年轻美丽，并且永远永远永远都不会变老。"

"你会活到100岁。"

当母亲拆开最后一张纸签时，她的眼睛开始潮湿了："你的女儿一定非常非常孝顺你。等你很老很老的时候，牙齿全部掉光了，她会用小火慢慢地áo稀饭给你吃。"

这时，女儿的脸更红了，头低得看不见："我不会写那个字，哥哥也不告诉我，所以只好用拼音代替了。"

小女孩给了母亲最好的孝顺，那就是希望母亲未来幸福快乐，并许诺母亲"自己一定会是一个孝顺的女儿，将来会好好地奉养她"，这种爱是发自内心的，是忠于内心的最深的情感。

爱是最美丽的语言，有人用歌声表达爱，有人用文章表达爱，无论怎样表达，都要记得回报父母的爱。

老人们为子女含辛茹苦一辈子，即使子女们长大成人，也丝毫不减他们对子女的爱，我们也应回报父母那颗真诚的心，这样才不辜负父母对我们的恩情。

诚孝是萦绕于心，挥之不去的，像儿童般对于父母的眷顾、热爱是无时无刻的真情流露，是终其一生难以无憾的情结。

第二章

一孝千金

——有父母的地方才是天堂

1.妈妈是全世界相通的语言

据说,在南方有一种叫青蚨的虫。你把它抓来,用母虫的血涂八十一枚铜钱,另外,再取子虫的血涂另外八十一枚。涂完以后,你就可以把涂了母虫的八十一枚钱拿去买东西,再留下涂了子虫血的钱在家里。过了不久,你就会发现,你花掉的钱很神秘的又一个一个地飞了回来。

如果反过来,把涂子虫血的钱用掉,母钱留住,用掉的钱也一样不会出错地飞回来。这是怎么一回事呢?原来,中国人看到母子相依的天性,想到青蚨这种虫也是一样,不管你把一对母子怎样分开,它们总会想尽办法相遇的。生前如此,此后也必然如此。

在我们的生活中,也有这样悲壮的事情,例如,动物界中很多"母亲"都有着用生命哺育孩子的本能,日本的红螯蛛是伟大母亲中的杰出代表,小螯蛛出世后,就爬到雌蛛的身上,开始啮咬自己的妈妈。令人惊讶的是雌红螯蛛并不反抗,也不逃跑,默默地忍受自己孩子的撕咬,直到生命的结束。

生命是生物存活的方式。然而,母蜘蛛为了子女的存活,却心甘情愿地放弃自己的生命。母蜘蛛心甘情愿地充当儿女的第一个猎物,儿女在吃母亲的过程中学会捕猎。在这样的方式中,小蜘蛛获得了独立生存的能力,得以在恶劣的环境中生存下去。在被子女啮食的过程中,母蜘蛛也有撕心裂肺的痛楚,但是,母爱的力量支持着她,让她坚持下去,直到被子女们活活吞噬,才完成了做母亲的伟大使命。

动物的母爱是本能的,没有选择,没有退却,只有大自然的生存法则,只有一代一代的生命繁衍。没有这种舍己为子女的母爱,红螯蛛的种类或许早已绝迹。母蜘蛛以自己的生命来完成种族的传递,也亲身示范了母亲的无畏和奉献。继它之后,是无数只红螯蛛,它们也以同样的方式承传着,一代又一代。

生命之中，总有两个人将我们支撑，总有一种爱让我们心醉。亲情是一种无私的爱，人世间万千情感都是由它衍生而来的。

她给电视台栏目组写信，前前后后共写了16封。她说，她想参加蹦极比赛，一定要参加！电视台的工作人员被她打动了，可还是客气地一一回绝。她的条件，离参赛要求太远。

52米高台上的母爱使她又将电话打进去，一次又一次，第21次时，电视台的人终于不再忍心拒绝她。可那却并不代表他们不会担忧。51岁，他们的节目播出史上年纪最大的参赛选手，一位看上去弱不禁风的老妈妈，却要同那些一二十岁的年轻人一样，挑战身体与心理的极限。

2009年2月15日，湖南卫视《勇往直前》节目现场，她一出现，围观者一片哗然。走路都已略显蹒跚的她，在工作人员的帮助下，一点点向52米的高度靠近。大家听到了她的气喘，也明显看到随着高度的增加，她的双腿在打颤。"阿姨，如果现在您后悔，要求退赛，还来得及！"热心的主持人一遍又一遍地提醒她。她长长吁了一口气，坚定地向着52米高台的边缘走去……

"孩子，你看看妈妈，已替你站在高台上了，妈妈去替你完成心愿，孩子，你听到了吗？"那近乎凄怆又满怀热切的呼喊，是她站在高台边缘时冲着流云和风喊的。眼泪淌满了她的脸。

奇迹，也在那一刻发生。千里之外的病房里，电视机前面的病床上，那位昏睡了一千多个日夜的年轻女孩，她听到了妈妈的呼唤。她的眼睑微动，继而又费了好大的力，试图努力去睁开……她的喉咙里发出"咕嘟"声，两行清清的泪，缓缓地顺着她的脸颊流下。

女孩叫青果，是高台上那位老妈妈最心爱的女儿。三年前，青果还是命运的宠儿，18岁的花样年华，就拿到了让人无比美慕的出国护照。她成了去澳大利亚的公费留学生。可那场意外，来得太让人措手不及。就在青果出国前夕，一场车祸夺走了那个家庭所有的幸福。经过一番抢救，青果的命保住了，却意外地把自己的过往全部丢失。她患了癫痫性失忆症。面对与自己朝夕相处的妈妈,她一遍又一遍无助地问:"你是谁?为什么会在我家里?"曾经聪明乖巧的女儿不见了。她不得不逼着自己接受这个残酷的现实。从零开始,翻找与女儿生活的点点滴滴,不断启发她,可面对她一遍又一遍耐心的提示,女儿眼里仍一片茫然,直到那个人的出现。

那天,女儿同往常一样坐在电视机前,电视中播出的是一档挑战极限的蹦极运动,当那个年轻的小伙子从高台上大声呼喊着"妈妈,我来了",继而像一只小鸟一样从高空飞下来时,沉默多日的女儿忽然兴奋了:"妈妈,我想起来了,我知道他在做什么。"也就是从那天起,她才知道,去高台上挑战自己,一直是女儿心底的愿望。

就这样她开始关注这项运动,她买了好多关于蹦极的片子,一遍遍陪着女儿看,期待命运之神再次垂青。可她的梦很快被现实打碎。女儿再次发病,之后不能看电视,也不能同她讲话。无论她趴在女儿的床边,呢喃上千万声"宝贝",沉睡的女儿都不回应。可她不愿放弃,她试了所有办法,却毫无效果。

去蹦极,便成了她为赢回女儿的一个赌注。年龄太大,身体状况也不符,心脏不好,血压也高,还有致命的恐高症,更没有时间去接受严格的赛前训练,她就那么赤手空拳地要求上阵,16封信,21通电话,她终于如愿以偿,站在了高台上。

这段比赛背后的故事,让现场的观众动容,一颗颗心也紧绷起来。"只要孩子能醒,就算搭上老命,我也愿意!"主持人最后一次询问是否退赛,她已蒙上眼罩,勇敢地走向高台的边缘。

"一、二、三……"随着主持人的计数,比赛现场却出现了让所有人意外的一幕。随着那声"三"字的尘埃落定,她忽然轻轻地向后倒下去……竟是主持人故意将她轻轻推倒在地的。

节目的最后,主持人含着眼泪说:"我们不想让这位伟大的母亲去冒险,因为我们相信,就算她没有跳下去,她的女儿,包括我们所有的人,也已感受到了那份52米高台上的母爱!

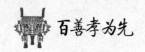
　　我们从小就会背诵孟郊的一首诗："慈母手中线,游子身上衣。临行密密缝,意恐迟迟归。"这首《游子吟》正说出,儿女永远也走不出父母的视线,无论他们走得多远,离开家多久,都是父母心头最牵挂的人。既然如此,我们怎么不能珍惜自己的父母,感激他们的爱呢?

　　1998年,杨澜在美国参访了诺贝尔奖华裔得主崔琦,在说起崔琦离家求学,从此与父母永别的事情时,杨澜问了崔琦一个这样的问题:"你在12岁那年,如果你不外出读书,结果会怎样?"

　　大家本来都以为他会说,那我也许会在河南农村种地了,更不会得到诺贝尔奖了,但出乎所有人意料,崔琦眼中含泪,他难过地说:"如果我不出来,三年困难时期我的父母就不会死。"杨澜也流泪了。这样一个感动的时候,杨澜很希望那两个美国的摄影师给这个场景一个特写,但是她并没有奢望那么多,因为那两个摄影师压根不懂中文,估计很难知道她和崔琦在谈什么。

　　但在重放这段摄影时,杨澜惊奇地发现,那两个美国的摄影师给了这个场景一个特写,对此杨澜很意外,她惊奇地问他们怎么知道这个时候给个特写,毕竟他们不懂中文,那两个摄影师回答,你们不是在谈论妈妈吗?要知道,妈妈这两个字在全世界都是相通的呀。

　　崔琦对母亲的深切怀念感动了全世界,他的母亲到底是一个什么样的人呢?

　　崔琦出生在中国河南省平顶山宝丰县肖旗乡范庄村一个农民家庭里,当时母亲已经37岁,而崔琦的父亲那时候已经42岁了,虽然是老来得子,但是崔琦的母亲对他并不娇惯,在崔琦稍微大点之后,母亲就让他帮助家里干活,而且还时时教育他要真诚待人。母亲的一言一行都潜移默化地影响着崔琦,这为他以后的好性格打下了良好的基础。

　　崔琦的母亲不但在如何做人上教导崔琦,她还十分重视崔琦的教育问题。在崔琦小学毕业之后,由于当地迟迟没有成立中学,被孩子教育问题急坏了的母亲毅然决定让儿子到外地读书。

1951年母亲毅然决定让他到外地读书。这年秋天,三姐崔璐领着崔琦来到北京的大姐崔颖处,然后在三舅和两年前已在香港定居的二姐崔珂的帮助下,姐弟俩通过合法手续抵达香港,崔琦随即进入香港培正中学读书。崔琦在香港读书期间,因为语言交流不便及生活艰难等诸多原因,强烈思念在家乡的母亲,两次写信给母亲要求回老家。母亲收到信后,通过别人告诉崔琦不要想家,好好读书求学才是对父母亲最大的安慰。崔琦刻苦攻读,靠全额奖学金完成中学学业,并于1958年获得美国全额资助,进入伊利诺斯州一所教会学校。

这时,他的父亲崔长生已身患重病,卧床不起。作为唯一的儿子,崔琦本应回国为父尽孝,但母亲却始终对他隐瞒了这件事,直到1959年夏天父亲去世,母亲都没对他透露一点儿消息。在这之后的9年间,母亲不管自己受多大的罪,甚至在81岁高龄时住茅草庵,都没有影响儿子的学业。1967年,崔琦在芝加哥大学获物理学博士学位。远在家乡的母亲知道后,高兴地合不拢嘴,虽然她并不知道博士学位是什么。一年后,老人在对儿子的思念和为儿子骄傲的复杂心情中离世……

这样的一位母亲,儿子怎么能不思念她,世人怎么能不为之动容？天下的父母都是这样的,都有一颗爱子的心,我们要理解他们。可是,现在有很多人却看不到父母对自己的一片苦心。和爸爸妈妈谈着话,稍不如意就摔门而出;平常在家里四体不勤,很少体谅父母的辛苦,替他们分担家务。

父母给了孩子生命,又将他们培养成人。在这漫长的过程中父母经历了许多艰辛,付出了许多爱。在每个孩子的生命历程中,没有任何一个人会像父母那样给予他们这种无私的爱,也没有任何一种付出像父母对儿女的付出一样心甘情愿,所以我们要理解父母的爱,并以自己的爱来回报他们。

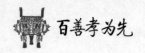

2.母乳,爱的甘泉

　　母亲十月怀胎的孕育,我们才得以降临到这个世界上。从蹒跚学步,到奔跑前行,我们慢慢成长着,我们强壮了,独立了,可以离开母亲闯世界谋生活了,而母亲却在生活的磨砺与岁月的沧桑中渐渐衰老。于是,我们开始在忙碌中渐渐远离母亲,却忽略了母亲已经开始走向疲弱与孤独,生活也变得寂寞与黯淡。

　　曾经流传着这样一个故事:每一个母亲曾经都是一个漂亮的仙女,有一件漂亮的衣裳。当她们决定要做某个孩子的母亲,呵护某个生命的时候,就会褪去这件衣裳,变成一个普通的女子,平淡无奇一辈子。

　　可是,她们甘愿自己走向平淡,却在平淡中一次又一次诠释着生命,一次又一次地向世人展现着生命的姿势。母亲对我们的恩情永世难忘,即使我们用最虔诚的感恩,也不会报答完她对我们的养育之恩。

　　翟俊杰和妻子都是部队文艺工作者。二十世纪六七十年代是一段非常时期,部队要求很严,那时人们的奉献精神和纪律性也强。翟俊杰的大女儿就是在那个特殊时期出生的,女儿出生后只吃了三个月奶水。由于工作需要,妻子必须要在这个时候回部队,而三个月大的女儿则被迫断奶。根据医生的指导,妻子到中药店买来一种叫大麦芽的中药,据医生说把这种药熬成汤喝下去,就能把奶水一点一点逼回去。对于正在哺乳期的女人,这是很痛苦的事:自己的身体要忍受疼痛的折磨不说,看到嗷嗷待哺的孩子有奶不能吃,妻子的心里更是备受熬煎。看到妻子和孩子都在受苦,翟俊杰心里也酸酸的,而妻子依依不舍的这一幕,也像烙印一样刻在他的心里。

　　两年半之后,他们的儿子出生了。这一次的形势更严峻,儿子只吃了两个月奶水,妻子又要回部队。为了工作,妻子还是用大麦芽汤把奶水逼回去。

而这次断奶意味着妻子以后再也不可能有奶水了。于是,在妻子胀痛难忍用吸奶器吸出一些奶水以后,翟俊杰找了三个装青霉素的小瓶,洗干净后,把吸奶器里的奶水放了进去,用蜡胶布密封保存。一瓶写上翟小乐存念,一瓶写上翟小兴存念,另一瓶他与妻子永久保存。

每位拉扯孩子的父母都会有这样的体会,总觉得眨眼的工夫,孩子就已经长大成人了,时间仿佛安了车轮一般,飞逝而过。转眼间,女儿翟小乐到了婚嫁的年龄。女儿结婚时,翟俊杰对女儿说:"你结婚,爸爸要送你一件礼物。"女儿说:"我什么都不缺,我不要你们的钱,你们也不必给我什么东西。"翟俊杰说:"这件东西你一定要收下。"说着,他就拿出了当初那个密封的小瓶。看着瓶子里血红色的液体,翟小乐有些不明所以,她不知道这一小瓶的液体对她意味着什么。可是当爸爸告诉她,这是妈妈20年前的奶水时,翟小乐一下子愣住了,她没有接过瓶子,而是冲着这小瓶奶水扑通一声跪了下去,泣不成声。

事隔多年,翟俊杰怎么也没有想到,当他从箱底拿出珍藏的小瓶时,白色的奶水竟然变成了血红色。那一刹那,他甚至不敢相信自己的眼睛。内心暗潮汹涌的翟俊杰拿着小瓶,想了很多:母亲的奶水果真是用血凝成的啊!原来自己也是喝着母亲的血长大的。那么,世界上最珍贵的东西是什么?不是金银财宝,而是母乳。

那一刻,翟俊杰泪流满面。

多数人只知道自己是吸吮着母亲的乳汁长大的,至于母亲的乳汁是什么滋味,我想,几乎没有人甚至根本就不可能有人知道,没有人回忆得起。那时的我们是懵懂的,呕心沥血喂养我们的母亲从没想过要得到什么回报。

不是每一对父母都像翟俊杰夫妻那样细心地保存一小瓶奶水,更是鲜有人知道一瓶奶水在多年以后会变作血水。今天的我们已无法重新咂磨儿时奶水的滋味,在我们记忆的史册上也无法保存当年那一段伟大的历史。

一对夫妇是登山运动员,为了庆贺他们的儿子一周岁生日,他们决定背着儿子登上7000米的雪山。

他们特意选定了一个阳光灿烂的好日子,一切准备就绪之后就踏上了征程。刚天亮时天气一如预报中的一样,太阳当空,没有风,没有半片云彩。夫妇俩很轻松地登上了5000米的高度。

然而,就在他们稍事休息准备向新的高度进发时,一件意想不到的事发生了。风云突起,一时间狂风大作,雪花飞舞,气温陡降至零下40℃。最要命的是,由于他们完全相信天气预报,从而忽略了携带至关重要的定位仪。由于风势太大,能见度不足一米,上或下都意味着危险甚至死亡。两人无奈,情急之中找到一个洞,只好进洞暂时躲避风雪。

气温继续下降,妻子怀中的孩子被冻得嘴唇发紫,最主要的是他要吃奶。要知道在如此低温的环境下,任何一寸裸露在外的皮肤都会导致迅速地降低体温,时间一长就会有生命的危险。怎么办?孩子的哭声越来越弱,他很快就会因为缺少食物而被冻饿而死。

丈夫制止了妻子几次要喂奶的要求,他不能眼睁睁地看着妻子被冻死。然而如果不给孩子喂奶,孩子就会很快死去。妻子哀求丈夫:"就喂一次!"

丈夫把妻子和孩子揽在怀中。尽管如此,喂过一次奶的妻子体温下降了两度,她的体能受到了严重损耗。

由于缺少定位仪,漫天风雪中救援人员根本找不到他们的位置,这意味着风如果不停他们就没有获救的希望。

时间在一分一秒地流失,孩子需要一次一次地喂奶,妻子的体温在一次又一次地下降。在这个风雪狂舞的5000米高山上,妻子一次又一次地重复着极为简单而现在却无比艰难的喂奶动作,她的生命在一次又一次的喂奶中一点点地消逝。

3天后,当救援人员赶到时,丈夫已冻昏在妻子的身旁,而他的妻子——那位伟大的母亲已被冻成一尊雕塑,而她依然保持着喂奶的姿势屹立不倒。她的儿子,她用生命哺育着的孩子正在丈夫怀里安然地睡眠,他脸色红润,神态安详。被伟大的生命的爱包裹的孩子，他是否知道他有一位伟大的母亲，他的母亲可以超越5000米的高山而在风雪之中塑造生命。

为了纪念这位伟大的母亲、妻子，丈夫决定将妻子最后的姿势铸成铜像，并且告诉孩子，一个平凡的姿势只要倾注了生命的爱便可以伟大并且抵达永恒。

我们有理由相信，天下所有的母亲在这个时候都会这样选择，这就是母爱，这就是母亲能给我们其他人所做不到的东西。

可以说，在我们没有完全的自理能力的时候，都一直是从母亲那里索取，而母亲则是无怨无悔，持续地为我们默默付出。而在现实生活中，我们却缺失了如古人一般赤诚的孝心。很多时候，我们可能会慷慨资助远方的人，却忽略了身边需要帮助的人；我们可能会对帮助过自己的朋友感激涕零，却对父母的付出熟视无睹。

我们从哪里来？是谁赐予我们生命？又是谁含辛茹苦地养育我们？是我们的父母，要记住，树无根不成材，人无根不成人，父母就是我们的根。因为有了父母，我们才得以生活在这个世界上，才得以拥有财富和幸福，所以我们要尽孝道，用孝心报答父母的养育深恩。

3.父爱是一部震撼心灵的巨著

在这个世界上，总有一个人将我们支撑，总有一种爱让我们心痛。

这个人就是父亲，这种爱就是父爱。

那一年在高考落榜之后，他怀揣着家中仅有的300元钱(这是父亲忍痛卖掉一缸麦子换来的），只身一人踏上了南下打工的列车。

他费尽了许多周折，才在一家个体印刷厂里找到了一份打杂的工作。他的工资待遇是厂里最低的，每月480元钱，并且和其他的工友们一样，每月月底只能领取到180元现金，充当生活费（其中包括60元的房租），其他300元要等到年底时一起结算。

然而熬到年底，一件意想不到的事情却发生了。一向苛刻的老板竟向他们宣布休假5天，印刷厂里准备从外面聘请一部分技术人员进行年底整修。5天之后，当他们满怀兴奋地返回厂子，准备领取薪水时，他们才知道原先的老板已经把厂子转卖给了别人，而他早已不知去向。

这时候，离春节已经不到20天了。车站上涌动着无数准备回家乡过年的打工者。他怀揣着196元钱，比初来时的心情更糟，在车站广场上徘徊了许久。已有半年没有见到父母了，他在迫切地思念着他们，思念着家乡的一山一水。

但是，想起自己离家时对父母的许诺，他又开始犹豫了。他不忍心再一次将他们的希望打碎。

就在这时候，一对夫妇领着一个小男孩从他身旁经过。他听到那个小男孩问他的爸爸："爸爸，你现在最想见到谁呢？"他的爸爸意味深长地告诉他说："当然是你的爷爷和奶奶了，又一年没有见到他们了，爸爸梦里都想回老家看看啊……"

也许，就是那位父亲的话语，鼓起了他回家的勇气。他不再犹豫，用攥得发热的190元钱买了一张回程车票。接下来，在数十个小时的行程中，饥肠辘辘的他只啃下了随身携带的半个面包。他的目光，几乎不敢去碰触身边那些借食物来打发沉闷旅程的乘客们。他只有闭目佯装休憩来抵抗腹内馋虫的诱惑。

列车到站之后，已是下午4点多钟。虽然车站离他居住的村子还有30余里的路途，但是他已经感觉到家的气息了，身上陡然增添了无穷的气力。停在车站附近的小公共汽车，有几趟都从他们的村子旁经过，乘坐它们到家不用一个小时的时间，但那需要花4块钱的车费，而此时他的身上仅有6元钱。他决定步行回家，节省下那6元钱为父亲买了两瓶最普通的白酒。

他为了抵御寒冷,就在空旷的乡路上小跑起来。当那几辆小公共汽车陆续从他的身旁经过时,从车窗里面便会透出一些诧异的目光,他们一定把他当成了疯子。当他浑身冒着热气地推开家门时,天色已经大黑了。父母被他的模样惊呆了,怔怔地看了他许久。而后,还是父亲镇定下来,叫着他的小名问:"你这是怎么了?"他若无其事地告诉他们,因为列车晚点,没有赶上最后一趟小公共汽车,所以就跑回家来。听了此话,母亲才长吁了一口气,连忙从他手中接过那两瓶酒放到一边,并把他扶到火炕上去。然后,她就急忙转身到厨房里给他做饭去了。很快,一盆热气腾腾的面条端了上来,上面还浮着几个嫩嫩的荷包蛋。他毫无顾忌地放开了食欲,母亲满满给他捞了4大碗,眨眼之间都被他塞进了肚子里。父亲则坐在炕边上,一边"吧嗒、吧嗒"地吸着烟,一边看他吃饭,他的眼睛里湿漉漉的。

匆匆过完年,在这段时间里,他的父母从没提起他在外面打工挣钱的事。直到正月十一那天,父亲才忍不住问他:"今年,你有什么打算呢?"他吞吞吐吐地告诉父亲,自己还想到外面去"走"一遭,并准备过了十五就动身。父亲没有阻拦他,他咳嗽了两声,尔后掐掉手里的烟,说:"路费,俺会替你想办法的——"听了父亲的话,隐藏已久的愧疚蓦然涌上他的心头;泪水涮地模糊了他的眼睛,他生怕被父亲发觉,转身偷偷拭去了。

第二天,父亲骑着他的那辆破"金鹿"自行车,到镇上的一个亲戚家借钱去了。很晚,父亲才回来,他的脸色苍白,显得异常难看。母亲问他:"借到钱了吗?"父亲摇了摇头说:"人家都出门去了,后天俺再去一趟。"

过了一天,父亲又跑了一趟镇上,只是这次他回来的更晚。父亲从怀里摸出300块钱递给他说:"这是300,家里还有200。你仔细带着,紧省点花。"母亲已经看出父亲神色有些不对,就问:"你哪里不对劲?"父亲摆了摆手说:"俺可能是在他表姨家喝酒喝多了。"然而,他从父亲的身上却未闻到一丝酒气。

两天之后,他再次踏上了南下打工的列车。他不知什么缘故,向来身体硬朗的父亲竟病倒在炕上,没能出来送他;但他能感觉到父亲一下苍老了许多。

这一次比较顺利,通过一位熟识朋友的介绍,他没有费多大周折便找到

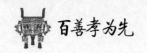
了一份薪水较高的工作。那是一家正规单位,虽然工作又脏又苦,可他不怕,因为他有的是力气。一个月之后,他第一次把自己用汗水换来的600元钱寄回家中,并且在信里问起父亲的身体。

不久,母亲便给他回信了,并在信中把真相告诉了他:原来,那天他一走进家门时,父亲已经料到他在外面"走"的不顺了。而在他临走时父亲为他"借"的那300元钱,其实是他两次到镇上的采血站卖血换来的钱。现在,父亲的身子已经康复了……

捧着母亲的来信,他泪如泉涌。

不论我们走到哪里,总有一种爱在关注着我们,不论我们在外面怎么样,总有一种爱给我们以最大的勇气支持我们前进。只是我们不要轻易地挥霍这种爱,而是以百倍的热情去珍惜这份爱。

高尔基说:父爱是一部震撼心灵的巨著,读懂了它,你也就读懂了整个人生。

父爱是一种沉默的力量,将我们一点点地举向蓝天,推动我们展翅高飞,而当我们开始搏击长空时,这种力量却化作了守望雄鹰归巢的期盼。

父爱沉静却巍然持重,用坚韧挑起了生命的脊梁,好似一座大山,巍峨高远耸入云霄,孕育着无尽的美好和希望。

4.父母才是撑起美丽世界的人

"可怜天下父母心"简简单单的几个字,饱含了多少心酸和无奈!面对父母的恩情,有多少人能够真正懂得并珍惜呢?在你的人生道路上,当你遭遇坎坷时,父母永远是你最坚实的依靠。所以,当你想摆脱父母的束缚、行使自己的"自由"时,一定不要忘了父母源于爱的初衷,你唯一能做的,就是比以往任何时候更深地爱你的父母。

第38届国际奥林匹克化学竞赛金牌得主安金鹏是天津人,他的家境非常贫困,但是他的母亲却非常坚强,无私地为孩子奉献着一切。

安金鹏出生在天津武清县大友岱村,他有一个天下最好的母亲叫李艳霞。就是这个平凡的女人使安金鹏成长为数学奇才。

安金鹏小时候家太穷,他生下来的时候,奶奶便病倒在炕头上了,4岁那年,爷爷又患了支气管哮喘和半身不遂,家里欠的债一年比一年多。而母亲李艳霞默默地承担着这一切。

安金鹏是在7岁时上学的,学费是妈妈为他找人借的。那时,学校里不论大考小考,他总能考第一,数学总是满分。这也是让母亲李艳霞最骄傲的事情了。她也一直支持他学下去。在妈妈的鼓励下,安金鹏越学越快乐。这时他也完全显现出在数学上的天分。他没上小学就学完了四则运算和分数小数;上小学就靠自学弄懂了初中的数理化;上初中就自学完了高中的数理化课程。1994年5月天津市举办初中物理竞赛,安金鹏是天津市郊五县学生中唯一考进前3名的农村孩子。

后来,安金鹏被著名的天津一中破格录取,他欣喜若狂地跑回家,可他没想到,当他把喜讯告诉家人时,他们的脸上竟会堆满愁云:爷爷奶奶去世不到半年,家里现在已有一万多元的外债。哪里还有钱再供他读书啊!

安金鹏心里明白,他把"录取通知书"叠好塞进枕套里,开始每天帮妈妈下地干活。过了两天,他和父亲同时发现:家里的小毛驴不见了!爸爸铁青着脸责问妈妈:"你把毛驴卖了?你疯了,以后种庄稼、卖粮食你去用手推、用肩扛啊?你卖毛驴的那几百块钱能供金鹏念一学期还是两个学期……"

那天,妈妈李艳霞哭了!她用很凶很凶的声音吼爸爸:"娃儿要念书有什么错?金鹏考上市一中在咱武清县是独一份呀,咱不能让穷字把娃的前程耽误了!我就是用手推、用肩扛也要让他念下去……"

有了这些钱，安金鹏又能继续读书了。他比以前更用功了，他不能辜负了母亲的希望。可是天有不测风云，没多久安金鹏的父亲被诊断为肠息肉。李艳霞又借钱为安金鹏的父亲做了手术，此时安金鹏的家里更是负债累累了。

那天，邻居还告诉安金鹏：他的母亲是用一种原始而悲壮的方式完成收割的。她没有足够的力气把麦子挑到场院去脱粒，也无钱雇人使用脱粒机，她是熟一块割一块，然后用平板车拉回家里，晚上再在院里铺一块塑料布，然后用双手抓一大把麦秆在一块大石头上摔打脱粒……3亩地的麦子，靠她一个人割打，她累得站不住了就跪着割，膝盖磨破了血，连走路也是一颤一颤的呀……

安金鹏不等邻居说完，便飞奔回家，一把从背后抱住正在为他缝衣服的母亲，大哭道："妈妈，妈妈，我再不能读下去了呀……"

李艳霞安抚着孩子，最后她还是把孩子赶回了学校。而李艳霞又在想着各种办法让安金鹏继续把书念下去。

李艳霞为了不让孩子饿肚子。每个月底，她总是扛着一个鼓鼓的面袋子，步行10里路到大沙河乡车站乘公共汽车来天津看安金鹏。而袋里除了方便面渣，还有她从6里外的安平镇一家印刷厂要来的废纸——那是给孩子做演算用的草稿纸；还有一大瓶黄豆辣酱和咸芥菜丝……

尽管这样，安金鹏从来没有自卑过，他总觉得自己的妈妈是一个向苦难、向厄运抗争的英雄，做她的儿子是自己无上的光荣！

经过自己的努力，安金鹏在1997年1月举行的全国数学奥赛中，以满分的成绩取得第一名，顺利进入国家集训队。入选国家集训队的是这次全国数学奥赛的前30名，安金鹏和他的队友们集中在北大数学研究院，接受了为期一个月的集训。在30天中，所有的人都要连续测考10次，每次测考均由著名教授分别命题，然后取总成绩的前6名组成赴阿根廷参加世界奥赛的中国代表队，结果10次测验安金鹏名列第一。

为了准备这两科的奥赛，他已经有大半年没有见到母亲李艳霞了，他飞快地跑到邮局，给母亲打电话："妈，我们入选国家队的6名队员中，唯有您的儿子是地地道道的农民子弟，唯有您的儿子是首次参加全国数学奥赛便入选的队员，唯有您的儿子是满分……"

妈妈李艳霞在电话那边听了后，激动地哭了。

就这样，安金鹏怀着激动的心情和队友们于1997年7月25日飞抵阿根廷的海滨城市巴尔德拉马。7月27日，考试从早晨8点30分一直到下午2点才结束。

第二天的闭幕式上，要公布成绩了。首先公布的是铜牌的名单，安金鹏不希望听到自己的名字；接着又公布获银牌的名单，中国队有一名同学获银牌；最后，公布金牌名单，一个，二个，第三个是安金鹏。安金鹏当时是喜极而泣，心中默默地喊道："妈妈，您的儿子成功了！"

安金鹏和另一位同学在第38届国际奥林匹克数学竞赛中分获金银牌的消息，当晚便被中央人民广播电台和中央电视台播出了。8月1日，当他们载誉归来时，中国科协和中国数学学会为他们在首都机场会客厅举行了隆重的欢迎仪式。

而此时的安金鹏只想回家，他想尽早见到他的妈妈，他要亲手把金灿灿的金牌挂在她的脖子上……

晚上10点多钟，安金鹏终于摸黑回到了朝思暮想的家门前。当他打开屋门时，母亲李艳霞一把搂住了儿子。同时，安金鹏也把那块金牌掏出来挂在她的脖子上，痛痛快快地哭了！

1997年8月12日，天津一中全校师生齐聚在校礼堂为安金鹏夺得奥赛金牌庆功。那天，安金鹏说了这样一席话：

"我要用我的整个生命感激一个人，那就是哺育我成人的母亲。她是一个普通的农妇，可她教给我的做人的道理却可以激励我一生……"

安金鹏的成功和母亲感人的爱是分不开的。正是这种爱成了安金鹏战胜困难、顽强拼搏的动力。其实天下父母都是一样的，他们为养育子女长大成人、成才，不知道费了多少心血，子女今天的成就，也有父母的功劳。

真正寄托这个世界、支撑这个世界的，使这片土地有绿的希望的，正是

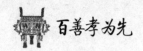
那些平凡、善良、任劳任怨的父母。在万般情感之中,有一种弥足珍贵,就是亲情。为人子女者,要珍视这份情,尽自己的孝道,回报亲人的爱。

5.珠宝有价,孝顺无价

没有什么比一颗孝顺的心更令人动心,因为,孝心比世界上任何珠宝还名贵。珠宝有价,孝心无价。

从前,有一个珠宝商很有名,要说他出名的原因,不是由于他收藏的珠宝多,而是因为他的优秀品质。

一天,几个犹太老人找他买一些宝石,他们要把宝石镶在职位最高的拉比的法衣上。拉比就是犹太人的神父。

犹太老人来到珠宝商的家,说出他们需要的宝石,同时给出了一个合理的价格。可是珠宝商说现在不能看那些宝石,请犹太老人过一会儿再来。

犹太老人认为珠宝商有意拖延,好以这个借口提高价格,他们不愿多耽搁,于是给出了双倍的价钱,珠宝商还是不愿意出示珠宝,老人只好出3倍的价钱,可是珠宝商还是不接受,这些老人们只好怒气冲冲地走了。

几小时之后,珠宝商找到几位犹太老人,把他们需要的宝石摆在桌子上。犹太老人拿出他们所报最高价的钱,珠宝商却说:"我只收你们早晨给出的合理价格。"

老人们奇怪地问:"既然如此,你那时候干吗不做这一笔生意呢?"

珠宝商说:"你们早晨来的时候,我父亲正在睡觉,宝石柜的钥匙在他身上,要拿宝石只能叫醒他。在我父亲这样的年龄,安稳的休息对他很重要。即使你们给我全世界的金钱,我也不能打扰父亲的休息。"

珠宝商的话深深地打动了这些老人,他们动情地拍着珠宝商的肩膀说:"你这样敬爱父母,将来你的孩子也会这样敬爱你。上帝会保佑你的。"

一颗再名贵的珠宝,即使价值连城,也还可以明码标价。但是一颗孝顺父母的心灵,却是无价之宝,无人能为它标上确切的价格。

汉文帝时期,在临淄这个地方出了一个很有名的人,她就是勇于救父的淳于缇萦。

淳于缇萦的父亲叫淳于意,本来是个读书人,但是非常喜欢医学,还经常给别人看病,所以在当地出了名。后来他做了太仓令,但是他为人耿直,不愿意跟做官的来往,也不会拍上司的马屁,所以在官场上很不得意,没有多久就辞职当起医生来了。

有一次,一位大商人的妻子生病了,请淳于意去为她看病。但是那位病人病得太厉害了,所以吃了淳于意的药并没有好转,反而在几天之后死了。大商人仗势欺人,向官府告了淳于意一状,说他看错了病,置人于死命。

当地的官吏也没有认真审理,就判处淳于意肉刑(在当时,肉刑有脸上刺字、割鼻子、砍左足或右足),要把他押到长安去受刑。

除了小女儿缇萦之外,淳于意还有4个女儿,可就是没有儿子。在被押解到长安去受刑的时候,他望着女儿们叹气说:"可惜我没有儿子,全是女儿,遇到现在这样的危难,一个有用的也没有。"听到父亲的话,小缇萦又悲伤又气愤。她想:"为什么女儿就没有呢? 因此,当衙役要把父亲带出家门时,她拦住衙狱说:"父亲平时最疼我,他年龄大了,带着刑具走不方便,我要随身照顾他。另外,我父亲遭到不白之冤,我要去京城申诉,请你们行行好,让我和你们一起去吧!"

衙狱们见小姑娘一片孝心,就答应了她。当时正值盛夏,天气反复无常,时而雨水连连,时而天气晴朗。天晴时,小缇萦就跟在父亲旁边,不住为父亲擦汗;遇上阴雨天,她就打开雨伞,以防父亲被雨水淋湿。晚上,小缇萦还要给父亲洗脚解乏。

这一切，深深地打动了押送淳于意的衙狱。经过二十多天的长途跋涉，他们终于来到了京城。履行完相关的手续之后，淳于意马上就被关进了牢房。小缇萦不顾疲劳，马上开始四处奔走，为父亲申冤。

人们一看申诉的是还未成年的小姑娘，都没有理睬。小缇萦想，要解决父亲的问题，只能直接上书皇上了。于是，她找来纸笔，请人帮忙将父亲蒙冤的经过一一写好，恳求皇上明察。同时她还表示，如果父亲真的犯了罪，她愿代父受刑。

第二天，小缇萦怀里揣着早上写好的信，来到皇宫前。这时，只见不远处尘土飞扬，马蹄声声，一辆飞驰的马车直奔皇宫而来。小缇萦心想：上面坐着的一定是一位大臣。她灵机一动，用双手举起书信，跪在马车前。

车上坐的是一位老者，他看到了小缇萦，便俯下身来，关心地问："小姑娘，为什么在这儿拦截我的去路。难道有人欺负你了吗？"小缇萦就把父亲被抓的事情一五一十地告诉了这位大臣，并请求他把书信带给皇上。

这位大臣答应了小缇萦的要求。皇上读了这封信后，被深深地打动了，当听说小缇萦千里救父的事迹时，更是十分钦佩。于是，皇上亲自审理此案，为小缇萦的父亲洗清了不白之冤。

也许在年少的小缇萦心中根本就没有很明确的所谓孝顺的概念，但是，她拥有一颗良知之心，正是这颗良知之心使她拥有一种最朴素的孝顺行为，时时事事都想着自己的父亲，都站在父亲的角度来思考问题。

其实孝顺很简单，只要像爱自己一样爱父母、爱家人，并体现在日常的一些细小的行动上，就已经做到了孝顺，就是一个实实在在懂得孝顺的人了。念父母生、养之恩，这是每个子女应该做到的，报父母之恩，更是每个子女应尽的义务。"不慈不孝焉，斯恶之矣。"王阳明的孝道观讲孝悌是良知的一个表现，不慈不孝，这是良知被蒙蔽，由此产生恶。由知孝道行孝，是由良知到致良知的过程，也是知行合一观点所要求的。

《诗经》中说："哀哀父母，生我劬劳。"父母生养我们的时候，辛酸劳瘁，不是一般人所能想象的。因此作为儿女者，若能真切体会父母的深恩重德，心灵深处必然会激起阵阵哀伤，孝敬父母之心必会油然而生，随之付诸实践。若是有人不为父母对子女的爱无动于衷，这种人将很难得到安详幸福的家庭，也很难成就大业。

6.怀着爱的态度去尽孝

"孝"，是中国古代重要的伦理思想之一。在组词中，孝一般是孝敬和孝顺，孝一般是孝敬和孝顺，敬即为敬重、恭敬，顺即顺从、顺应，是对父母的一种态度。

孔子的弟子子夏是个大大咧咧的人，虽然他对父母也很好，但是他并不能总是和颜悦色地对待父母，孔子也知道他的这种性格，因此，有一次，当子夏向孔子问什么是孝时，孔子说：遇到有事，子女自己操劳解决；有好吃好喝的，让父母先享用，仅这样做就可以认为是尽孝了吗？其实这只是一方面，在孝敬父母的时候，一直保持着和颜悦"色"是比较难的，"色"在这里是"态度"的意思。"色难"是说在孝敬父母的时候，一直表现出恭敬开心的态度是非常难的，但这些恰恰是尽孝所必需的。

孔子所说的"色难"一直是国学家们谈论的话题，不是因为对它的解释还不确定，而是因为孔子说到人们的心坎上。为父母做事、让父母吃好喝好，还不是真正的孝顺。正如米卢所说：态度决定一切。孝不仅需要心，也需要有爱的态度，但是很多人都难以对父母和颜悦色，这也就是孔子所说的"色难"了。

在历史上，有一位著名的孝子，由于他的生平现在已得不到确切的考证，我们只知道他是一位隐士，大概生活在春秋时期，人称其为老莱子。

老莱子供养双亲十分殷勤，非常孝顺，他自己也已经是古稀之年，但为了不让父母觉得他们年迈,在父母的面前,他从来都不会说自己也已经是老年了。

有一次,他给父母送饭,一不小心跌了一跤,他害怕父母看出来他也已经腿脚不灵便了,害怕父母为自己担心,就故意坐在地上装成婴儿一样地啼哭起来,边哭边甩手,那样的动作像是在撒娇,他的父母不禁相视一笑,开心地说:

"这孩子怎么老也长不大啊! 跟个小孩子一样,摔了还哭,赶快起来。"

还有一次,为了庆祝父亲的生日,他想了好久,怎么样才能让父亲高兴呢?

苦想几天后,他想到了一个办法,他特意换上一件色彩斑斓的衣服,这件衣服穿在一位70多岁的老人身上的确有些奇怪,但是他却觉得很漂亮,并且在父母面前蹦蹦跳跳,好像小孩子一样,看到他一副可笑的样子,父母被逗得合不拢嘴。

老莱子就是这样不仅在物质上奉养父母,还常常想办法逗父母开心,他们家里也常常是一派其乐融融的景象。

在我们现代的人看来,会觉得老莱子的行为有点不可思议,但如果我们能深思老莱子行为的背后,就会发现老莱子才是真的领悟了孝的精髓。而这点,是我们每个人都应该学习的,我们不用学习他逗父母所用的招数,只要我们能让父母因为我们而感到开心,就是值得称道的。

应该承认,一般情况下,当今供养老人吃穿并不难,难就难在对老人的精神抚慰上。有人说:随着独生子女成为家庭的户主,他们一方面要承受社会竞争的压力,另一方面要承担赡养双方老人的重任,真有点不堪重负,"色难"就更加难免。因为来自各方面的压力,使自己的身心疲惫,所以子女往往不能和颜悦色地对待父母。

孩子放学回家,看见饭菜还没有摆在桌子上,就忍不住嘟囔:"快要饿死了,还不能吃饭。"父亲吩咐倒杯茶,孩子迫于父亲的威严端了一杯水过去,但是却阴沉着脸,将杯子往桌子上重重一搁,父母见到儿女这样的态度,又怎能吃得舒心、喝得顺畅呢?

父母永远是子女最重要的亲人,而且这个亲人会随着时间的流逝而老去,往往当我们想去和颜悦色的时候,他们却离开了我们。所以,只要有心,克服"色难"并不难。要心怀感激之情,多想想长辈们的付出和哺育之恩。有些时候当你感到累了,疲倦了,就多陪陪父母,和他们谈心,这样你的心情也会舒服。

多回家看看,多为老人端端茶水、搬搬椅子、捶捶背,多陪老人坐一坐、聊一聊、走一走,多向老人问问冷暖感觉、身体状况,多给老人送上笑脸、掌声、笑声,如此而已。有些时候,幸福就是那么简单易得,人心就是那么知足,施予爱、回报爱就是举手之劳。

想一想我们自己的生活,有没有对父母大喊大叫,或者是有不如意的事情就对他们发脾气?或许我们并不是不爱父母,但就是控制不了自己的脾气。好吧,让过去的都随风而逝,在往后的岁月里,克制自己的情绪,用笑脸来面对父母。

很多时候我们能顺势接过父母手中正握着的扫把或者拖布,然后装模作样地打扫起来。但是内心未必就是高兴的,脸上未必就是平静的,这样的"孝"实际上也就不是真正的孝道了。无论如何,想真正的孝敬父母,不但要在实际行动中做到,更重要的是端正态度,达到一种和颜悦色的孝敬,这样才不会降低"孝"这个我们中华民族五千年来传承的优秀传统的含金量。

所以,在家庭生活中,坚持一种"色难"哲学的重要性也就完全体现出来了。"孝"与"爱"是相辅相成的关系,不是"单相思"的产物,在生活中,无论是父母还是子女,都能够在给对方付出的时候,保持一张和颜悦色的微笑着的面庞,这或许更有助于一种和谐的家庭关系的建立和保持吧。

有这样一首歌,名叫常回家看看,很多人都耳熟能详。然而有很多人却无法办到。然而回家看看,并不是只给父母带回点钱,或者象征性地与父母吃一顿饭,这不是父母想要的,最重要的还是带给父母一份好心情。

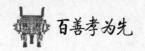
爱在态度上，心中有孝，就要态度尊敬。父母对子女的爱，从来没有考虑过值不值，那我们身为子女，又怎能万事只想着自己呢？孔子也说过，和颜悦色是很难的，但是彭端淑更有"天下事有难易乎？为之，则难者亦易矣；不为，则易者亦难矣"的名言，怀着爱的态度去尽孝，孔子所说的难事也可以达成。

7.只有孝的举动是远远不够的

子游问什么是孝道。孔子说："现在人只把能养父母便算做孝了。就是犬马，一样能有人养着。没有对父母的一片敬心，给养老和养牛马又有什么区别呢！"

仅仅有孝的举动，却没有孝心，是远远达不到真正的孝的。我们希望得到别人真心的爱，同样，父母也希望得到儿女的真情关心。只有心中这样想，让自己的言行都发自内心的充满爱心，父母才能欢喜地接受你的孝心。

有一个财主有两个儿子，大儿子愚笨，不讨人喜欢，小儿子聪明伶俐，于是财主就尽心抚养小儿子。两个儿子逐渐长大了，大儿子一直在家里陪着父母，小儿子因为颇有才华，被父亲送到县城读书。

小儿子果然不负众望，考取了功名，一家人欢天喜地，两位老人也准备收拾行李和小儿子一起到新地方开始生活。本来小儿子不想带着父母，但是想到兄长愚钝，就勉为其难地带上了两个老人家。

到了就职的地方之后，小儿子给父母选了一间房子，安排了一个奴婢，从此就消失了。两位老人看不见他的人影，生病了也只能使唤下人去找大夫。虽然在这里不愁吃穿，但是两个老人心里很难过。

一年以后，大儿子带着家乡的特产过来看弟弟，一见到老人，就难过地哭了——一年不见，父母老了许多，以前胖胖的父亲也瘦成一把骨头了。虽然大儿子很笨拙，但是很心疼父母，他决定带着父母回家生活。父母想到自己以前和大儿子生活在一起的时候从来没有把他当回事，端茶倒水像下人一样使唤，但是他从来没有生气，反倒是乐呵呵地照顾父母，不禁也流下了眼泪。就这样，笨哥哥又带着老人回到乡下去了。小儿子想不明白，为什么父母不跟着我这样有头有脸的儿子，却要和那笨人一起生活。

其实，感动老财主的正是一颗孝心。不管我们能给父母提供什么样的生活条件，父母都可以过日子，最重要的是，让父母感受到我们的孝心，他们才会觉得幸福。

仅仅有孝的举动，却没有孝心，是远远达不到真正的孝的。我们希望得到别人真心的爱，同样，父母也希望得到儿女的真情关心。只有心中这样想，让自己的言行发自内心的充满爱心，父母才能欢喜地接受你的孝心。

从前有个老人，妻子去世以后一直孤单地生活着。他一生都是个辛苦工作的裁缝，但没攒下多少钱。现在他太老了，已经不能做活儿了。他的双手抖得厉害，根本无法穿针；而且老眼昏花，缝不直一条线。他有三个儿子，都已经长大成人，结了婚有了各自的家。他们忙于自己的生活，只是每周回来和父亲吃一顿饭。

渐渐地，老的人身体越来越虚弱了，儿子看他的次数也越来越少。他心想："他们不愿意陪在我的身边，因为他们害怕我会成为他们的累赘。"他彻夜不眠为此而担心，最后他想出了一个办法。

第二天早上，他去找自己的木匠朋友，让他给自己做了一个大箱子。然后他又跟锁匠朋友要了一把旧锁头。最后他找到吹玻璃的朋友，把他手头所有的碎玻璃都要过来。

老人把箱子拿回来，装满碎玻璃，紧紧地锁住，放在了饭桌下面。当儿子们又过来吃饭的时候，他们的脚踢到了箱子上面。

他们向桌子底下看,问他们的父亲:"里面是什么?"

"噢,什么也没有,"老人说,"只是我平时省下的一些东西。"

儿子们轻轻动了动箱子想知道它有多重。他们踢了踢箱子,听见里面发出响声。"那一定是他这些年积攒的金子。"儿子们窃窃私语。

他们经过讨论,认为应该保护这笔财产。于是他们决定轮流和父亲一起住,照顾他。第一周年轻的小儿子搬到父亲家里,照顾父亲,为他做饭。第二周是二儿子,再下一周是大儿子,就这样过了一段时日。

最后年迈的父亲生病去世了。儿子们为他举办了体面的葬礼。因为他们知道饭桌下面有一笔财产,为葬礼稍微挥霍一些他们还承担得起。

葬礼结束后,他们满屋子搜,找到了钥匙。打开箱子后,他们看到的当然是碎玻璃。

"好狠心的诡计,"大儿子说。"对自己的儿子做出这么残忍的事情!"

"但是他还能怎么做?"二儿子伤心地问,"我们必须对自己诚实,如果不是为了这个箱子,直到他去世也不会有人注意他。"

"我真为自己感到羞愧,"小儿子抽泣着,"我们逼着自己的父亲欺骗我们,因为我们没有遵从小的时候他对我们的教诲。"

但是大儿子还是把箱子翻过来,想看清楚在玻璃中是不是真的没有值钱的东西。他把所有的碎玻璃都倒在地上,顿时三个儿子都无言地看着箱子里面,箱子底下刻着一行字:孝敬父母。

孝顺是发自内心,由衷而出的。孝不仅仅是形式,更重要的是内心,一个人总是强调正己,而正己的伊始要从回馈父母开始。孝为百德的先行,一个不知爱父母、没有德行的人绝难成事。

孝是发自内心的情感表达,没有表里如一的孝就没有真心实意的爱。在履行赡养父母的义务时,我们要发自内心,真心地为父母做事。穷则穷孝,富则富孝,只要用一颗真正的孝心让父母开心愉快,自己也就真正尽到孝道了。

8.爱父母如同爱自己一样

在初来城里的日子里,李可总是焦急地等待着母亲的信,一收到信,便急不可待地拆开,痴痴地读着。半年以后,他已是没精打采地拆信了,脸上露出讥诮的冷笑——信中那老一套的内容,不消看他也早知道了。

母亲每周都寄来一封信,开头总是千篇一律:"我亲爱的宝贝,早上(或晚上)好! 这是妈妈在给你写信,向你亲切问好,带给你的最良好的祝愿,祝你健康幸福。我在这封短信里首先要告诉你的是,我很好,身体也好,这也是你的愿望。我还急于告诉你:我日子过得挺好……"

每封信的结尾也没有什么区别:"信快结束了,好儿子,你别和坏人混在一起,要尊敬长者,好好保重自己……"

因此,李可只读信的中间一段。一边读一边轻蔑地蹙起眉头,对妈妈的生活兴趣感到不可理解。尽写些鸡毛蒜皮,什么邻居的羊钻进了自家的园子里,把她的白菜全啃坏了;什么邻居的小芳没有嫁给杨刚,而嫁给了王磊;什么商店里终于运来了紧俏的小头巾——这种头巾在这里,在城里,要多少有多少。

李可把看过的信扔进床头柜,然后就忘得一干二净,直到收到下一封母亲泪痕斑斑的来信,其中照例是写封回信。

这天李可又收到了母亲的来信。李可把刚收到的信塞进衣兜,穿过下班后变得喧闹的宿舍走廊,走进自己的房间。

今天发了工资。小伙子们准备上街,忙着熨衬衫、长裤,打听谁要到哪儿去,跟谁有约会等等。李可故意慢吞吞地脱下衣服,洗了澡,换了衣。等同房间的人走光了以后,他锁上房门,坐到桌前。从口袋里摸出还是第一次领工资后买的记事本和圆珠笔,翻开一页空白纸,沉思起来……

恰在一个钟头以前,他在回宿舍的路上遇见一位从家乡来的熟人。相互

寒暄几句之后,那位老乡问了问李可的工资和生活情况,便含着责备的意味摇着头说:

"你应该给母亲寄点钱去。冬天眼看就到了,家里得烤火取暖……你是知道的。"

李可自然是知道的。

他咬着嘴唇,在白纸上方的正中仔仔细细地写上了一个数字:2500。经过仔细计算,扣除还债、买衣服、娱乐、吃饭等,还余100元。

李可哼了一声。100元,给母亲寄去这么个数是很不像话的。村里人准会笑话。他摸了摸下巴,毅然划掉"剩余"二字,改为"零用",叨咕着:"等下次领到预支工资再寄吧。"

他放下圆珠笔,把记事本揣进口袋里,伸了个懒腰,想起了母亲的来信。他打着哈欠看了看表,掏出信封,拆开,抽出信纸。当他展开信纸的时候,一张100元的纸币轻轻飘落在他的膝上……

李可想孝顺,但更多想的是自己,这种行为就是伪孝,这种行为才叫人心寒。其实父母没有那么多的要求,只要我们常联系,常回家看看,心里想着他们,他们就心满意足了。

自从父亲不幸身亡后,10岁的马丽只有和母亲相依为命。明天就是春节了,疾病缠身的母亲,掏出家里仅有的100元递给马丽,让她上街买点年货。

马丽拿着钱却去找医生。她把50元递给医生,小声请求道:"医生,您能再帮我母亲做一次腰椎按摩治疗吗?"医生轻轻摇了摇头,无奈道:"马丽,50元不够的,最少也得300元……"马丽失望地走出了诊所。大街的一角围了一些人,马丽挤进去一看,是一个街头的轮盘赌。轮盘上依次刻着26个阿拉伯数字,这些数字也依次对应着26个英文字母。不管你押多少钱,也不管你押什么数字,只要轮盘转两圈后,指针能停在你的选择上,那么你都将获得10倍的回报。轮盘赌的主人冲马丽挥挥手,示意她走开。马丽却没有退缩,她犹豫了一会儿,把手中的50元放在了第12格上。轮盘转两圈后,停在了第12格,马丽的50元变成了500元。

轮盘再次旋转前,马丽把500元放在了第15格。马丽又赢了,500元变成了5000元。人们开始注意马丽,摊主问:"孩子,你还玩吗?"马丽把5000元放在了第22格。结果,她拥有了50000元。摊主的声音颤抖了:"孩子,继续吗?"马丽镇定地把50000元押在了第5格,所有的人都屏住了呼吸。不到一分钟后,有人忍不住惊呼:"上帝啊,她又赢了!"摊主快哭了:"孩子,你……"马丽认真道:"我不玩了,我要请医生为我妈妈按摩——我爱我的妈妈!"马丽走后,有人开始计算连续4次猜对的概率有多少。摊主则像呆了似的凝视着自己的轮盘,突然,他痛哭道:"我知道我输在哪里了,这孩子是用'爱'在跟我赌博啊!"人们这才注意到,马丽投注的"12,15,22,5"4个数字,对应的英文字母正是"L,O,V,E"!

由此可见,真正的孝子,他们心里时刻装着父母,不会因为某种利益而让亲情变质,不会因为自己的感受而忽略了父母的感受,他们的心里只有父母,爱父母就如同爱自己一样深。

第三章

健康是福

——孝敬从关爱父母的健康开始

1.关注父母身体变化,定期带他们体检

夏珊是个很幸福的女孩。她是家里的长女,下面还有一个妹妹。姐妹两个从小感情极好,一起上学,一起玩耍,走到哪几乎都是形影不离。当年她在学校中成绩优异,被直接保送上了重点大学,成了妹妹的榜样。为了和姐姐在同一所学校念书,妹妹发奋读书,总算达成了自己的心愿。毕业后,两人也都找到了心仪的工作,相继独立。

日子一天天过去,工作顺利,爱情甜蜜,父母身体一向硬朗。姐妹俩也都成了家,有了自己的住处。逢年过节也都会带着丈夫回家陪老两口,一家人在一起,说说笑笑,其乐融融。母亲接受新事物的速度很快,总是一副依旧青春的样子,女儿一来,就拉着她们讨论哪种护肤品有效,哪家的衣服时尚。

妹妹夏天的丈夫是个医生,所以总是提醒两位老人要去定期做做体检,毕竟人年纪大了,很多器官功能都会开始衰竭,需要时时地照看好。

"妈妈,妹夫说得对,每年做一次全面体检总是没有坏处的。"姐妹俩又一次趁机劝父母去医院好好做一次体检。

"没什么可担心的,你们看我就老到那个地步了吗?再说政府每年都组织去参加医院的免费体检,"妈妈坐在沙发上,一边织毛衣一边说,"我跟你爸每次都去参加,身体好着呢,你们就别操心了。"

"每次跟您说这个事,您都这么说,免费体检的项目不全面,而且也不知道准不准。"夏天有些不高兴了,姐姐急忙上来打圆场说:"既然做了就行了,以后有机会再去做一次彻底的不就行了。"

第二年的时候,妹妹怀了孕,一家人高兴极了。为了即将出世的孩子考虑,夏天的丈夫戒了烟,因为如果在怀孕期间吸二手烟,会对胎儿造成不好的影响。借着这个机会,夏天回家告诉父亲,希望他也一起戒烟:"如果不戒烟,以后就不能常回家陪你们了。而且以后孩子出生了,闻着烟味肯定也不

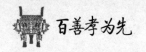

喜欢外公了。"

老父亲一向最疼女儿，况且这是全家人都支持的好事情，只好同意和女婿一起戒烟了。一开始虽然很难受，可时间长了慢慢就习惯了，戒烟后身体也觉得好了很多。不久家里就添了一个可爱的小成员，全家人都眉开眼笑。母亲干脆搬去和夏天一起住，亲自给女儿和外孙做饭洗衣。

母亲每次都给女儿做很多好吃的，自己却很少动筷子。夏珊发现母亲的胃口一天天变差，有些担心，母亲只是说没什么食欲。这让夏珊有些担心，就硬拉着母亲和父亲去医院做了一次全面的检查。父亲身体的各方面都很好，或许的确是戒了烟的功劳。可母亲却被诊断患了胃癌。

拿到检查报告，一家人沉默不语，坐在沙发上不知如何是好。夏珊想要瞒着母亲，可那么了解女儿的母亲从她们说话的表情上就能猜到发生了什么事。姐妹俩很难过，母亲总说每年都参加检查，这么大的病却没有查出来。经过这一次她们才发现，记忆中那个美丽时尚的母亲真的已经老了，不再那么活力四射，也不再像从前那样爱打扮。

医生看过检查报告后说，胃癌还在初期，幸亏发现得早，及时做手术，有很大机会能够康复。于是母亲住进了医院，做了切除肿瘤的手术。手术很成功，没多久母亲就出院回家休养了。经过这次突然的变故，姐妹俩才意识到父母真的老了，她们应该好好地尽到为人子女的义务。

肿瘤切除后最怕的就是复发，所以夏珊决定不管母亲是不是愿意，也要定期带她去医院做全面的身体检查。平时注意饮食和锻炼，生活有规律，才能有痊愈的那一天。母亲一开始不是很愿意去医院，可被两个女儿说得多了，也就慢慢改变了想法，人还是要经常了解自己的身体状况好。夏珊和夏天轮流陪父母去医院做检查，母亲总是笑说，她们不用那么紧张，医院她自己去就可以。女儿们总是笑着对视一眼，父母守候在她们身边一辈子，现在是她们守候父母的时候了，只怕此时再不抓紧，时光短暂，子欲孝而亲不在。

孩子生病了，哭闹不停，搅得那两个初为人父母的年轻人焦头烂额，手脚忙乱，巴不得要代替心肝遭受磨难。那种流血般汩汩冒出的大无畏的担当，是以后自己做了父母才能体验的勇敢。

　　等到子女们一个个长大了，爸妈渐渐衰老了，开始遭受或者已经遭受一个又一个叵测困境的侵袭，他们却努力保持沉默，他们依然心疼自己的子女，害怕子女为此分心。而我们就在这懵懂中继续忽略父母。

　　可是，你会突然在晨起的时候看到父母佝偻着腰咳嗽不止，看到低头洗碗的父母直身不住地捶腰，看到拎着菜篮子的父母气喘吁吁、脸色发暗……直到这一天，你终于确定"年老多病"不只在词典里静静地躺卧着。

　　请关注父母身体的变化，定期带父母去医院做全身检查，那也许是一个救命的信号。

　　其实，陪父母去体检，就是表达对父母关心的最好方式。定期带父母去医院做全身检查，要侧重于对癌细胞的检查。检查时应注意以下几个方面：

　　1.癌症的发病率日渐增高，最应该为老人做的就是定期癌症检查。通常老人会觉得癌症检查很麻烦，不愿主动做，儿女一定要帮助父母安排检查。

　　2.癌症检查中PET检查是最方便的，不会给父母带来痛感，且能查出不容易查出的癌症。

　　3.癌症检查很重要，但不是检查的全部，有些疾病只做PET是检查不出来的，所以还要做其他的相关检查，比如CT、血液常规、尿常规、腹部超声波等等。

　　4.血液检查最好一年之内做两次，可以及时发现高血压、糖尿病、高血脂等常见疾病，以防止一些突发性疾病给父母的健康造成意想不到的伤害。

　　5.在做检查时子女一定要陪在老人身边，了解检查的项目，了解负责检查的主治医生。在检查结果出来后，要和父母一起分析、讨论，及时咨询医生是否需要治疗和改变不健康的生活习惯。

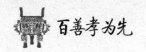

2.陪父母运动,让他们慢点老

有个靠捡垃圾为生的穷人感叹上帝不公,让自己命运多舛,一天三餐都吃不饱,生活拮据。他总是祈求上帝,希望自己可以有很多钱。上帝听见了,就化身为一个病危的百万富翁,想用一百万买穷人完好的心脏,穷人立马拒绝了,上帝便现了真身,对穷人说:"你拥有100万都买不到的心脏,不是很富有吗?"

健康是我们生活中的至宝,金钱、美貌、汽车都是它身后的0,没有健康的1,再多的0终究也只能是0。很多人都明白健康的道理,但是一旦做起来,总是以牺牲健康为代价。

正处于青年时期的宋成栋是个十分卖命工作的人,他相信年轻就是资本,应该趁着年轻多做些事儿。因此经常通宵熬夜,白天补觉,日夜颠倒,终于在一次熬夜工作后晕倒了,被送进了医院。

康复后,宋成栋回到公司依然继续像之前那般卖命工作.但是给人的感觉却和以往大不相同,感觉他每天都活力四射,朝气蓬勃的。同事问他是不是最近有什么喜事让他这样高兴。他说,这是一个秘密。

在一次聚会上,同事又问起这个事请,宋成栋最终吐露了真言,他解释道,其实说起来自己挺羞愧的,他母亲在他生病的时候天天早上把他拉出被窝,和她一起做跑步、广播操、跳绳等体育运动。几天下来,身体明显感觉不一样,轻松了很多,现在他和妈妈还一起晨跑呢。

有同事说:"宋成栋,你妈妈真是个聪明的妈妈啊。"

宋成栋又说,其实这里头还有故事。那是宋成栋初中一年级的时候,宋成栋还是个运动健将,在那年的秋季运动会的时候,操场上飘扬着各色旗帜,同学们都兴奋不已,积极参加各种比赛。宋成栋也参加了运动会,并且参加了每年运动会最激动人心的"抽纸条"活动。就是在跑完100米之后,在一小山堆的小纸条里抽出一张,然后根据上面的要求做出各种动作。

"砰!"发令枪响了,宋成栋第一个冲到台前,展开小纸条——背着妈妈跑。

宋成栋很为难,他看看观众席上体重有200斤的妈妈,又看看自己抽中的纸条,磨磨蹭蹭地走到妈妈身边,说:"妈妈,要背着你跑呢!"

宋成栋的妈妈怎么也没有想到儿子抽中的是这么一个纸条,在大家的哄笑声中,宋成栋和妈妈来到了起跑线前。宋成栋用了吃奶的劲儿背起母亲,勉强地背着母亲走了50米,累得不行了,摔倒在地上就爬不起来了。在那以后很久,这段运动会上的特殊风景还被人们津津乐道。

回家后,宋成栋就要求妈妈每天锻炼身体,不仅是为了减肥,也是为了自己的健康。

宋成栋的妈妈很听话地开始了每天运动的计划,宋成栋也都陪着妈妈一起锻炼。

现在宋成栋工作了,很少锻炼,但宋成栋的妈妈却依然保持着每天运动的好习惯。上次宋成栋病倒,妈妈说起这个宋成栋已经快要忘了的故事,说当初是儿子要求妈妈锻炼,让妈妈养成了一个好习惯,还保持了健康,现在轮到妈妈要求儿子陪妈妈一起锻炼,也是为了保持健康呢。

所以,从出院那天起,每天早晨都能在小区里见到宋成栋和妈妈一起跑步的身影。

健康是我们最宝贵的财富,是所有幸福的前提,它是我们生活的一个最强有力的保障。而运动又是老少皆宜的"养生药",但却有许多老人家宁愿一下午守着电视,也不愿下楼溜达溜达,还说:"唉,老了,懒得动了,每天出去走走,都觉得很累呢。"很多人听到父母这么说,多半就放弃了劝父母运动的念头,但其实如果有儿女陪伴着一起运动,父母们还是会愿意去接受挑战的。

和父母一起运动,我们可以和父母一起分享彼此的心情,谈天说地,我们向父母发发工作中的小牢骚,说说工作中有趣的事情,父母和我们说

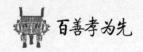
说小区里的新鲜事儿,电视中播放的新闻、电视剧,等等,这样我们既享受着运动的快乐,又很好地填补了父母与子女之间或许因为工作的缘故产生的空白。

当我们长大了,都工作了的时候,父母要的只是能够多和我们在一起进行有意义的共同运动,满足了父母的愿望,也锻炼了父母和我们自己的身体。

运动能使人精神旺盛,心情舒畅。人体在锻炼的时候会释放出许多有益的激素,能调节人的情绪和心境,增强抵抗力,有益于身心健康。所以,运动是保持青春的妙方,是延年益寿的良药。运动的最大好处是延缓衰老、延缓动脉硬化,如果能坚持走路50年,就可能做到50年体重不变。如果保养得好,完全可以做到体重、血压10年、20年甚至50年不变。子女可以根据自己父母的具体情况,为他们制订相应的锻炼计划,延缓父母的衰老,令他们健康长寿。

在制订计划时,要注意运动的强度和时间上的规划,确保它们符合父母的身体状况和生活习惯。在运动量上,可采取弹性的计量方式,刚开始时少量运动即可,等父母适应了之后再逐渐增加。在条件允许的情况下,也可以主动陪父母一起运动,这样会使父母更有动力,而且也能在共同的锻炼中增进子女与父母之间的感情。

3.牙好胃口就好,抽时间带父母去看牙医

小雅记得自己以前换牙时候,每天晚上都由母亲来给自己摇牙齿。那时,她刚到换牙的年纪,一颗牙齿刚开始有点松动,但是新的牙齿已经长出来些,必须马上去医院拔掉旧牙,才不会影响新牙齿的生长。然而,小雅从小就怕疼。一说去医院她就开始哭。无奈之下,只好商量着,帮她摇动那颗牙,让它能早点掉落。所以,只要墙上的挂钟敲到了8点,母亲就会去洗手池边仔

细地洗手,洗好之后就帮她摇那颗晃动的旧牙。

后来,小雅总是喜欢咧开她那空空的大门洞,冲着别人说:"看,我换牙了,长大了。"父母也会和小雅说各种和牙齿有关的类似"把牙齿扔过屋顶会有好运"的故事,还嘱咐小雅每天记得刷牙、少吃甜食,等等。

现在,小雅的父母上了年纪,或许是觉得麻烦,或许怕小雅担心,即使感到牙痛也不愿意去医院。

小雅的母亲牙齿不太好,吃饭的时候经常抱怨说"这个肉太硬"、"没煮烂"、"不行,这个粘牙,不好吃也不能吃⋯⋯"平时自己家人在一起吃饭,听得这种抱怨多了,也就习惯了,记得下次多煮一会儿。但有的时候小雅家里有客人来了,在一起吃饭,她的母亲这么抱怨一句,家人和朋友都感觉挺尴尬的,就餐时的乐趣也就减少了很多,她很无奈。她有很多次想陪母亲去医院看看牙,但不是忘记了,就是有工作上的事情,过了很久也没有去看牙医。

牙齿是身体十分重要的一个器官,我们用牙齿咀嚼食物,保证我们每天能量的供应。而和身体其他部位的体检一样,平时坚持对牙齿做定期的健康检查,可以早期发现一些重大的隐患,也可以防患于未然。

一些牙齿的毛病并没有明显的疼痛,比如说龋齿(虫牙)、牙龈炎、牙周病,等等,但是这些小毛病若得不到及时的治疗,就会使病情加重。我们有时会忘记看病,会忘记做检查,总是在父母的一再催促,有时甚至是在父母的陪同下才去看病,去做检查。如今,是角色转换的时候了,是我们主动抽时间陪父母一起去医院看看牙的时候了。

在关注自己的牙齿方面,很多国家都在提倡一项保护牙齿的运动,叫做"8020"。它的意义很有意思,是希望人们在活到80岁的时候还拥有20颗牙齿。这个倡议活动很值得我们借鉴,因为各种原因,实际上到80岁还拥有20颗牙齿的人只有很小的一部分。

我们总是在感到牙痛之后才去看牙医,这主要是治疗龋齿,更加重要的是在于平时对牙齿的日常检查,其目的是预防牙周病。

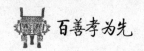

平时看电视的时候，很多牙膏广告也或多或少地向我们灌输了一些关于牙齿的小知识，比如说牙周病是分初期牙龈炎和后期牙周炎两个阶段等等。牙医说：初期牙龈炎阶段不拔牙也可以治疗，但进入包括牙槽脓肿在内的牙周炎阶段，很可能就必须要拔牙治疗了。他还说，实际上因牙周病拔牙的人要比因龋齿拔牙的人多得多。

平时再忙，也应该抽出时间陪陪自己的父亲、母亲一起去医院看牙，这样父母能保持一副健康的好牙齿。这样，父母就能享受用自己的牙齿咀嚼食物的快乐，对食物的抱怨也就少了，生活也就会更开心。

我们平时也都做身体检查，为什么不顺便带上父母一起检查？我们平时工作很忙，也很少陪伴父母，带着父母一起做身体检查或是定期带父母去看牙医，既增加了我们和父母在一起的时间，也让我们、让父母更加重视自己的健康，又让父母感受到我们对他们浓浓的爱意，一举三得，何乐而不为呢？

如果你的父母在刷牙时出现牙龈出血或牙根发痒等症状，尽量劝他们去医院看一下吧。如果你的父母没有出现牙齿疼痛，也抽空陪他们去医院看看牙。不要吝惜陪伴父母看牙的时间，也不要说自己很忙没有时间，父母为我们付出了很多，我们也应该多关心爱护我们的父母。重视牙齿健康既可以享受美食，又可以保持身体健康，生活自然就会幸福快乐。

"牙好胃口就好，胃口好身体就好。"这句话说出了牙齿健康对身体的重要性。注重父母的牙齿健康，不仅是对他们身体健康的重视，也是对他们饮食健康和生活乐趣的关注。因为父母如果牙齿好，能吃能说能笑，日子也会过得比较开怀。对于父母的牙齿健康问题，应以预防和保健为主。

1.预防父母得牙周病。牙周病不只局限于口腔内，病菌可以通过牙根进入血液。这些毒素在血管壁上引起炎症，会使动脉硬化恶化而间接引发心肌梗死和脑梗塞，也会妨碍胰岛素的活动，增加患糖尿病的风险。牙周病的发病原因是刷牙时没能完全除去牙上的细菌，这些细菌进入到牙齿和牙床之间诱发牙床炎症。如果放任不管的话，即使一下子发展不到心肌梗死这样的严重程度，也会成为引起口臭的原因之一，所以可以给爸妈买电动牙刷，全方位的清洁口腔。

用自己的牙齿嚼食物有很多好处。可以买回胡萝卜和无糖木糖醇这一类有嚼劲的食物与爸妈一起分享,通过不断咀嚼来增添饱腹感,抑制肥胖,既能帮助父母保持牙齿健康,还能增添生活乐趣。

2.人过中年,牙周萎缩,牙颈部和部分牙根就开始暴露出来。由于这些部位硬度低于牙冠,因而容易出现龋洞,就称为根面龋。根面龋位置隐蔽,不易被发现,因此务必要带父母定期检查牙齿,及早发现,及早治疗,不要等他们疼痛难忍才开始注意。

重视补牙,不要以为父母老了缺几颗牙好像也不是什么稀罕事。牙齿不好会影响父母的咀嚼能力,消化和吸收功能都会减弱,甚至周围的牙齿都更容易松动。因此,如果有缺失牙,千万不可偷懒,及时镶上牙才能防止更多口腔疾病的发生。

3.提醒父母用温水刷牙。遇到冷热酸甜就会牙齿酸软的现象已经不是一天两天,这是因为中年以后牙面磨耗、牙周萎缩,使得牙本质暴露出来,牙就异常敏感。不要认为这是自然规律,如果这种冷热酸甜的刺激不断反复,就很可能会导致牙髓炎的发生,对牙齿的危害极大。温水刷牙正是防止牙髓炎发生的简单可行的方法。

4.用爱守护在父母的病榻前

一位母亲用自己的身体为孩子撑起了生命的天空。当救援人员发现时,她已经死了,是被垮塌下来的房子压死的。这是世界上最伟大的死亡姿势,也是最感人的生命姿势:她双膝跪地,身体前倾,双手着地支撑着身体,成匍匐姿势,身体被建筑物压得变形,这成为人与大自然抗争的雕像。救援人员在她的身子底下发现有个还活着的孩子。于是,人们小心翼翼地清理开她身上的堆积物,从她身下抱出被小被子裹着的约三四个月大的孩子,孩子毫发未损,依然在安静地睡着。就在医生准备给孩子做身体检查的时候,忽然发现被子里有一部手机,屏幕上有一条妈妈留给孩子的短信:"亲爱的宝贝,如果你能活着,一定要记住我爱你。"手机在救援人员中间无声地传递着,每个在场看到短信的人都落泪了。

千百年来,不论何时何处,父母对自己子女的爱往往要超过子女对父母的爱的几倍甚至百倍啊。如果是母亲对待生病的孩子,她会夜以继日、无怨无悔的照料和担心着;而做子女的往往是相互推诿,总是要找出种种理由来为自己开脱……

"久病床前无孝子"是一句民间俗语。是千百年来对一种比较普遍存在的社会现象的总结。其具体的来历起源无从考证。"久病床前无孝子"的意思是:老人(父母)病重卧床时间太久,再孝顺再好的子女都有厌烦抱怨的时侯,严重时,甚至连人影都看不到了。

肿瘤病房是个充满了生死急迫的气氛的地方,这里有着许多即将走向生命尽头的癌症晚期患者和照顾他们的临终关怀志愿者。

不论何时来到这里,各种持续不断的声音总会在耳边萦绕:轰隆的氧气机运转声,随处可闻的剧烈呕吐声,此起彼伏的痛苦呻吟声……在这样一个生与死的分界地里,有尚处青春激情迸发、却在晚期癌症的痛苦中煎熬的年轻少女,也有连手腕上的输液管的重量都不堪负荷、整天辗转反侧的中年大叔。他们大多清醒消瘦,眼神呆滞涣散,由于不能接受死亡的到来,正陷入强烈的痛苦之中。陪伴他们的多是一个目光平静的志愿者,这些志愿者们抚摸病人的双手,以安慰的口吻低声与病人交谈,试图给他们以慰藉,而李颖就是这些志愿者中的一员。

李颖是这个医院肿瘤科的一名医生,在这里天天上演生死的轮转。她深刻地明白没有哪个人可以一下子接受死亡的降临。许多人最初都会选择拒绝相信他们死亡即将来临的事实,他们会愤怒地质问:"为什么偏偏是我?"但是经过地狱般的挣扎后,患者才会慢慢与现实妥协,承认即将到来的生命终结。

　　然而在医院工作这几年里,令李颖印象最深刻的不是那病房里各种持续不断的声音以及病人无意义的质问与妥协,而是一只紧握着手机不放的手。

　　这只手是属于一位肝癌晚期患者,他大约50来岁,但被病魔折磨得像70岁一样。由于癌症细胞的扩散和化疗的进行,患者身体已经虚弱到连输液管和病号服的重量都不堪承受,但是他那只手一直执著地不肯将手机松开,从早到晚一直坚持着,直到病危抢救之际才由李颖强制从其手中扳出来。而老人刚从抢救中苏醒过后,第一句就问:"我的手机呢?"

　　李颖对老人此举感到迷惑不解,老人用虚弱至极的口吻娓娓道来其缘由:他的独生子今年20来岁,还没有固定的工作,现在正在准备教师资格的考试,复习十分紧张,而老人怕妨碍到儿子的学习,一直不肯打电话打扰。然而,他又一直担心儿子会打电话来,所以紧握手机不放,希望能第一时间接到儿子打来的问候电话。说完这些,老人又疲惫地睡了过去。李颖望着那只仍然紧握着沉重的手机的手,心里久久无法平静。

　　面对死亡时,我们都会本能地感到恐惧不安,惊疑、质疑、愤怒直到无奈地接受其到来。在生命即将走向终结的这一刻,人就会很自然地想念自己所爱的人。他们想要见到那些过去或现在爱过或被爱过的人,也想要见到那些由于自己的错误而遗憾终生的人,希望能与他们和解,原谅的同时得到原谅,这是生命的最终需求。

　　然而,在很多时候,他们的身边甚至连家人都没有。尤其在当下生活节奏快的压力下,子女们都为了忙于生计,对父母疏于照顾;另一方面,在长期同病魔纠缠的日子之后,子女们也身心俱疲,已经没有力量再表达温情了。因此,急迫而压抑的病房里,往往孤单的弥留老人们面对的只能是临终关怀的志愿者们,而他们只能紧握着沉重的手机等候子女不经意间的问候。

面对死亡是人最害怕的事,但是比死亡更恐惧的是被所爱之人忘记。父母在子女身上倾注了一辈子的心血,他们对子女的爱已无法用任何形容词来表达,然而在他们生病的时候,他们希望的是他们牵挂着的人,能来到他们身边陪伴他们一起度过这段艰难。请记得,深爱你的家人们,等待着你们的到来。

5.记得,为父母买一份终身医疗保险

很多人喜欢在开车的时候听收音机,刘芸也不例外。但与他人不同的是,她不喜欢音乐主持人饶舌的解说,只喜欢听那些朴实的故事。车子驰骋在路上,随着故事里主人公的际遇,或开怀大笑,或泪流满面。很多故事不过是漫不经心地听,却常常终生难忘。似乎那些温暖的话语触动了心口最敏感的神经,久久不能释怀。

这一天刘芸照例开车去上班,习惯性地打开收音机,听到的故事却让她不由自主地停了车,只为了安安心心地听完整个故事。

那是一位母亲讲述的故事。自己的女儿刚刚上小学,已经习惯了女儿在身边吵闹的母亲一下子闲了下来,每天把女儿送到学校之后,终于有时间做些自己喜欢的事情。三天前的早上,女儿起床后显得没有精神,母亲摸了摸女儿的额头,有些烫。

"呀,怎么有点发烧?"

"妈妈,我不舒服,今天可以不去上学了吗?"女儿的声音沙哑,显得可怜巴巴的。母亲差一点就妥协了。可是她又想到,也许是女儿才开始上学有些不习惯,自己如果这样娇惯她,她以后就不好好上学了。母亲咬了咬牙想着女儿年幼,经常会有些小病,但总是没有什么大事,很快就会好。于是坚持把女儿送去了学校。

到了中午母亲就发现自己做了一个多么错误的决定。学校老师打电话来说女儿烧得很严重，最好回家休息。母亲自责起来，匆匆带着女儿去医院看病，医生诊断是重感冒，打针吃药，一直折腾到天黑。好不容易回到家，女儿的烧退了，母亲松了一口气，可没想到到了夜里，体温又升到了38度。接着一天三天，女儿的情况总是时好时坏。看着女儿烧红的小脸，母亲心疼极了。

如果不是自己一时大意，女儿不会这样躺在床上。6岁的孩子，原本是爱笑爱闹，总是缠着人讲故事，怎么都不肯睡觉。现在家里没有了跑来跑去的小身影，一下子觉得冷冷清清的。母亲更加自责，看着难受的睡不着的女儿，急得饭也吃不下。

母亲守在女儿身边，不停地用凉毛巾擦拭女儿小小的额头。看着女儿头上的汗珠，母亲忍不住说："宝贝快好起来吧，妈妈宁可自己生病也不想让你这么难受。"没想到女儿并未睡熟，听到了母亲的话，竟然喃喃地说："如果妈妈生病，我也会很心疼的，所以还是我自己生病的好。"母亲呆住了，没有想到这个小家伙能说出这么动人的话。她把女儿紧紧抱在怀里，失声痛哭。

在坚持在医院打了几天的点滴后，女儿的病终于好了，小家伙又恢复了活力，蹦蹦跳跳地可以去上学了。但是因为一直守在医院不眠不休，母亲又病倒了。放学后，女儿自己回家，一进门就瘪着小嘴，扑到母亲床前大哭起来。母亲吓了一跳，以为女儿在学校受了委屈，或者感冒还没有完全好。

"妈妈对不起，老师说感冒是会传染的，一定是我把感冒传染给你的，现在妈妈生病了，都是我不好。"

母亲拼命地忍住眼中的泪水，笑着把女儿揽在怀里。懂事的女儿帮母亲倒水，喂母亲喝粥，俨然一位小护士的模样。还学着母亲的样子把凉水浸过的毛巾敷在她的额头。到了晚上，母亲几次叫她回房间去睡觉她也不肯，坚持守在母亲身旁。看着因为疲倦而很快入睡的女儿，母亲双眼噙满泪水。女儿像是守护在她身边的小天使，给她快乐，给她力量。

故事讲完，刘芸依然呆坐着，不知不觉泪流满面。她想起小时候的她同样是体弱多病，经常发烧，父母陪着她在医院输液到凌晨，回家的路上，在刺骨的寒风中把她紧紧裹在大衣里，生怕她感到一点寒冷。这些年她哪怕有些小小的不舒服，父母也紧张不已，无论如何也要带着她去医院看过医生才肯放心。很多时候刘芸为了不让父母担心故意隐瞒，可父母还是能一眼看出。

这么多年，她渐渐长大、独立，已经不是那个动辄感冒发烧的小女孩。可她记忆中母亲乌黑的发丝已经变白，父亲挺直的脊背日渐佝偻，添了大大小小的病，三天两头要往医院跑。她工作忙，不能陪在他们身边，有时还对父母的草木皆兵十分不耐烦。直到听到了这个故事，才唤醒她深层次的记忆，父母曾付出过多少使她平安长大，现在他们老了，该是她去守护他们的时候了。

刘芸擦干眼泪，重新发动车子，再不上班就要迟到了，今天还有很多进度要赶呢。刘芸急急忙忙赶到办公室，刚刚坐下来，电话就响了，是母亲打来的。

"闺女，今天回家吃饭吧，你爸给你做你最爱吃的糖醋排骨。"听着母亲近乎撒娇的声音，刘芸的鼻子一酸，眼泪险些又落下来。她尽量控制有些颤抖的声音，装作很开心地说："今天我争取早点下班回去看你们，晚饭我来做，你们就等着尝尝我的手艺吧。"

挂上电话，那位经常来办公室推销保险产品的业务员又来了，刘芸刚想摇头说自己不需要，突然又改变了主意。虽然父母都有医保，平时去医院看病单位都会报销，但是节俭了一辈子的父母除非是大病否则绝不住院治疗，总是买些药治疗一阵子，但是总是不能彻底根除。一次偶然的机会，刘芸听同事提过给父母买了终身医疗保险，生病的时候能有保险公司负责医药费，多少年后还能有些收益给老人零花。刘芸心里盘算着给父母也买一份，让老人的生活有些保障。

如今出现了一种称呼叫"三明治爸爸"，就是压在中间的一层"既是儿子，也是爸爸"，不管经济上的负担还是精神上的负担都非常严重。有关社会专家呼吁尽早在65岁前为他们上终身保险，既能为父母争取最好的医疗保障，也能减轻未来沉重的医疗费用。但是，很多人并不清楚终身保险的一些基本情况,因此,针对50~60岁的老人购买的终身保险的问题保险公司的专家给出如下的解释。

1.保终身的重疾病产品是很好,但由于老人年龄问题,同样的保额所交的保险费要比年轻人的高。

2.终身型的医疗保险比一年一年签的贵。同时医疗险大部分是附加险。也就是说必须投保主险,才可附加医疗险上去,而附加险也是交费终身,因此费用并不低。

3.传统的终身重大疾病保险最高的投保年龄限度55岁,不过这种险种到这个年龄段的费用会比较高,额度也不能做很高,还需体检,投保这种险种就可以做成月交的方式。另外非传统型的险种重大疾病保险60岁以下都可以,但必须是年交方式,额度和体检方面一样都是有限制的。

6.使父母保持愉悦的精神

我们都曾经被父母感动过。但是,你感动过你的父母吗?

这个问题,我问了自己三遍,然后觉得很难回答……于是我又问了自己一个问题:

如果说父母是我们身边的树,可以遮荫避暑,可以抵御寒风,那我们是什么?

我问了父母,他们笑了,我们不需要你们的回报……

当我们心头有太多杂念,徘徊于爱与不爱之间,为情所困的时候,禁不住怀疑起来,怀疑自己,怀疑他人,怀疑爱,继而怀疑这个世界,但是我们没有理由怀疑父母给予我们的一切。

我们先来看一个关于爱和责任的故事:

星期六，我起得有些晚，站在二楼的阳台上，太阳光在寒冷里美好得刺眼。楼下的院子里，爸爸和慧阿姨正在给一棵我不认识的小树浇水，爸爸戴着我买给他的钓鱼用的帽子，树叶在风里微微摇着，远处传来黄鹂软软的歌声。

这个早晨安详而美好。这是母亲去世八周年纪念日。我希望这个纪念日不要再被记起，除了我。

母亲并不属于那种兰心蕙质的女子，十三岁离家出走，与封建家庭决裂，在革命队伍里经过多年的颠簸。她可以下田种地，挑粪浇水，但是做不出精致好吃的饭菜，拿教鞭的双手写下无数的板书，却拿不起绣花针和毛衣针。我唯一见过的母亲的女工活计是一方真丝手帕，一处村庄，两片落叶，还有前人的句子：不知秋思落谁家，依稀看得出是父亲的笔迹。针脚是粗糙和不熟练的，但还是很好看。我最后一次见这方帕子，是母亲去世的那天，父亲将它蒙在了母亲的脸上，手帕已经泛黄，但字迹如旧，村落依稀，落叶宛然，两道折痕如刀刻般清晰可见。我以为我在那一刻长大了。母亲病倒的时候我正在外面游荡，因为考试成绩不好而不敢回家。其时父亲正出差在外，没有人护着我，母亲簸箕般的手掌毫不犹豫落在屁股上，不怕是不可能的。奶奶挪着小脚在夜幕降临的田野里找到我，把我拽回家。看到母亲躺在床上，全无平日的威严态度，我的心情一下子松弛下来，今天可以不用挨打了。

那个夏天炎热而漫长，父亲陪着母亲去北京看病，哥哥们不在家，奶奶管不了我，我在家里玩得放了羊。暑假刚过一半，爸爸从北京打来电话，问我愿不愿意过去玩。在北京301医院闷热的病房里，我看到了满头黑发已经全被剃光的母亲，爸爸对我说是因为天太热又没法洗澡，剃了头发是为了凉快，我是那么容易就被骗过了。母亲从小包包里摸出两个又大又亮的李子给我吃，我捏了捏，有一个已经坏了，我把它丢在垃圾篓里说，都坏了还给我吃……话音未落，爸爸的巴掌已经落了下来，那是长这么大第一次挨爸爸的打，只是太轻了些。

第二天早晨母亲被一群穿白衣服戴白口罩的人用一只细长的带轮子的

床推走了。当父亲用颤抖的手在手术单上签字的时候，八岁的我正在病房外面的平台上跟一个刚认识的小朋友玩跳房子，远处树上的知了叫了一天。

母亲回家的时候天已经很冷了。她被人用担架七手八脚抬进房间，包得严严实实，一起回来的还有一个保姆。爸爸拉着我来到母亲的床前，我吓了一跳。床上那个面目浮肿、口眼歪斜的人是我妈妈吗？我怯怯地叫了声妈妈，母亲伸出手来，我却往后退了一步，踩到了爸爸的脚。爸爸开始告诉我发生的事情：妈妈脑子里长了一颗肿瘤，医生已经帮妈妈拿出来了，但是在手术的时候伤害了面部神经，所以才会变成现在这个样子……旁边的奶奶已经哭得昏了过去。

后来我才知道，那颗肿瘤是长在脑干上，不可能根除的，只是取出来一部分。所谓的恢复治疗只不过是用药物抑制肿瘤不再长大和病变。我那时还分不清良性和恶性的意义，不知道恶性肿瘤就是癌症。

母亲在病床上一躺就是十年。

开始的日子里母亲学校里的领导和同事，母亲的学生，还有亲戚朋友们都纷纷来探望母亲，说一些鼓励和安慰的话，后来便渐渐门可罗雀。这样也好，我看不出那些穿梭来去的人们会对母亲的病情有任何的益处。刚回来的时候母亲大小便都不能自理，连翻一翻身都要别人帮忙，但是像倒便盆，换尿布，甚至端饭喂药这样的活母亲都不让我干，即使我在旁边也要叫保姆，或者叫爸爸。我所要做的就是乖乖地上学，每天回来之后去母亲房间里看看她，考试之后给她看标着优秀的成绩单就可以了。我渐渐习惯了母亲这样的病情，也逐渐不再把母亲的卧床当成一种病。母亲的一只耳朵已经失聪，我说的话她总是听了一半漏了一半。我不再小心翼翼地每天到母亲房间里去例行公事地汇报，我喜欢听到的是在母亲房间门口听到兰兰姐姐（保姆）对我说，你妈妈才吃了药，刚睡了，然后心安理得地下楼去。我甚至不愿意领同学到家里来玩，因为不愿意听到他们说，你家里什么味儿？不愿意他们问，你妈怎么那样？

十年，可以发生任何事，但是对母亲来说，什么也没有改变过。她的生活圈子只是病床到厕所那么远，她的生活内容只是吃药吃饭，偶尔站一站，头晕不支便只能坐下。母亲很关心我，但是母亲的关心却总是成为我嘲笑她的借口。她会郑重地对我说，不要早恋，有什么心理动态要及时向团组织汇报，我会冷笑着反问，妈你是从唐朝来的吗？有时候母亲会找出她心爱的舍不得戴的丝巾送给我，可是我会去戴那些过了时的东西吗？一转脸我就把母亲当宝贝一样送我的丝巾转送给了保姆。那天晚上母亲吃了饭，还没有吃药，说是有点累，要躺一会，这样一躺就再没有醒过来。爸爸从医院回来的时候，我还寻找着他身后的担架，傻傻地问，妈妈住院了？

爸爸说，你妈妈走的时候连一身像样的衣服都没有。这句话像鞭子一样抽在我的心上。我每天花枝招展的像只蝴蝶，却从来没有想起买一件漂亮的衣服给母亲。

灵堂里很冷，那个静静躺在灵床上的人是我的母亲，脸上盖着一方泛黄的手帕，村落依稀，落叶宛然。她应该躺在家里的床上。床上是她盖惯的被子，应该还有母亲的体温吧，枕头旁边是她的花镜，她总是一摸就摸得到的，床头还斜倚着她的手杖。我已经习惯了她每天躺在这张床上，习惯了她的唠叨，习惯了房间里药香和床褥混合起来的不新鲜的味道，我以为那会是一辈子。对母亲来说，这已经是一辈子了，这一切来得太快吗？如果上天再给我一次机会，可是上天已经给了我十年的时间，十年，让我长大成人，十年，肿瘤的生长夺去了母亲的生命，可是这十年，我没有为母亲做过任何事。

母亲走后的第二年，慧阿姨来到了我们家，她是爸爸的新妻子。我友好地接受了这个事实，认真地欣喜，为了爸爸，也为了已经过世的母亲。但是我保留了选择称呼的权利，一直礼貌地称呼她慧阿姨。妈妈两个字，也许是母亲留给我唯一的纪念了。十年弹指韶光过，爸爸老了，他失去的不光是时光和亲人，白发爬满了两鬓，岁月已经清晰写在额角，没有人记得他曾经也是才情满腹的翩翩少年。当孩子们都长大了，儿子又有了儿子的时候，爸爸喜欢在桂树飘香、皓月当空的夜晚领着小孙子看月亮，他会给小孩子讲有关月亮的故事，教给他背那句有关月亮的诗：今夜月明人尽望，不知秋思落谁家。

爸爸，还有远在天堂的妈妈，我知道你们不需要我的感激涕零，不需要我的长跪不起，作为子女，我向你们索取了一生，我不忏悔我的贪婪和无知，那是苍白和无用的，时光不会因为我的悔恨而倒流，我知道你们总是在我还没有原谅自己以前早就已经原谅我了。可是请告诉我，该怎么做才可以回报你们赐予我的一切？如果父母的恩情今生今世是无以为报的，如果冥冥中注定父母必须要为女儿倾尽一生的爱，那么在来世的轮回中，请一定成为我的儿女，请让我来做那个还债的母亲吧，请让我用来世的情回报你们今生的爱。

我们都有父母，我们的父母都爱我们，我们也都爱我们的父母。但是这个故事中的女儿用这样的一句话打动了我们：如果父母的恩情今生今世是无以为报的，如果冥冥中注定父母必须要为儿女倾尽一生的爱，那么别期待来世的轮回，请从今天开始用心回报父母今生的爱吧。

请花一点心思在父母的健康上吧，随时关注他们身体的变化，也许这就是一个救命信号，虽然很难，但是只要你用心就一定会做到。如果，你能及时发现父母身体发出的信号，及时带父母到医院就医，很多病魔都会不战自败，悄悄闪退。这样我们就会珍惜彼此的有效期，不在悔恨中期待来世的轮回。

很多子女通常很关注父母身体上看得见的疾病，却很少关注看不见的脑部疾病。随着人口老龄化日益加重，老年痴呆等大脑疾病发病率也逐渐上升。这种疾病无论用中医疗法和西医疗法，都只是能起到缓解作用，无法从根本上改变疾病的进程。因此，关注父母的脑部健康，预防脑部疾病是让父母幸福安享晚年的重要一环。

研究发现，积极思考的人，他们得老年痴呆的概率比较低；相反，整天无所事事的人更容易患病。所以，子女应该鼓励父母经常用脑，常做有趣的事，保持头脑灵活，锻炼脑细胞的反应敏捷度。具体而言，可以多鼓励父母培养多种业余爱好，鼓励他们广泛接触各方面的人群，多和朋友聊天、下棋等，这些活动都可以促进大脑的运转。

适当的运动也可以让父母保持大脑的活力，因为运动可促使神经生长素的产生，预防大脑退化，如散步、打太极拳、跳广场舞等有利于大脑抑制功能的解除,提高中枢神经系统的活动水平。

压力对于大脑痴呆也有影响。实验表明,在对动物施加压力的过程中,它们的大脑的海马趾会受到损害,从而影响到大脑的正常运作。尽早进行压力管理对预防老年痴呆有预防作用。过多压力可能导致忧郁症的产生,而得忧郁症的人更容易得老年痴呆症。俗语说:"笑一笑,十年少。"子女平时就要注意父母情绪上的波动,对他们的精神进行调节。多创造和谐的家庭环境,使父母保持愉悦的身心。

7.闲时不妨为父母按摩几下

逢年过节,忙碌了一年,总想给父母买点什么,尽尽孝心,弥补平时的照顾不周。一般人总青睐买保健品,"健康就是福",做子女的最愿意看到的就是父母健康开心。"花钱买健康"的观念深入人心,市场上足浴按摩盆、脚底按摩器、电子便携按摩器等按摩产品渐渐红火起来。

阿强也看到了这点,寻思着过年送给爸妈一套按摩椅,好为爸妈做放松按摩。阿强左挑右选,最后选择了一款最适合老年人使用的保健按摩椅,还附赠了一套按摩法的图册。

大年三十,阿强把按摩椅搬回了家。妈妈看见一个"庞然大物"放在了客厅,一个劲儿地说"占地儿"!阿强爸爸刚从外面遛弯回来,看见阿强新买的按摩椅,就说要赶紧试试,昨天还跟其他几个老哥俩念叨自己这腰疼呢。坐上按摩椅,"咚咚咚"地,按摩椅的按摩珠就动了起来,有节奏地在阿强爸爸背上敲打着。随着声声敲打,爸爸紧皱的眉头也终于舒展开了。这个东西别看贵,还真是管用,对爸爸的腰背好也就值了!阿强想。

晚上一起看春晚的时候,演了一个让子女常回家看看父母的小品。当时,阿强想,自己对爸爸妈妈的孝顺就特别不够。尤其是父母年纪大了,难免有个腰酸腿疼的,平时工作忙在家时间不多,不能亲手给父母捶捶后背揉揉肩,还好买了个按摩椅给爸爸妈妈服务,可是春节赶上放假自然得多在家亲手给爸爸锤锤腿,给妈妈揉揉肩。于是阿强翻出了购买按摩椅时附赠的按摩保健图。

看了半天,阿强发现按摩图里的穴位不太好寻找,手法也相当专业,外行的自己生怕因为不专业而给爸妈按摩得不好,甚至按摩出毛病来。于是只能先放在一边,寻思过几天去找个医生专门学一学。今晚,只能用最基本的按摩手法给爸妈简单放松下了。用拳头频繁敲打妈妈的双腿,让疲于奔走的妈妈得以放松休息;用富有力度的双手轻捏爸爸的双肩,让曾扛着家庭重任的爸爸在晚年舒服自在。再为爸妈泡上一盆加上了藏红花等养生中药材的洗脚水,年三十儿的这晚上,阿强父母可算是有一个大大的放松了。

后来,趁着几次周末休息,阿强抽空儿去保健所的培训部学习了几次推拿按摩,现在的他已经是个还不错的"按摩师"了。阿强想,上班的时候,家里有按摩椅给父母放松放松,替自己孝顺父母,不上班的时候,自己在家可以用手给父母按摩按摩孝顺父母。

是啊,父母用双手含辛茹苦把自己养大,在父母年老的时候,也用双手回馈父母对子女的爱。

父母年纪大了之后,难免出现一些腰酸腿疼的毛病,作为子女,固然可以为父母买很多按摩产品,或带他们去按摩院,但若能学会一些基本、常用的按摩手法,亲自动手为他们按摩,恐怕父母会更加开心,会觉得更舒适。

1.摩。这是用手指或手掌附在体表的一定部位,做环形而有节奏抚摩的一种按摩手法,是按摩手法中最轻柔的一种,作用力温和而浅在,仅达皮肤及皮下,十分适合身体虚弱的父母。操作时,应让父母肘关节微屈,腕部放松,指掌自然轻放在父母体表的一定部位上,然后做和缓协调的逆时或顺时针抚摩,频率在每分钟100次左右。

2.推。用指、掌或其他部位着力于人体一定部位或穴位上,做前后、上下、

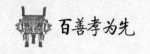

左右的直线或弧线推进,称为推法。本法具有疏通经络、活血止痛、缓解痉挛的作用,如果父母患有风湿病,这种按摩手法就比较有效。

3.拿。拿法是以拇指和其他四指相对,提住某一部位或穴位提拿揉捏的一种手法。操作时腕部要放松、以指腹面着力,提拿方向应与肌肤垂直,在拿起肌肉组织后应稍待片刻再松手复原,力量要适中,以局部酸胀、微痛或放松后感觉舒适为度,提拿揉捏动作应连绵不断以5~10次为宜,根据治疗部位可分别采用三指拿、四指拿、五指拿。本法常用于颈肩、四肢等部位,对于颈肩痛、四肢肌肉酸痛的老人来说,这种手法能起到纾解疼痛的作用。

4.捏。以拇指指腹分别与食、中、无名、小指指腹同时相对用力,在身体各部位或穴位上,连续灵巧地张合施术,称为捏法。操作时腕指要灵巧敏捷连续,轻重适度,勿伤皮肉。若父母落枕,或有颈椎病、四肢关节疼痛、屈伸不利等症状,用捏法为他们按摩就能起到疏通经络、活血化瘀、舒筋利节的效用。

为父母按摩,一定要遵循适度原则,尤其是身体较为虚弱的老人,过度按摩反而对身体有害。另外,并非所有老人都适合按摩,如患心脏、肝、肾方面疾病的老人,就不适合经常性的按摩。在按摩的时候,要注意让父母保持舒适的体位,如颈部按摩要取坐位,腰部按摩要选择硬一点的床。同时,最好让父母穿棉质衣服,身上不要携带硬物,以免遇到意外伤害。

8.家是放心的地方,别忽视父母的心理健康

现实生活中,有很多年轻人认为,孝的含义是"善于奉养父母"。有人认为孝顺就是给父母足够的钱;有人说保证他们的身体健康;还有人说老人就

是"老小孩",隔几天哄一哄就万事大吉。事实上,孝顺还包括精神生活的理解和慰藉,这是情感上与父母的融洽,更是心灵深处与父母相依相伴的儿女真情。

男人回家去看父母。因为一直忙,他好久没回去了,以至于父母看到他,都愣在那里说不出话。过了好久,父亲才缓过神来问:"你工作那么忙,怎么有空回来?"男人说:"公司给了几天假,所以就想回来看看。"

母亲似乎不信,于是盯着他的脸研究半天,最后紧张地问:"你,你没出什么事吧? 是工作出差错了? 要不然就是和媳妇儿吵架了? "母亲一连串的问题让他的脸发红, 他不知道自己这样一个平常的举动会让父母有这么多的疑问。他思量着可能是自己回家太少的缘故吧,这个本应该他常回来的地方,他忽略了太久太久,以至于现在他回来反而显得不正常了。

确定儿子是回来看望自己的之后,父母都很兴奋,两位老人像是得了奖励的小孩一样,笑得合不拢嘴。之后,父亲忙着去买菜,母亲留在家里陪他聊天。母亲拿来花生和瓜子让他吃,刚坐下,家里的电话就响了。因为母亲习惯用免提,所以隔得老远,他就听见父亲的声音。

父亲在电话那端说:"忘了跟你说了,给你泡的蜂蜜枸杞茶在窗台上放着,现在喝刚刚好,你赶紧喝啊,小心放凉了。"母亲挂了电话,走到窗台,端起茶来,笑眯眯地喝了一口。阳光照在母亲的脸上,把笑容映得很温暖。

喝完茶,母亲还没来得及坐下,电话又响了,还是父亲:"咱家的水费是不是该交了? 我忘了拿单子,你把编号告诉我,我顺路去交一下。"挂了电话,母亲笑着埋怨说:"你爸这人啊,就是事多,出去一趟,能往家里打十几个电话。那点儿工资,都给通信事业做贡献了。"

母子俩正说着呢,父亲的电话又来了,听得出来,父亲的声音很兴奋。他用好像发现了新大陆似的语气说:"老太婆,你不是喜欢吃黄花鱼吗? 今天菜市场有卖的,我买了三条,回去我亲自做你最喜欢吃的清蒸黄花鱼……"

二十多分钟里,父亲的电话接二连三地响,母亲也不厌其烦地接。与其说母亲在陪他聊天,倒不如说是陪父亲聊天。他终于忍不住抱怨说:"我爸怎么越来越絮叨?这些话等他回来说也不晚啊,这样打来打去的多耽误功夫啊!"

母亲听了,拍着儿子的手,笑着说道:"是啊,人老了,话也多了。但是傻孩子,你爸的心思你是不懂啊!他这不是絮叨,他这是惦记着我,他是把心留在这个家里了。人活着啊,图什么奔什么呢,不就是心里的牵挂和寄托吗?你爸是因为有牵挂有寄托,所以才会一个接一个地打电话。他怕我跑来跑去接电话会摔跤,还专门把家里的电话换成了子母机。你爸他人虽然在外面,却把心放在了家里,家里事无巨细,他都挂念着呢。不要以为只要往家里拿钱就行了,家不是放钱的地方,而是放心的地方,只有把心放在家里,爱和幸福才会在家中长驻,你明白吗?"

是啊,你明白吗?多么简单的一个问题,它不关乎财富,不关乎名利,只要我们拿出自己的心意,知道我们还有个家,还有一双年老的父母,他们就已经很满足、很幸福了。

孝心要出于心底,一句祝福的话语,一个关切的眼神,一种默默的行动,都会成为父母心头永远温馨的回忆。在我们的父母老得想不起事情来的时候,我们能给他们的就是多一点时间考虑,在我们的父母说话接不上气的时候,我们能给他们的就是用耐心等父母歇歇再说。在我们的父母因为体弱不再有精力注意洁净的时候,我们能给父母的就是默默为他们整理干净。也许我们每天,忙于很多事情,那么请在有限的几天假日里,多帮父母做些事情,多花些时间给父母尽一份孝心。总有一天你会明白,还能孝敬于父母膝下,实在是一种幸福。

敏江的父母是晚婚。听她姥姥说,母亲生她的时候,父亲由于工作刚好不在母亲身边。当他听到母亲早产,生下敏江还不足五斤的时候,就立即请假赶到医院。父亲担心敏江以后的身体虚弱,就给她这个女孩取了一个非常男孩气的硬朗名字:敏江。

母亲的工作需要倒班，上班和休息的时间相对不固定。而敏江所在的小学在父亲单位的附近，所以从小她就经常和父亲在一起。记得小时候，母亲脾气就很暴躁。敏江做错一点事情，母亲就大发雷霆，甚至动手打她。每当母亲发脾气时，她就会躲到父亲身后。有一年寒假，父亲要出差半个月。她担心极了，因为这意味着她要单独和母亲度过15天。她小心翼翼地过着，但是还是没有避免母亲发威。那天为了多看几眼电视上的刘德华，敏江帮母亲端饭碗时，不留神把碗掉在地上摔碎了。母亲冲过来也没问她，就是一个巴掌。她掩着脸冲进了自己的房间，关上门大哭起来。接下来的日子敏江怨恨母亲，没跟她说过一句话。父亲出差回来以后，发现了敏江不对劲，知道事情以后开始做她的思想工作。敏江还是比较听父亲的话，勉强地和母亲说了话。

　　这件事过去一个月后，母亲在一次体检时，被医生诊断为甲状腺亢进。医生说，这种病人比常人易怒、脾气暴躁。敏江才知道，母亲脾气不好是因为生病的缘故。她在心里彻底原谅了母亲对自己的打骂。母亲要做手术了，那天，全家人都在医院等候手术完成。当母亲躺在手术车上被平安推出手术室的一刻，她哭了。父亲拍拍她的头，从父亲的眼神里她知道，父亲能理解她为什么哭。

　　到了初三，要填报志愿，父母都希望敏江能考进省里的重点高中，如果差几分，读自费也愿意供。可敏江一心想考本校的高中部。

　　这次母亲没有给她施加压力，说："你自己的前途可以由你自己来把握。只要你不后悔，以后不要埋怨父母。"父亲也尊重了她的选择。敏江顺利考上了本校的高中部。刚刚开始的高中生活很愉快，随着学年的增长，学业越来越繁重。每晚，她从学校晚自习回到家，父母都会为她换着样地准备宵夜。全家都把"重点"转移在她的身上。辛苦的高三终于熬过去了。敏江考上北京的一所大学。父母很是欣慰，开学的时候他们一起把她送到学校，帮她报到，定宿舍，等等。

　　敏江的大学生活开始了。这是她第一次一个人离开父母，初次的宿舍生活让她遇见以前从未碰到的问题，父母总是担心敏江不会好好照顾自己。在学校过的第一个节日正好是中秋佳节。而她却不能和父母一起过，她给家里打了电话，开口叫父母的时候，她哭了。父亲经常打来电话，问她钱够不够。

母亲一到天气变化的时候，前一天准会打来电话嘱咐她注意穿衣。这回，敏江真正体会到了什么叫在家千日好，出外万事难。她真正明白了，在父母身边，被他们呵护是多么幸福。

时间匆匆流逝，敏江在北京工作了。周末，她总用微信和她的父亲聊天。她和父亲的关系，好像从父女渐渐地变成了朋友。起初，每当敏江遇到不顺心的事，第一个倾诉对象就是父亲。成长使她开始懂得人情世故，认识到少让父母担心就是一种孝顺。于是，她开始对他们报喜不报忧。

慢慢地，随着父亲的衰老，父亲也会向敏江倾诉他的烦恼。一次，父亲对她说："最近，你的老妈，动不动就发牢骚，动不动就抱怨，我都没有耐心了，经常和她拌嘴。"她安慰父亲说："母亲是女人，女人总要唠叨些。你一直对我宽容，也一定能对妈妈大度。"父亲开玩笑地说："你这孩子也学会拍马屁了啊！"

后来，父亲不止一次提到母亲的唠叨越来越严重。敏江想起小时候，母亲因为疾病而脾气暴躁，所以她和别人打听，还在网上查找资料，知道母亲的年龄已经处在"更年期"，她的症状完全符合。在微信中，敏江经常告诉夫妻怎样顺利渡过"更年期综合症"的小方法。

父亲恍然大悟，说："我老了，怎么疏忽了这个……"父亲语重心长地说："孩子，我可以真正放心你了，敏江真的长大了。"

精神重于物质，放钱，不如放心。儿女如果有心意，即使清贫度日，他们也会甘之如怡。我们感叹时光的飞逝，总是说人生如梦，再回首已是百年身。趁着我们还年轻，趁着父母还健在，让我们为他们多尽点心，多用点心。把心放在家里，时常惦记着，牵挂着，这才是对他们最好的孝敬和报答。

因为家是放心的地方，是盛放爱的地方。忙，从来都不是理由，心在，爱在，牵挂在，幸福才会繁衍不息。

第四章

心怀感恩

——用整个生命感激父母

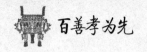

1.用感恩的心面对父母

父母是我们人生的第一任老师,从我们呱呱坠地的那一刻起,我们的生命就倾注了父母无尽的爱与祝福。也许,父母不能给我们奢华的生活,但是,他们给予了我们一生中不可替代的东西——生命与关爱。

父母为我们付出了毕生的心血,当我们长大时他们就变老了,这时的他们需要儿女的关怀与陪伴。可是我们却常常因为各种事情而忽视了父母,令父母感受到孤独。不要总是对父母说自己没有时间,更不要说自己没有精力。要多抽出一些时间去陪陪父母,与他们聊天,让他们不再寂寞。

有亲情味是一个人善心、爱心和良心的综合表现。孝敬父母,尊敬长辈,是一个人应守的本分,是天经地义的美德,也是各种品德形成的前提,因而历来受到人们的称赞。试想,一个人如果连孝敬父母、报答养育之恩都做不到,谁还相信他是个可靠的人呢?又有谁愿意和他打交道呢?

亲情是宇宙间最无私的情感。亲情是岳飞的母亲满怀期望地在其背上刻下的"精忠报国";是孟子的母亲为其更好地成长而费尽苦心地"三迁";是朱自清的父亲翻越栅栏时留下的那个蹒跚的背影……永远不要忘记亲情。

有一个男子在一家花店停下车,他打算向花店订一束花,请他们送给远在故乡的母亲。

男子正要走进店门时,发现有个小女孩坐在路边哭。男子走到小女孩面前问她:"孩子,你为什么在这里哭?"

"我想买一朵玫瑰花送给妈妈,可是我的钱不够。"孩子说。男人听了感到心疼。

"这样啊……"于是男人牵着小女孩的手走进花店,先订了要送给母亲的花束,然后又给小女孩买了一朵玫瑰花。走出花店时男人向小女孩提议,要开车送她回家。

"真的要送我回家吗？"

"当然啊！"

"那你就把我送到我妈妈那里吧。可是叔叔，我妈妈住的地方，离这里很远。"

"早知道就不载你了。"男人开玩笑地说。

男人照小女孩说的一直开了过去，没想到走出市区大马路之后，随着蜿蜒山路前行，他们竟然来到了墓园。小女孩把花放在一座新坟旁边，她为了给一个月前刚过世的母亲献上一朵玫瑰花，而走了很远的路。

男人将小女孩送回家中，然后再度折返花店。他取消了要寄给母亲的花束，而改买了一大束鲜花，直奔离这里有五小时车程的母亲家中，他要亲手将花献给妈妈。

故事中的一朵玫瑰花，告诫我们时刻都抱有感恩之心，也许不必等到为逝者举行盛大丧礼，而应在他们在世时，就尽显孝心。尤其是对父母的感恩，我们没有理由拒绝。"树欲静而风不止，子欲养而亲不待"，父母在世，是一个人最大的幸福。经常放开繁琐的工作，去陪陪父母，这或许就是你能尽的最大的孝心了。

怀着一颗感恩的心来对待亲情吧！你的感恩，是父母最大的快乐。

从前，有个年轻人与母亲相依为命，生活相当贫困。

后来年轻人因为内心苦闷而迷上了求仙拜佛。母亲见儿子整日念念叨叨、不事农活的痴迷样子，苦苦劝过很多次，但年轻人对母亲的话不理不睬，甚至把母亲当成他成仙的障碍，有时还对母亲恶语相向。

有一天，这个年轻人听别人说起远方的山上有位得道的高僧，心里不免仰慕，于是想去向高僧讨教成佛之道，但他又怕母亲阻拦，便瞒着母亲离家出走了。

　　他一路上跋山涉水，历尽艰辛，终于在山上找到了那位高僧。高僧热情地接待了他。听完他的一番自述，高僧沉默很久。当他向高僧寻问佛法时，高僧开口道："你想得道成佛，我可以给你指条道。吃过饭后，你立刻下山，一路到家，但凡遇有赤脚为你开门的人，这人就是你所谓的佛。你只要悉心侍奉，拜他为师，成佛是非常简单的事情！"

　　年轻人听了非常高兴，谢过高僧，就欣然下山了。

　　第一天，他投宿在一户农家，男主人为他开门时，他仔细看了看，男主人没有赤脚。第二天，他投宿在一个城市里的富有人家，更没有人赤脚为他开门。他不免有些灰心。第三天，第四天……他一路走来，投宿无数，却一直没有遇到高僧所说的赤脚开门人。他开始对高僧的话产生了怀疑。快到自己家时，他彻底失望了。日落时分，他没有再投宿，而是连夜赶回家。到家门时已是午夜时分。疲惫至极的他费力地叩响了门环。屋内传来母亲苍老惊悸的声音："谁呀？"

　　"是我，妈妈。"他沮丧地答道。

　　门很快打开了，一脸憔悴的母亲大声叫着他的名字把他拉进屋里。在灯光下，他的母亲用泪眼端详着他。

　　这时，他一低头，蓦地发现母亲竟赤着脚站在冰凉的地上！刹那间，灵光一闪，他想起高僧的话。他突然什么都明白了。

　　年轻人泪流满面，"扑通"一声跪倒在母亲面前。没想到离开家的几年里母亲竟然衰老了这么多，顿时心生愧疚。

　　我们有时就像故事中的青年，总是在强调着我们生活中遇到的不幸，却忘记了父母其实比我们受到了更多的苦；我们总是强调着自己对生活的无力，却忘记了父母也如同我们一样在生活，可父母却为了我们在坚强地生活着；我们总是在强调着自己对生活对未来的构想，却忘记了，未来的生活是因有了父母所给予的一切才变得更加触手可及，才变得更加美好幸福。所以，我们一定要常回家看看父母，多关怀父母，让父母的晚年生活过得温馨快乐。

父母的爱是无私的,我们应该珍惜父母伟大的爱,做一个孝顺的孩子,用自己对父母的爱悉心关怀照顾年迈的父母,听从父母的教导,关心父母的健康,分担父母的忧虑,参与家务劳动,不给父母添乱。如果说平时因居住地较远,工作太忙不能和老人朝夕相处,那么在休假日要尽量抽时间带上孩子去看望老人,帮老人做些家务,同老人共聚同乐,尽一份子女应尽的责任和义务。

　　很多时候,我们会对别人给予的小恩惠"感激不尽",却对亲人、父母的一辈子恩情"视而不见"。其实亲情就这样无时不在,它容忍着人们的遗忘和把它看做理所应当。我们就这样享受着父母给予的爱,固执地霸占着,剥夺了他们的青春。将他们的辛劳变成我们饱腹蔽体的物品,用他们的苍老换来了我们朝气的青春,但我们还抱怨他们的忠言,抱怨他们的谆谆教诲。或许只有等到我们身为父母,只有等到自己养儿育女的那一天,才会了解为人父母的那种心情,那种对子女无私的爱。

　　也许,生活的步履过于匆忙而使我们忘却了对身边的亲人说一些感激的只言片语,往往等到我们觉察到时已经追悔莫及。现在,我们不妨停下脚步,怀着一颗感恩的心,对他们说一声感谢。感谢他们把我们带到这个世间,感谢他们培育我们健康成长,感谢他们让我们得到这世间一切美好的东西。

2.知恩的子女更幸福

　　这是一个风和日丽的日子,树林中各种各样的鸟类都从巢中飞了出来,愉快地在空中飞来飞去,它们那美妙的歌声,给寂静的树林带来了勃勃生机。

　　可是戴胜鸟和它的老伴却飞不出窝巢了,岁月不饶人,它们的身体早已虚弱不堪了,全身的羽毛已经变得干涩枯燥、暗淡无光,像老树上的枯枝般容易折断,双眼还生了翳病看不见了。为了养儿育女,它们的精力已经快要耗尽了。

老戴胜鸟觉得自己的子女都已经长大，能够独立生活了，自己的职责已经尽到，可以无怨无悔地离开这个世界了。因此，夫妻俩商量，决定不再离开自己的家，安心地待在窝里，静静地等待那迟早总会降临的时刻。

但老戴胜鸟想错了，它们辛辛苦苦养育的那些孩子们是绝不会扔下它们不管的。小戴胜鸟发现年迈的双亲身体不好，立即飞去把这个消息告诉了它的兄弟姐妹们。这一天早晨，它们的大儿子就带着一些好吃的东西，专程来看望它们。

戴胜鸟的儿女们很快都到齐了，它们聚集在双亲的旧巢前，有一只戴胜鸟说："我们的生命是父母亲最伟大的馈赠，它们用爱的乳汁哺育了我们。现在它们老了、病了，眼睛也看不见，已经没有能力养活自己了。我们一定要帮它们治病，细心看护好它们，这是我们做子女的神圣义务！"

这些话刚说完，年轻的戴胜鸟们立刻行动起来。有的飞去筑起温暖的新居，有的振翅飞去捕捉昆虫，有的飞到树林里去找治病的药。

新房子很快就落成了，孩子们小心翼翼地帮着父母搬了进去。为了让父母感到温暖，它们像孵蛋的母鸡用自己的体温去保护没有出壳的雏鸡一般，用自己的翅膀盖住老鸟。它们还细心地喂给父母泉水喝，并用自己的尖嘴帮忙梳理老戴胜鸟蓬乱的绒毛和容易折断的翎毛。

飞往森林的孩子们终于回来了，它们找到了能治失明的草药。大家高兴极了，它们把有特效的草叶啄成草汁给老戴胜鸟擦用。尽管药力很慢，需要耐心等待，它们却一刻也不让父母亲单独留在家里，总是轮流守候在父母身边。

快乐的一天终于到来了，戴胜鸟和它的老伴睁开眼睛，向四周张望，它们认出了自己孩子的模样。孩子们都高兴极了，并准备了丰盛的食物，好好地庆祝了一番。

知恩的子女们就这样用自己纯真的爱，治好了父母的病，帮助它们恢复了视觉和精力，以报答养育之恩。

养育之恩，理当报答，奉养父母，义不容辞。戴胜鸟用心侍奉父母的感人故事就诠释了这个做人的道理。

老戴胜鸟为了养育子女，劳累了一生，如今已经年迈力衰，又患了眼疾，什么东西都看不见了。夫妻俩却无怨无悔，觉得子女们都已经长大，能够独立生活了，自己的职责已经尽到，可以无牵无挂地离开这个世界了。于是决定安心地待在窝里，静静地等待死神的降临。

可是孝顺的孩子们得知父母患病的消息之后，立即互相转告，很快就聚集到老戴胜鸟的身边。它们细心地照料父母，并分工合作，想尽一切办法要治好双亲的眼疾，让它们过一个安乐的晚年。在子女们的照顾下，老戴胜鸟的身体康复了，可以好好安享晚年。

兽犹如此，人何以堪？俗话说，"人非草木，孰能无情"，年轻人犯错总是难免的，对老人不够孝敬，总以为将来还有机会，然而岁月不等人，在读了这则寓言之后，希望他们能幡然悔悟，用珍惜来滋养干枯的心灵，善待恩重如山的父母。

父母亲年事已高，身弱体衰的时候，也许不知什么时辰，就会突然离去，撒手人寰，这是"父母之年，不可不知"的关键，故而孔子在"父母之年，不可不知"之后，紧接着说"一则以喜，一则以惧"。所以喜，是因为高兴父母享高寿，所以惧，是因为忧父母于世很可能已时日无多。

我们作为子女，要以尽孝者为榜样，要有尽孝的紧迫感，不可只想着让父母为自己一再付出，而应多想想父母在自己从小到大这一漫长过程的恩重如山，多想想"父母之年"所含的残酷意味，在"父母之年"多做反哺回报。

最近在报社收到一篇女儿为父亲征婚的启示，并随之附上一封书信，是女儿解释为什么要替父亲征婚的。征婚启事的内容很简单，就是介绍父亲情况和征婚对象的条件等等。但是，女儿的那封信却让人沉默良久。信的大意如下：

一场小雪又在今年悄然降临。望着漫天飞舞的雪花，我的思绪又回到了去年暑假的家乡车站。我是个在外地读书的大学生，母亲在我小的时候就因病去世了，是父亲又当爹又当妈地将我一手拉扯大。我在父亲的悉心呵护下，虽然成长在单亲家庭，但是依然开心健康地长大成人了。

去年暑假，还是如往年一样，父亲送我返校。到了火车站，检票进站，候车上车，接着一个一个地对着号码找位子，一路上都是父亲扛着沉重的行李跟随着我。当时正值学生返校高峰，车上人特别多，来回走动极为不方便，费了老大的劲儿才找到座位。找到后，父亲赶紧将行李放到架子上，下来后揉了揉肩膀，接着又赶紧用纸巾把我的座位仔仔细细地给擦了一遍。

刚擦完座位，就转过头又笑着向周围的乘客打招呼，希望他们能在路上对我多照应一些。我对父亲的这种行为说实话还有些难为情。我都差不多20岁的人了，怎么还把我当小孩看啊。只是当时我还不明白，在父亲的眼里我永远都是一个长不大的小女孩。

在等待车开的时候，父亲突然想起来要给我买些饮料和零食在路上吃。我嫌麻烦，就说车上都有这些，不用了。而父亲则嫌车上卖的东西贵，非要跑到站外去买。而当时正值火车站重新翻修，场地相当混乱，地面因为下雪的缘故也十分不好走，再加上春运人潮高峰，基本上进出都是人挤人，而且父亲身材也较偏胖，刚刚进站时就挺费事的。我本来也要跟去，但他执意不肯我去，只好让他一个人去了。我在窗边看着父亲在漫天的白雪中一溜小跑的背影，不知怎么的心里一酸，眼泪就止不住地流了下来。

当雪逐渐变小，而火车也即将出发的时候，父亲终于赶回来了。他匆忙地跑到我的车窗旁踮着脚，将一堆吃的喝的塞到我怀里，叮嘱了几句，来不及擦擦额头上的汗水，就转身走了，步履稍显蹒跚。

等父亲孤单寥落的背影逐渐混入来来往往的人群里，再也找不到时，我落回座位，眼泪又忍不住掉了下来。

最后，信的结尾，这位女儿说她回到学校后，久久不能遗忘那个略显肥胖穿着深色大棉袄的孤独背影。她再也不愿意深爱她的父亲一个人孤单地面对生活，所以她就想到登报为父亲征求一位心地善良的伴儿，希望能和父亲一起走完余生。

在女儿这封朴实记录父亲送行的信里，父亲对女儿深沉的爱让女儿深深为之感动。作为子女，通过这封信让别人也让自己更加彻悟了父亲对自己的爱。对我们而言，每次记录都是我们对于父母带给自己的感动的见证。每一次或许都微不足道，但这种感动最终是会汇聚成一种未知的力量，它能带给父母、我们以及更多的人一种心灵的营养与净化，给生命带来一份精神上的充实。

父母对子女的爱浓烈无私，源自天性，而子女对父母的爱却是一个需要不断培养、不断锤炼的过程。这种爱显然又无比重要，因为它是一个人道德的基础，一个人连自己的父母都不爱，更不可能爱他人。其实对我们来说，孝敬父母，回报父母，不必要做一番惊天动地的事情，我们只要平时从身边小事做起，从一点一滴做起，就完全可以尽到我们对父母的孝敬之心。

3.母爱无所报，人生更何求

母爱是伟大的，神圣的。在孩子的成长中，父母付出的心血是最多的，这样的恩情，我们要怎么回报呢？

这是一个感人的真实故事，可怜天下父母心，父母的伟大就在于他们对子女的无私奉献。

如果世界上有一个人能听到天空哭泣的声音，那个人一定是她。因为天知道她不会说出这个秘密。即使她开口，也发不出声音，她注定将终生沉默。她以为沉默是命运，却并不可怕。但是后来，她有了一个孩子。

孩子降临那一刻，她生平第一次发出声音。孩子响亮的啼哭让她觉得声音与幸福必然有着关联，她的喉咙因为剧烈地震动而发出声响，虽然那次发出的声音不动听,可她引以为豪。她是多么高兴孩子可以像一个正常人一样去生活、去爱,可以大笑,也可以大哭。

孩子渐渐会望着她笑,会伸出手让她抱。眼睛乌黑晶亮,嘴里咿咿呀呀,要求得不到满足时会大哭,她却只能抱着他不住地轻拍他的背,什么也做不了。她不能像普通的母亲一样带着温柔甜蜜的笑容去哄他"哦,哦,乖不哭",也不能为他唱一首动听的摇篮曲。

想到孩子将终日与一个不能说话的母亲在一起,她心如刀绞,就仿佛行走在冰天雪地中,她用尽全身力气想要给孩子温暖,可孩子依然被冻得哇哇大哭。这样长长久久的一生中,她将带给孩子什么呢?是否会因为语言的缺席,导致他的心灵永远沉默?

在她做出那个决定时,她觉得有一个小人正用尖锐的利器,一刀一刀在她心上划,痛得她伤心恸哭,可她别无他法。她已经决定把孩子送给住在她对面那对不能生育的夫妇,她看得出他们很喜欢她的孩子。当她把孩子递给那对夫妇,他们欢天喜地,唯有她成了世间最难过的人,成了一个不能照料亲生孩子生活的可怜母亲。

住在对门,几步之遥,还好,天天可以看得见。阳台上,花的枝叶肆无忌惮地蔓延,她透过花间空隙暗暗估量孩子的身高、体重。孩子每成长一步,她都会在她家向阳的那面墙上,画上一朵小花,后面写上"给我正咿呀学语的孩子";"给我正一步三晃的孩子";"给我正饭量见长的孩子";"给我不肯吃馒头的孩子"……后来,那面墙成了一面花墙。

孩子的每一步,对她来说都是惊心动魄的。有一次孩子发高烧,养父母在病房内守护,而她在病房外守护。那点点滴滴输入孩子血液的不再是几瓶药水,而是一个母亲的心。医生的脚步从她面前经过,护士端着托盘从面前经过,她在外面站了三十六个小时,直到孩子康复被牵着手从她面前经过。

她又在那面墙上写下:"给我康复了的孩子。"

是的,以后她还会在一墙之外守护她心爱的孩子,还会不断地在那面向阳的墙上画上小花,慢慢写上"给我要上学的孩子";"给我声音变粗的孩子";"给我将要谈恋爱的孩子"……

　　唐朝的李商隐在《送母回乡》中写道:"母爱无所报,人生更何求。"意思就是:如果连母亲的养育之恩都无法报答,那么人生还有什么其他值得追求的东西呢? 报答父母的恩情是人生最重要的事情。

　　18岁那年,他因为行凶抢劫,被判了5年刑。母亲守寡,含辛茹苦地养大他,没想到他刚刚高中毕业就发生了这种事情,他心想:母亲应该是恨他的。因为从他入狱起,就没有人去看过他。

　　头一年冬天,他收到母亲寄来的一件毛线衣服。毛线衣服的右下角别着一张小纸条,上面写着:好好改造,妈妈等着你出来给我养老呢。望着这张纸条上的一笔一画,还有这件母亲手织的毛衣上的一针一线,让一向坚强的他泪流满面。

　　往后的几年里,母亲依然没有来看他,但是每年冬天都会收到母亲寄来的毛衣和那张纸条。为了能够早日出去,他努力改造自己,终于在入狱后的第4年,他获减刑,提前释放了。

　　他简单地收拾了行李,就是母亲寄来的那4件毛衣,还有4张纸条,回到了家。然而,让他意外的是,大门被一把生锈的锁扣上了,院子周围长出了高高的茅草,像很久没有人住过的一样。他疑惑地敲开了邻居的家,向邻居问道:"我妈去哪儿了?"邻居有些惊诧地看着他,问他不是还有一年才回来吗? 然后摇摇头,把他带到了祖坟。

　　那是一个新堆出来的小土丘,他红着眼,头上像有一个雷炸开,他冲邻居吼道不可能,不可能的! 我去年还收到她寄的毛衣和纸条,她说她等我出来!"邻居告诉他,母亲因为要还以前的外债,就搬到爆竹工厂去打杂,常年不回来。给他寄的那几件毛衣是母亲托人带回家,再由邻居转寄过去的。去年春节,工厂加班生产爆竹,发生了爆炸,里面做工的十几个人,包括他的母亲,全都死了。邻居叹了叹气,说自己家里还有一件毛衣呢。

在母亲的坟前，他痛哭不已，自责、内疚，并且暗暗发誓要好好的生活，以告慰母亲的在天之灵。他卖掉了老房子，去城里闯荡。

随着时间的流逝，几年过去了，他在城里立足，并且开了一家小饭馆，娶了一位贤惠的妻子。饭馆生意很好，每天早上四五点钟就去市场，早早地把当天的鲜肉和蔬菜拉回家，因为缺乏睡眠，他的精神并不是很好。

就在不久前，一个推三轮车的老妇人来到她门前，一跛一跛地比划着，想为他家的饭馆提供食材。他打量着这位老妇人，她满脸的疤痕在尘土的掩盖下，显得面目丑陋。但是一种很亲切的感觉涌进了他心里，他想起了自己的母亲，想起了那5件毛衣、5张纸条。他答应了老妇人，老妇人也很讲信用，每次很准时地送来蔬菜和肉，并且都很新鲜，价格也便宜。他看着老妇人一跛一跛地走来，心里很不是滋味，对老妇人说让她每天来这里吃面，老妇人笑着点点头。

时间一晃，小饭馆生意越来越好，也越做越大，但是为他送菜的依然是那个老妇人。

突然有一天，他在饭馆门前等了很久，也不见老妇人的踪影。他焦急地在外面等了一个小时，无奈之下只好请工人去买菜。然而，连续好几天都不见老妇人出现，也没有任何音讯，他开始担心起来。

那天，他拎着一袋水果，反复打听一个跛脚的送菜老人，终于在离自己饭馆不远的胡同里找到了老妇人的家。

在昏暗狭小的小屋子里，老人躺在床上，骨瘦如柴，诧异地睁大眼睛看着他，想要坐起来，却无力支撑起来。他把水果放在桌边，问老妇人是不是病了，老人张了张嘴，并没有说出来。他打量着昏暗的房间，突然看见墙上贴着的几张照片，竟然是他和母亲的合影！有他上小学时和母亲照的，上中学的，还有中学毕业时的……墙角，还放着几卷毛线团。

他惊呆了，望着老妇人，问老妇人究竟是谁。"儿啊！"老妇人脱口而出。他彻底惊呆了，眼前熟悉的老人，能说话的老人，为他送了几年菜的老人，是他的母亲？已经去世多年的母亲？他一把抱住母亲，嚎啕痛哭。

哭了很久之后,他抬起头,对母亲说起这些年的经历,以为母亲去世了,才离开家来城里闯荡。

母亲替儿子擦擦眼泪,看着儿子的模样,心疼地对儿子说是她让邻居这么说的。工厂发生爆炸,她侥幸活了下来,但是脸被毁容,腿也被炸瘸了。她不想拖累儿子,才想出这个主意,远走他乡,以捡破烂为生。多年之后,她辗转得知儿子在这座城市,寻了几年,终于在小饭馆里找到自己心心念念的儿子。为了帮儿子减轻负担,她开始替儿子买菜。但是现在,她的腿脚不利索了,床也下不了,再也帮不了儿子了。

他满脸的泪水,没有听母亲说完,就拎起包袱背着母亲回了家。他拿出母亲以前给他织的毛衣,穿在身上给母亲看,母亲满意地笑着。

但是,母亲就住了3天,仅仅3天,她就去世了。她告诉儿子,在他入狱那会儿她就不想活了。但是想着儿子还没出狱,放不下,就天天织毛衣,盼儿子出来;等儿子出来了,她又想着儿子还没成家立业,还不能走;等儿子饭馆生意做起来了,她又想着还没见着孙子……医生见他悲痛欲绝,轻声告诉他说:"你不用太伤心了,她的骨癌应该有10多年了,活到现在已经是奇迹了。"

母亲走后,他打开那个包袱,里面整齐地放着织好的毛衣,有自己的,有妻子的,还有婴儿的。在毛衣的最底下,放着一张诊断书,上面写着:骨癌。日期竟然是他入狱后的第二年。他颤抖着,心里像有一把刀在不停地搅动。

不禁感从中来,他反问自己:我将如何去报答母亲的恩情呢?感觉着远方母亲的爱,喉间忽然一紧,鼻子一酸,一股暖流从脸上划过,又流入了心里。那句男儿有泪不轻弹的信仰再次被他抛诸脑后,泪水终于再也忍不住了。

从现在起,爱你的妈妈,爱你的爸爸,因为他们付出的远远大于你给的回报,不要再嫌弃母亲唠叨,因为她的衰老是你成长的前提,感恩父母,从这一刻开始吧!

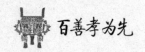

4.用欣赏的眼光读懂背后的闪光

有些人觉得自己的父母老了、丑了,就开始在心里嫌弃父母。他们不让父母到学校,不让父母出现在同学们的面前,觉得父母给自己丢脸了。对此,我们不禁要问,这些青少年成年以后,会孝顺父母吗?

裴秀,西晋时期河东闻喜人,字季彦,他的父亲是裴潜,曾在曹魏时期担任过尚书令。裴秀是父亲的妾所生,这个母亲身份卑微,常常受到正室宣氏的歧视,但裴秀从来没有因此不孝顺母亲。相反,他从小就聪明好学,而且对母亲十分孝顺。因此大家都知道裴秀的母亲有个孝顺的儿子。

有一次,宣氏在家里大宴宾客,她想给裴秀的母亲难堪,于是故意让裴秀的母亲为客人上菜。但令人意外的是,大家看到裴秀的母亲在为他们端菜,都纷纷站起来,接过饭菜,并对之行尊重之礼,裴秀的母亲感到很欣慰。而躲在后面屏风里的宣氏看到这个情况十分不解。因为裴秀母亲的身份卑微,实在不应该受到如此的礼遇和尊重。后来,她终于明白宾客们这么做是因为裴秀的孝道让他们尊重,因此她便再也没有轻慢过裴秀的母亲。

后来,裴秀凭借着自己的才华和高尚的情操,一直做到尚书令,并且被封为济川侯,成为西晋时期的一代名臣。

在封建时代,小妾身份卑微,但是裴秀丝毫不嫌弃自己的母亲,反而用实际行动使母亲得到了众人的尊重,这种孝心值得很多人学习。

不要嫌弃自己的父母,因为是他们把你带到这个世界上,是他们让你有机会看到、听到、感受到这个多彩的世界。

从小到大,男孩都有一种挥之不去的英雄情结。他崇拜佐罗,喜欢看一切和佐罗有关的电影和画报，买佐罗的面具，像佐罗一样击剑，他想长大以后能像佐罗一样行侠仗义走天下。男孩总嘲笑他那个矮得有些离谱、走路还略微有些踮脚，像得了侏儒症的父亲。从上幼儿园开始，他就不喜欢父亲送他上学，总是让母亲送。偶尔父亲送他上学，也是刚到了校门口便远远地躲开。有时候被眼尖的同学看见，问他那个矮子是谁，他就有些脸红，支吾着说是他家的远房亲戚。

连邻居家的狗也是欺人的，见到别人不咬，偏偏见到他的父亲便叫得格外凶，仿佛要把他撕碎似的。每次，父亲都会狼狈地躲着那条狗。父亲的懦弱让男孩对他更加瞧不起了。

男孩渐渐长成天不怕地不怕的愣小子，刚进中学就打架斗殴，替班级里的女生出头，和那些来学校闹事的社会小混混们打架，经常弄得鼻青脸肿，女生们却欢呼雀跃，他是女生心目中的英雄。

父亲的奇特造型，被一个来他们这里拍电影的人相中了，说要请父亲去当群众演员，并给父亲一定的报酬。父亲喜出望外，他正为孩子的学费发愁呢，没想到天上掉了个大馅饼。

父亲在那部戏里只有一个镜头：从五层楼那么高的地方跳下去。这是个很危险的动作，虽然下面铺了厚厚的海绵垫子，但对于一向怕高的父亲来说，不啻为一次极限挑战。

父亲试了好几次都不敢跳，导演急了，开口骂了起来。父亲闭上眼睛，一咬牙，一个跟头跳了下去，像个球一样落到地面上。好半天，他还不敢睁开眼睛，一个劲儿地瑟瑟发抖，引得周围人一阵哈哈大笑。男孩再也受不了他的懦弱，他想不明白，母亲为什么会嫁给他呢？

终于，在他和父亲的一次争吵后，他大声地质问母亲，怎么找了这样一窝囊男人？没想到，母亲竟然含泪说出了事情的原委。原来，他是一个遗腹子，他的亲生父亲在他没有出世的时候就得了重病撒手人寰，怀孕的母亲生活一下子没了着落，是他常常暗地里接济母亲。时间久了，母亲就对他生出了感激之情，就这样搬到一起住了。他像拣了元宝一样乐不可支，每天幸福地憨笑着,对她和孩子疼爱有加,自己却拼了命地挣钱养家,一直到现在。

男孩的心受到了震动,躲进房间大哭起来。连他都不知道自己为什么哭,这点儿不像他,因为从小到大,他就是个宁肯流血也不流泪的孩子。

虽然掉了眼泪,却不能阻挡男孩崇拜佐罗的那颗勇敢的心。有一天傍晚,男孩在放学回家的路上,听到一个女人在喊救命,他顺着喊声跑了过去,他碰上了生命中让他热血澎湃的时刻:一个女人遇到了劫匪,而那个劫匪手里拿着一把刀。他下意识地从路边拿起一根棍子,挡住那个劫匪的去路,让那个劫匪交出女人的皮包。劫匪打量着他,看他不过是个初出茅庐的孩子,不禁恼羞成怒。他的心里第一次有了惧怕,但他不能眼睁睁地看着劫匪从自己眼皮底下溜之大吉,那样他的一生都会留下阴影,因为他是行侠仗义的"佐罗"!他咬了咬牙,战战兢兢地不肯让路。劫匪被惹急了,拿着刀子冲了过来。这个时候,只见一个黑影以闪电般的速度冲了过来,把那个劫匪撞翻在地,劫匪还没有反应过来怎么回事,刀子已经被夺了下来,并架到了劫匪的脖子上。呆愣在那里的男孩忽然听到那人喊:"儿子,快过来帮忙。"并让那个女人马上报警。这时男孩才看清,这个英勇无比的人,竟然是他的父亲。原来,父亲看他回家晚了,有些担心,就顺着这条路来迎他……没有父亲的及时援手,后果不堪设想。

警察们有些不敢相信地看了看他们,想不明白眼前这个1.45米的人是怎么制服这个彪形大汉的。父亲说,我怕他手里的刀子伤到我的孩子,所以就不管不顾拼了命。

劫匪被警察带走了,父亲却一屁股坐到地上,身上冷汗淋淋,却不忘冲儿子打着胜利的手势,憨憨地笑着。他看到父亲嘴角流出很多血,扑了过去,跪在那里帮父亲擦干;他第一次那么心疼父亲,也是第一次感受到父亲的勇敢。

"他的表现太神勇了!"男孩在心底默默地想,"即使佐罗看了也会望尘莫及,甘拜下风吧。"

男孩从此不再打架斗殴了,因为他知道,那并不是真正的勇敢,真正的勇敢里包含着深深的爱。就像父亲,那矮矮的单薄的身体里,却深藏着宽阔的海洋,他是男孩心中永远的"榜样"。

从此,他开始敬仰和爱戴他的父亲,这个只有1.45米的身边的佐罗。

永远不要嫌弃你的父母着装不体面或是身上脏兮兮的,因为你应该知道他们是如何一遍一遍教你穿衣服,每天不管我们多调皮,把衣服弄得多脏,他们都耐心地把我们打扮得干干净净。

永远不要嫌弃你的父母唠叨,因为我们都记得在小时候他们一遍又一遍地讲着同样的故事,只为让我们安静地睡着。

永远不要嫌弃你的父母行动迟缓,因为你永远想象不出你小的时候他们是如何耐心地教你走路。永远不要嫌弃你的父母学不会电脑,不会用手机,因为你永远不会忘记在你小的时候他们是如何不厌其烦地教你认字,教你怎么拿笔。

如果父母腿脚不听使唤,我们就扶一把,就像小时候他们扶着我们一样;如果父母已不能自己吃饭,我们就喂他们吃饭,就像小时候他们喂我们一样;如果父母寂寞地待在家里,让我们腾出一点时间陪陪他们,这些都是我们应尽的义务。愿天下所有有孝心的子女学会如何孝顺父母,不要让自己留下遗憾。

5.写下自己最爱父母的地方

有很多人不止一次地问:幸福是什么？其实幸福很简单,就是"需要"和"被需要"的过程。需要就是索取,被需要就是付出,我们要在"需要"和"被需要"之间找到一个平衡点。因此,一个不会感恩,只是一味索取的人,是没有幸福可言的。

人必须懂得对亲情感恩,打开心扉,于平淡生活中品味亲情之真,体验亲情之美,吟唱亲情之善。于是,亲情更加温暖我们的生活。

凌燕15岁生日那天,兴高采烈地跑进家门,心里想着爸妈会给自己准备一份什么样的大礼。

意外的是,没有包装华丽的洋娃娃玩偶,也没有精致考究的电子产品,爸爸妈妈假装神秘地跟她挥着一个薄薄的信封,并意味深长地说:"这个是我们为你精心准备的生日礼物,你可要好好保存啊。"

看着那份礼物,凌燕一瞬间有点失落。这么简陋的一份礼物,像是浪费之前各种期盼的心情,于是她闷闷不乐地躲进房间。可是,当她拆开信封,看到信的内容的那一瞬间,才发现原来这份礼物是多么宝贵和深刻。

亲爱的女儿:

你现在已经是一名初中生了,不再是懵懂的小孩子,从今天起你就要学会做大人的一些事情,爸爸妈妈非常爱你、喜欢你,希望你能快乐健康地成长,成为对社会有用之人。所以,我们在你懂事开始就为你建立了成长日记,觉得今天有必要把你成长中的优点记录下来,让你记住,希望你无论多久无论走到哪里都要保持,不要丢掉:

1.你活泼可爱,能歌善舞。每次家庭聚会你都给大家带来很多的欢乐,尽管歌唱和舞蹈都很不专业给大家逗得前仰后合,但却使家庭的气氛其乐融融;

2.你待人热情,有礼貌。无论在什么地方你都能热情地跟人家打招呼,我们听见邻居们夸你懂事心里也感到特别安慰;

3.你心地善良,爱护家里的长辈。爷爷、奶奶、姥姥、姥爷,不论哪位老人生病你都不厌其烦地送水、送饭,我们看在眼里,喜欢在心头。

……

读到这里,凌燕泪流满面。她想到爸爸妈妈工作很忙,却还为她操了很多心,花费了很多心血。这份成长日记,不仅仅是对她的一种肯定和爱护,更是一种亲情的深刻体现。这个礼物比世界上任何东西都珍贵。

从这以后，凌燕也学会了用写日记的方法记录自己和爸爸妈妈之间的感情。她想要把他们对她的爱全部记下，用她自己全部的爱给爸爸妈妈回信。

如今凌燕已经是一个大三的学生了，这个记录"爱"的习惯也一直持续到现在。离家在外的日子里，总是充满了想念。想念他们的细致的关心，想念他们的温暖的爱。离开父母的日子里，这本日记就成了她全部的精神寄托。厚厚的日记本放在床边，凌燕感觉爸爸妈妈就在自己身边，翻看这些记录父母的点点滴滴，她的思念化作无限的感慨。

父母为孩子默默地付出大半辈子，他们在孩子生病时焦急地寻医问药，整夜整夜地陪护，为了孩子能多才多艺，起早贪黑地接送孩子去上学习班。他们无私地为了女儿着想，这就是血浓于水的爱。

凌燕假期回家，爸爸妈妈每次都做好多她喜欢吃的东西，每次对他们说"以后我加倍地对你们好"时，爸爸妈妈总是乐呵呵地说："你过得好，以后幸福就好。"

天下的父母，为了孩子不惜放弃自己的一切，乃至生命。十月怀胎的辛苦和抚养长大的操劳都凝聚了父母一辈子无怨无悔的付出。不求回报，只求孩子平安快乐。作为儿女的我们，又为他们做了什么？

一位知名学者曾写下这样的文字：

当你一岁的时候，她喂你吃奶并给你洗澡，而作为报答，你整晚地哭着；

当你三岁的时候，她怜爱地为你做菜，而作为报答，你把一盘她做的菜扔在地上；

当你四岁的时候，她给你买下彩色笔，而作为报答，你涂了满墙的抽象画；

当你五岁的时候，她给你买既漂亮又贵的衣服，而作为报答，你穿着它到泥坑里玩耍；

当你七岁的时候，她给你买了球，而作为报答，你用球打破了邻居的玻璃；

当你九岁的时候，她付了很多钱给你辅导钢琴，而作为报答，你常常旷课并不去练习；

当你十一岁的时候，她陪你还有你的朋友们去看电影，而作为报答，你让她坐到另一排去；

当你十三岁的时候，她建议你去把头发剪了，而你说她不懂什么是现在的时髦发型；

当你十四岁的时候，她付了你一个月的夏令营费用，而你却整整一个月没有打一个电话给她；

当你十五岁的时候，她下班回家想拥抱你一下，而作为报答，你转身进屋把门插上了；

当你十七岁的时候，她在等一个重要的电话，而你抱着电话和你的朋友聊了一晚上；

当你十八岁的时候，她为你高中毕业感动得流下眼泪，而你跟朋友在外聚会到天亮；

当你十九岁的时候，她付了你的大学学费又送你到学校，你要求她在远处下车，怕同学看见笑话你；

当你二十岁的时候，她问你"你整天去哪"，而你回答"我不想像你一样"；

当你二十三岁的时候，她给你买家具布置你的新家，而你对朋友说她买的家具真糟糕；

当你三十岁的时候，她对怎样照顾小孩提出劝告，而你对她说"妈，时代不同了"；

当你四十岁的时候，她给你打电话，说亲戚过生日，而你回答"妈，我很忙没时间"；

当你五十岁的时候，她常患病，需要你的看护，而你却在家读一本关于父母在孩子家寄身的书；

终于有一天，她去世了，突然，你想起了所有该做却从来没做过的事情，它们像榔头一样痛击着你的心……

如果有一天，作为子女的我们要给自己父母回那封信，要写出最爱他们的话,别说10项,100项都不够说,千言万语、万语千言也说不尽爸爸妈妈对我们的恩情,如果说报答,那就勇敢地说:"爸爸妈妈你们的前半生我无法参与,你们的后半生我奉陪到底!"

从此刻起,记录与父母生活的点点滴滴,写下自己最爱他们的地方,那时我们会发现,父母爱我们远远胜于我们对他们的爱。

6.自己生日的时候,别忘感谢爸妈

思凡出生在樱花盛开的四月。每次生日,爸爸妈妈都会带她去踏青赏樱花,回家后会买来她喜欢的蛋糕,一家人在一起唱生日歌。每个小孩子都会喜欢过节日和过自己的生日。因为节日的时候有很多好玩的好吃的,每年过生日时则能收到很多礼物。

过生日的前几天思凡都是在激动和忐忑的心情中度过的,一面为自己又长大了一岁而兴奋,一面猜测着爸爸妈妈又会送什么样的礼物给她。洋娃娃、八音盒、笔记本、书,从小到大的礼物可以装满思凡的小屋。每一件礼物上都有一张小卡片,写着爸爸妈妈对长大了一岁的思凡要说的话。或叮咛或祝福,每次看到,思凡都觉得心里满满的都是幸福。

上学时同学们问起思凡的生日,思凡总会自豪地告诉他们,她与灿烂美丽的樱花生在同一个季节。渐渐长大后,生日的时候就不再和爸爸妈妈去赏樱花了,小时候满心期盼的礼物也显得不那么重要。转眼到了思凡的20岁生日,又是樱花明媚舞动的季节,读书的大学附近有一条河,很多人会在假日来这里踏青野餐,在落英缤纷的樱花树下明媚地欢笑。思凡独自一个人走在河边,穿梭在樱花树下,阳光晒在身上暖暖的,丝丝花香沁人心脾。20岁的思凡青春正好,欣赏着这样的美景,虽然是孤身一人,心情却是无比的畅快,能

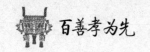

出生在这样一个美丽的季节,真幸福。

沿着河边散步,见到了三三两两来赏花的游人。有一家三口正在树下布置着野餐的用具,七八岁大的小女孩,笑得像个小天使。思凡无意间看到小女孩的爸爸拿出了包装精美的礼品盒送给小女孩,原来她竟然也是这一天生日。一家三口笑得甜蜜而幸福。

小女孩的笑也勾起了思凡对童年生日的回忆,心底也涌上了甜蜜的幸福和满足。思凡突然反应过来,所谓生日,是妈妈把她生下来的日子。是妈妈经受痛苦的生产,爸爸经受焦急的等待煎熬的日子。我们只是光顾着庆祝自己的生日,却忽略了去感谢那个在这一天给我们生命的人。

这一天,为了庆祝自己的生日,思凡去商店逛了好久,终于买到了一个心仪的钱包。思凡认真仔细地挑选包装纸,亲手打好蝴蝶结。因为这次的礼物不是为了送给思凡自己,而是要送给赋予了她生命的妈妈。

思凡拿着礼物回到家,妈妈看到她挑选的钱包显得十分高兴,思凡还像往常爸爸妈妈送她礼物时那样,在上面附上了一张卡片,写着:"妈妈,谢谢您带我来到这个世界上。"思凡忍着泪水拥抱着她的爸爸妈妈,像往常的每一次一样,和他们一起唱生日歌、吃蛋糕。在许愿的时候思凡默默地想,要让这样爱我的爸爸妈妈永远健康快乐地生活。

虽然妈妈嘴上说思凡挑的钱包太贵重,但在思凡的坚持下,还是用思凡的礼物换下了那个她用了很长时间的钱包。她总是小心翼翼地把思凡送的钱包带在身边,仔细地保护着它。

那以后的每一年,思凡都会在自己的生日那天送给他们礼物,也许没有多贵重,但都是思凡用心挑选的,认为最能代表思凡的心意。不知不觉中5年过去了,思凡的生活有了很多的改变,她开始有了自己的工作,有了自己的家庭。那天回到家中,无意间看到了妈妈的钱包,依然是5年前思凡在生日送她的那件礼物。虽然时光过去了5年,但钱包还像新买来时一样,一点没有磨损。

自己出生那天是父母亲最艰难的一天，母亲忍受着巨大的疼痛，父亲焦急地等待孩子出世。何不跟他们好好纪念这个日子，感激他们多年的养育之恩。

铎目至今依然记得自己三四岁时的生活，童年应有的无忧无虑加上殷实的家境，让他那时的日子快乐无比。年轻的父亲在那时已经拥有了一家公司，母亲为了支持父亲的工作和照顾还很年幼的铎目，辞掉工作回家做起了全职太太。

父亲是个很顾家的人，跟母亲的感情也很好。铎目依稀记得，不论父亲公司的业务有多少，工作有多忙，每天都是按时回家吃饭的。按父亲的话说，只有家里的饭吃得最香。小小的他每天都被母亲抱着等在阳台上，看到父亲的身影出现就高兴得手舞足蹈。父亲也会远远地向他们挥手，然后大步跑上楼来拥抱他和母亲。

父亲的一个业余爱好是摄影。据母亲说，为了满足他不断膨胀的照相欲望，就去买了一台在当时看来非常不错的照相机。人们总说相机是摄影师的生命，这话用在父亲身上再合适不过了。有了新相机之后的父亲经常把相机拿在手里，抓拍妻子和儿子的笑脸。铎目过生日的时候父亲更加忙碌，一会儿凑近了照儿子的大头像，一会儿又去拍儿子吃蛋糕的可爱样子。

每到假期父亲还总喜欢带着一家人出去玩，从广阔的海边到巍峨的高山，都留下了他们的足迹。铎目上小学后，年年跟班级同学的合影都是父亲负责的。每年开运动会的日子更是父亲大显身手的好机会。铎目在田径场上代表班级比赛、在看台上为其他同学加油的时候，都成了父亲得意的摄影作品。父亲的相机也从来不舍得借给别人，总是用带子挂在脖子上，看到什么有趣的事情就及时照下来。多年下来，家里留下了十几本大大小小的相册，里面都是父亲十分珍视的照片。

可惜天有不测风云，就在铎目刚上初中的时候，父亲的公司遇到了问题。因为出了一次很严重的差错，失去了很多合作多年的老客户，这样一来，公司的效益就直线下滑，甚至濒临破产的危机。父亲为了给公司筹集更多的可使用资金，变卖了一切可以变卖的东西，卖掉了大房子，一家人换到一间小小的公寓里住。其中就有父亲非常珍爱的那台相机。因为正好有一位朋友也很喜欢，给的价钱也不错，父亲就忍痛把相机卖给了那位朋友。

因为有了父亲艰难筹集的这些资金，加上很多朋友的帮助，父亲的公司坚持了下来，情况渐渐好转，家里的生活条件又回到了最初的水平。但经过这次折腾，摄影的爱好却被父亲放弃了。母亲几次劝说父亲再买一台新相机，毕竟旧的那台已经过时了，再买一个也没什么。可是父亲一直不听，而且因为相机是卖给一个帮了大忙的朋友，也不好意思再去找人家要回来。

铎目工作后提出过给父亲买一台现在很流行的数码相机，父亲看上去很高兴地收下了，可是从没见他用新相机照过相。每次全家人一起出去玩，铎目要给父亲照相时父亲都显得很不情愿，还发话说以后不要带相机了，自己现在很讨厌照相。母亲私下里告诉铎目，在父亲的眼里，除了当年那台迫于无奈卖给朋友的相机，其他的相机都算不上是相机。铎目暗自觉得好笑，不知道一向随和大度的父亲为何偏偏在相机这件事上这么较真。

没等铎目劝说动父亲用那台新相机，父亲就因为突发心脏病而住院了，看着日渐消瘦的父亲，铎目难过极了。而父亲即便是身体不好，还时刻计算着日子叨念着一个月后全家旅行的日子，因为那天是铎目的生日。俗话说：自己的生日，是父母的受难日，因此，铎目决定自己生日那天送父亲一个珍贵的礼物。

他辗转多处，四下打听那位购买父亲相机的叔叔，终于皇天不负有心人，他找到了那位叔叔，并从那位叔叔手中买下了父亲念念不忘的珍贵的相机。

铎目细心地擦拭相机，他仔细端详着这台让父亲牵挂了一辈子的相机，发现底座上有一些磨损的痕迹，翻过来仔细一看，原来是刻下的一行数字：1988.07.09，铎目恍然大悟，这一天是他的生日，这台相机是父亲为了纪念他的出生而买的，所以才如此珍视，绝对不愿用其他的相机来代替。

父母对子女的爱浓烈无私,源自天性,而子女对父母的爱却是一个需要不断培养、不断锤炼的过程。这种爱显然又无比重要,因为它是一个人道德的基础,一个人连自己的父母都不爱,更不可能爱他人。其实对我们来说,孝敬父母,回报父母,不必要做一番惊天动地的事情,只要知道再和朋友庆祝生日的同时,给父母道一声"谢谢",别忘记那个给予我们生命的可爱的人。

7.关爱父母,从记住他们生日开始

很多时候,父母所需要的是我们对他们的关爱,而我们往往忽略了这些。父母慢慢地变老,但是我们甚至不记得他们的生日,甚至不清楚他们的年龄。

2007年,西安一所高校做了一个调查,看有多少人知道自己父母的生日。结果,超过一半的大学生不记得父母的生日和年龄,也从来没有给父母过生日的经历。当遇到需要填父母的出生年月的表格的时候,他们总是拿出手机,给爸爸妈妈打电话询问。

一个好朋友在每年的特定一天,他都会关掉手机。

我们对此事十分好奇。后来他告诉我们说,因为这一天必须是完全属于他父母的,没有琐事,只是陪在父亲身边而已。

刚开始我们只当他从小就这样孝顺,但他却有些难过地告诉我:"这是母亲的临终嘱托,一定要每年陪父亲过生日,无论如何都不能缺席。"第一年,他早早推掉那天的琐事并准备买件衣服送给父亲。可是,由于之前父子关系一直很紧张,他从没有细看过父亲,只能凭感觉以自己的尺寸买了一件大衣。当天一早他就出门了,可是一直犹犹豫豫到下午两点,他才敲响了父亲家的门。

"大门打开的时候,我还没做好心理准备,就发现父亲眼睛通红,失去往日的一脸严肃。他看着我故作镇定地问:'你怎么来了?'我怯生生地答道:'生日快乐。'他听到这儿猛然一把将我抱住,我背上一阵温热,他竟然哭了。而我也没有忍住,哭了出来。进屋,我就看见桌上摆着一个酒瓶,父亲看见我好奇的神色,故作自若地耸耸肩说:'我最怕一个人过生日了,如果你没来,我只能把自己灌醉了。'"

那是奇妙的一天,父子两人就好像多年未见的朋友一般聊了很多。从生日、工作,一直到女朋友、婚姻,几乎无所不聊。他从不知道没有母亲在一边撮合的情况下,能和父亲有这么多可以聊的话题。

剑拔弩张的父子关系就这样化为绕指柔,陪父亲一起过生日成为两人奇妙的缓冲剂。那天以后,尽管他和父亲很少有机会碰面,但是每年总要在父亲生日这天陪着父亲。就这样父亲的生日变成了两个人的节日,最近他准备自己的生日也和父亲一起过。

我们要孝敬父母,就从记住父母的生日开始吧,这并不是一件很难的事情。可以和朋友约定相互提醒,或者在自己的记事本上记上,到父母生日的时候,给爸爸妈妈买点小礼物,或者做个菜;尽量提前安排好,陪父母过生日。

晚上的时候,小豆和爸爸妈妈一起看电视,电视上两个年轻的男女主持人和一群孩子正兴致勃勃地做游戏、聊天。主持人首先问孩子们:"爸爸妈妈都知道你们的生日吗?"

孩子们异口同声地回答:"知道!"

主持人接着问:"爸爸妈妈给你们过生日吗?"孩子们还是异口同声地回答:"过!"

主持人再问:"你们过生日的时候,爸爸妈妈送什么礼物给你们?"

所有的孩子都神采飞扬地夸耀着爸爸妈妈给自己送的生日礼物。这时候，主持人又问孩子们："你们谁知道爸爸妈妈的生日？"这时候，刚才还喧闹不止的孩子们突然都默不做声了。

主持人问一个秀气的女生说："你知道你爸爸妈妈的生日吗？"女生红着脸，羞愧地摇了摇头。主持人接连问了几个孩子，他们都回答不上来。主持人接着问："爸爸妈妈过生日的时候你们给他们送什么礼物啊？"

大多数孩子仍旧保持了沉默，只有少数孩子回答说曾给爸爸妈妈送过生日礼物。最后，主持人说："孩子们，你们想过没有？爸爸妈妈为什么能记住你们的生日，而你们却记不住爸爸妈妈的生日呢？爸爸妈妈为什么会给你们送生日礼物，而你们却不知道给他们送生日礼物？"孩子们都低下了头。

主持人接着说："那是因为你们还不知道关心别人，孩子们，你们说这样做对吗？"所有的孩子齐声回答说："不对！"

看完节目，小豆可惭愧了，因为他也不知道爸爸妈妈的生日，更不要说帮他们庆祝了。于是，小豆转过身，对爸爸妈妈说："爸爸妈妈，从今天开始，我一定记住你们的生日。"爸爸妈妈听小豆这么一说，都欣慰地笑了。

子女的生日，就算全世界的人都忘记了，而其父母永远也都会铭记于心，被当成每年必须精心准备的节日对待。不管多远的距离、多久的时间都割舍不断他们对你的牵挂。

而父母的生日，作为子女也不应该忘记，谁也不希望被自己所关心的人遗忘。每年当父母生日来临之时，真心地奉上一份礼物，送出一份诚意的祝福，就算只是几颗糖果、几句话，也能令二老感受到你的体贴和牵挂，让他们过个甜蜜而温暖的生日。

有人说："孝心也许是一处豪宅，也许是一片砖瓦；也许是纯黑的博士帽，也许是作业本上的红五分。但是在'孝'的天秤上，他们永远等值。"只要我们带着真心实意去祝福父母，就是他们最大的欣慰。最好的爱，是陪伴。最

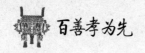

好的陪伴,是有子女在身边。亲情的体现不在于排场有多大,不在于给父母的物质享受有多丰厚,而是在父母的生日这样一个特殊的日子里,他们的身边能有你的关心和陪伴,这才是父母最想要的爱。

8.像父母爱自己一样爱父母

当我们还是青少年的时候似乎不太懂得孝顺父母,而当我们懂得的时候已不再年轻。世上有些东西可以弥补,有些东西永无弥补。孝是稍纵即逝的眷恋,"孝"是无法重现的幸福,"孝"是一失足成千古恨的往事,"孝"是生命交接处的链条,一旦断裂,就再无法连接。

赶快为你的父母尽一份孝心。也许是近在耳边的一句贴心话,也许是作业本上的一个红五分,也许是一顶庄重的博士帽,也许是一束山花,也许是一件漂亮的衣服,也许是一双洁净的布鞋,也许是大把大把的钞票,也许只是带着体温的一枚硬币……

但在"孝"的天平上,一切等值。只是,天下的儿女们,一定要抓紧啊!趁你们父母健在的光阴。从今天、从现在起,善待父母吧,不要让眼泪、悔恨代替无法报答的孝心!

一位女孩大学毕业后,回到家乡当了小学教师。在一次同学聚会时,她出于职业习惯,为大家讲起了她所教那个班级的一些事情。

"有一次,我给学生们布置作文,题目是《我的理想》,好多学生尽管文笔不好,但理想都很远大。有要当警察的,有要当科学家的,有要当音乐家的,可是班上偏偏有这样一个学生,他是这样写的,'爸爸有病很早就去世了,只有我和妈妈相依为命。妈妈胆子小,很怕晚上会有鬼。于是我就想,我长大了的理想是做一只勇敢的狗,天天陪在妈妈身边,让她睡个好觉……'"

孩子的这些话也许会令大人们发笑。然而,他的理想深深地打动了许多人。这个理想对那个孩子的妈妈来说,一定是世间最大的安慰了。

生活在今天的孩子们是幸福的,同时也是不幸的。过多的呵护使许多孩子习惯了来自父母的爱,认为父母为自己付出是理所应当的;这些孩子很少为他人着想,更不会想到用自己的爱去回报父母,他们逐渐丧失了一颗感受亲情的感恩之心。

小旭正在上初中,他平常很勤快,经常帮助父母做家务。一天,他突发奇想,想开一张账单给妈妈,索取他每天帮妈妈做家务的报酬。几天后,妈妈发现在她的餐盘旁边放着一份账单,上面写着:

母亲欠她儿子小旭如下款项:

为母亲洗碗20元;

为父母打扫屋子10元;

在花园里帮助大人干活20元;

为大家洗了马桶10元。

共计:60元。

小旭的母亲仔细地看了一遍这份账单并收下了,她什么话也没有说。晚上,小旭在他的餐盘旁边发现了他索取的60元报酬。正当小旭感到如愿以偿,要把这笔钱放进自己口袋时,突然发现在餐盘旁边还放着一份给他的账单。

他把账单展开读了起来:

小旭欠他的母亲如下款项:

为在她家里过的十年幸福生活0元;

为他十年中的吃喝0元;

为在他生病时的护理0元；

为他一直有个慈爱的母亲0元。

共计：0元。

小旭读着读着，感到羞愧万分。过了一会儿，他怀着一颗羞愧的心蹑手蹑脚地走近母亲，将小脸藏进了妈妈的怀里，小心翼翼地把那60元塞进了她的围裙口袋。

人们习惯于被照顾，在亲人无私的爱护下，我们渐渐觉得父母所做一切都是理所当然的，在接受时逐渐变得心安理得。请不要无视父母为我们付出的辛劳，更别忽略了父母那颗默默奉献的心。

第五章

珍惜相爱的时光

——人生唯有孝顺不能等

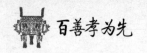

1.珍惜感恩的有效期

爱,需要用行动来表达,对父母的爱也是如此。现在就去做,不要等父母都不在了而空留遗憾。父母照顾孩子尽心竭力,他们的青春就这样逝去了,青丝变成了白发,但是我们在年少时却不能完全理解父母的爱。等自己也为人父母,理解了父母的苦心时,父母已经牙齿稀疏、目光浑浊,没有精力感受我们的爱了。

所以,孝敬父母要及时、趁早,不要等父母都不在了才想起要孝顺,那就已经为时已晚,只能空留遗憾。

有一个人,10岁的时候,父亲不幸病逝。母亲生怕让他受了委屈,不肯改嫁,含辛茹苦抚养他长大。他知道母亲的辛苦、操劳,告诉自己:用功读书,将来挣钱一定要让母亲过上好日子。

20岁的时候,他独自去闯天下。异乡打拼的生活非常艰难,他工作的公司和租住的房子换了好几处。不想让母亲跟着自己颠沛流离,他告诉自己:等生活安定下来之后,再接母亲来吧,以后一定要让妈过上好日子。

25岁的时候,他在一家外资企业供职,强烈的欲望让他的业绩一路提升。他受到了公司管理层的关注,迅速升职,手中有了一笔积蓄。他告诉自己:我要攒够钱买一套自己的房子,以后要让母亲过上好日子。

30岁的时候,他有能力供房了。但是,经理忽然来找他,说因为业绩突出,公司准备派遣他去美国学习,期满后可以在美国总公司任职。大洋彼岸的那个国家,对母亲来说应该是个更美丽的梦吧?他告诉自己:要做出一番更大的事业,让母亲过上好日子。

35岁的时候,有一天,他接到了亲戚的国际长途——他的母亲,因脑溢血突然去世。

这时，强烈的悔恨刺得他遍体鳞伤，那些他想给母亲的"好日子"，当他想做或有能力做得更好的时候，母亲却已经等不及了。泪水弥漫中，他才知道，原来，每天尽一分孝心，再苦也是好日子。

相信，有很多人都怀着这样一种想法：以后一定要让母亲过上好日子！但是，没有"以后"，只有"现在"，上天并不会因为我们的诸多以后而给予合理的安排，假如现在记起母亲了，那不妨就在第一时间让母亲知道，感受到我们的孝心。把每一天能做的做到就行了，这远比那个似乎美好的遥远的自我假设的预期有价值，别让自己做后悔都来不及的事情！

人的一生难免有很多缺憾，其中最大的可能莫过于"子欲养而亲不待"。当有一天我们蓦然发现，父母已两鬓斑白，此时才孝敬他们，我们会错过无数时机。甚至当双亲离你远去，才幡然悔悟，却已尽孝无门，这将成为永远无法弥补的憾事。

很多人总在说，等到有钱有时间了，一定要好好孝敬父母，但你可以等等，父母不能等。在不经意间，父母渐渐变老。花点时间多陪陪爸妈，父母们没有太多的要求，只是想让你陪陪，所以一定要抽出时间，多陪陪父母，不要让父母失望。不要等到想要孝敬时，父母都已经亡故而让自己空留遗憾。亲情很多时候，不能等待，因此孝敬应该从现在就开始。

潘岳，字安仁，后人常称其为潘安，西晋文学家，祖籍荥阳中牟(今属河南)。但有人认为，从他父亲一辈起，他家实际居住在巩县。潘岳的祖父名瑾，曾为安平太守。他的父亲名芘，曾为琅琊内史；从父潘勖在汉献帝时为右丞，《册魏公九锡文》即出自其手笔。

潘岳从小受到很好的文学熏陶，被乡里称为"奇童"，长大以后更是名噪一时。美姿仪，《晋书》载，"少时常挟弹出洛阳道，妇人遇之者，皆连手萦绕，投之以果，遂满车而归"。与夏侯湛友善，常出门同车共行，京城谓之"连璧"。

他不仅好文聪明，更事亲至孝。父亲去世后，他就接母亲到任所侍奉。他喜植花木,天长日久,他植的桃李竟成林。每年花开时节,他总是拣风和日丽的好天,亲自搀扶母亲到林中赏花游乐。

有一年,母亲染病想念家乡。潘岳得知了母亲的心愿,马上辞官奉母回到了家乡。虽然上级再三挽留,但他毫不动摇,说:"我若是贪恋荣华富贵,不肯听从母意,那算什么儿子呢?"上级被他的孝心感动,便允许他辞官。

回到家乡后,他母亲的病很快痊愈了。家里贫穷,他就耕田种菜、卖菜,然后买回母亲爱吃的食物。他还喂了一群羊,每天挤奶给母亲喝。在他精心护理下,母亲安度了晚年。

如果我们内心对父母有爱,那就马上行动,不要等到明天。

在台湾一个偏僻、贫困的小山村里,有一对靠捡破烂维持生计的中年夫妇。一个极为普通的寒冷的早晨,当他们跨出家门的时候,他们捡到的不是垃圾而是一个已经被冻得奄奄一息的弃婴。虽然,夫妻俩的日子已经是一贫如洗,但为了不让这无辜的小生命冻死街头,他们毅然决定把孩子带到家里精心喂养。于是,一家三口,便过着虽然贫穷,但是幸福的生活。

似乎不幸总在不恰当的时刻来临,在小女孩长到六七岁时,养父由于积劳成疾离开了人世,在弥留之际养父紧紧拉住妻子和女儿的手,他对妻子说:"我死后你无论如何也要把孩子养大成人,一定要让她上完大学。孩子有了一技之长,她才能在社会上立足,也才能成为对社会有用的人。"

在父亲去世之后,母女俩便相依为命。女儿逐渐长大,上了高中,家里的费用、开支也越来越重,几乎已经到了入不敷出的地步,妈妈就背着女儿,悄悄卖血换钱贴补家里费用。女儿看着妈妈一天天憔悴,不知什么原因,心里很难过,她在心里暗暗发誓,长大后一定要好好报答妈妈的养育之恩。女儿很争气,学习也很用功,终于考上了她向往已久的大学。

在大学期间,女儿给妈妈写信,说:"我非常思念朝夕相处的妈妈,惦记妈妈,但为了能尽量节省开支,我打算坚持到完成四年的大学学业后,再回家看望妈妈。"母亲接受了,在大学的四年里,每隔几个月女孩都能收到妈妈寄给她的信和一些钱。每次信中,妈妈都在给女儿报平安,希望女儿能够安心学习,不要惦记家里,随信寄来的钱虽然不多,但足够维持女孩日常的生活、学习费用。

时间真快,快得人们无从察觉,一晃就是四年,女孩终于顺利完成了自己的学业,拿到了毕业证。她非常渴望立刻能见到她朝思暮想的妈妈,归心似箭,她打点行装,迫不及待地踏上了返乡的路程。来到村头,便远远看见了自己家熟悉的院落,她当时兴奋不已。她跑到了院门前,推开了院落的院门,但是,女儿被眼前看到的景象惊呆了——院子里一片沉寂、凄凉,荒草遍地。她打开锈迹斑斑的门锁,她看到房间里破旧的家具上已经蒙上了厚厚的灰尘。她大声呼喊着:妈妈,我回来了! 妈妈,我回来了! 但却听不到任何回声!

她一时茫然失措,这时她还不知道家里已经发生了重大变故。她急匆匆地跑到邻居伯伯家里,询问她的妈妈到哪里去了。伯伯说:"孩子,只要你不哭,我就告诉你妈妈在哪里! "伯伯强忍着悲痛,把真相告诉了这个女孩。原来,她的妈妈在两年前就病逝了。由于过度劳累外加上经常卖血,妈妈的健康状况日益恶化,后来不得已住进了医院。在住院期间,妈妈非常想念自己的女儿,想再看女儿一眼,但是又怕耽误了孩子的学业。于是,在病床上,妈妈强忍住病痛的折磨,日夜不停地给女儿写了一封又一封平安信,直到这些信的日期一直排到女儿4年学业结束。

妈妈的思儿之情和浓浓的母爱全都倾注在了这一封又一封的平安信中,为了能够攒足女儿4年的生活和学习费用,在弥留之际妈妈又和医院达成了协议,在她死后,将自己身体的所有器官全部出售给医院。妈妈把卖器官的钱和一叠厚厚的平安信交给邻居的伯伯,委托他定期给女儿寄去。女儿跪在妈妈的坟前,泪如雨下。千呼万唤她的妈妈,那含辛茹苦把她养育成人的妈妈,那曾经与她相依为命的妈妈,那给了她另一个家的妈妈,那曾经不知给了她多少温馨和幸福,给了她多少勇气的妈妈。如今却留下她一个人孤零零地在这个世界上,怎样面对未来的生活,怎样面对前面崎岖不平的人生之路。

在妈妈的坟前,女孩写了那首一直传唱至今的歌:《感恩的心》。

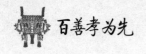

　　我们能孝敬父母、孝养父母的时间一日一日地递减。如果不能及时行孝,会徒留终身的遗憾。孝养要及时,不要等到追悔莫及的时候,才思亲、痛亲之不在。

　　在这个世界上,什么事情都可以等待,只有孝顺是不能等待的。时间如流水,青少年时期每个人都有很多事情要忙,忙学习,忙游戏,忙作业……等成人了,还要忙工作,忙事业。

　　当我们认为真正拥有了可以孝顺父母的能力的时候,可能已经为时太晚了,因为这时候的父母已经吃不动也穿不了了,有的父母甚至已经远离了尘世。

　　趁父母还健在的时候多为父母做点事,用实际的行动来表达我们对他们的爱和感激,而不要总是把爱埋在心里。

2.孝敬父母是来不及等待的

　　当代女作家毕淑敏在《孝心无价》中说:“我相信每一个赤诚忠厚的孩子,都曾在心底向父母许下‘孝’的宏愿,相信来日方长,相信水到渠成,相信自己必有功成名就、衣锦还乡的那一天,可以从容尽孝。可惜人们忘了,忘了时间的残酷,忘了人生的短暂,忘了世上有永远无法报答的恩情,忘了生命本身有不堪一击的脆弱。”

　　父母为我们付出得太多,他们也曾经和我们一样充满激情,拥有很多机会,但是为了抚养儿女,他们甘愿做一个普普通通的人,甘愿把更多的机会留给孩子。这样的牺牲,值得我们每个人牢记心中,值得我们每时每刻孝顺他们。

　　“子欲养而亲不待”,出自《孔子集语》的一个故事。

春秋时,孔子和弟子们出去游玩,忽然听到路边有人在啼哭,就上前去看怎么回事。啼哭的人叫皋鱼,皋鱼解释了他啼哭的原因:"我年轻时好学上进,为了求学曾经游历各国,等我回来时父母却已经双双故去。作为儿子,当初父母需要孝顺的时候我却不在身边,这好像'树欲静而风不止';如今我想要孝顺父母,父母却已经不在了。父母虽然已经亡故,但他们的恩情难忘,想到这些,内心悲痛,所以痛哭。"

　　孔子说:"弟子们应引以为戒,这件事足以让人懂得该怎么做了。"之后,孔子的学生中辞别回家赡养双亲的有十三个人。

　　孔子说,孝中最困难的事情就是和颜悦色地和父母说话,孩子很难放下自己的想法去聆听家长的话。其实,这种聆听、尊重和关爱,就是孝的本质。不要把心里的话留到明天说,今天就对父母开口讲吧,让彼此都生活在幸福当中!

　　如果你爱自己的父母,那么现在就去做,不要等将来父母都不在了而留下遗憾。父母照顾孩子尽心竭力,他们的青春逝去了,青丝变成了白发,我们在年少时不能完全理解父母的爱,等我们长大之后理解了父母的苦心时,父母已经牙齿稀疏、目光浑浊,再没有精力感受我们的爱了。

　　孝敬父母要趁早,从现在开始,不要等父母都不在了才想起要孝顺,那已经为时已晚,只能空留遗憾。

　　一个留学生,从小学习很好,并且取得不错的成绩。学业完成后,他想在国外定居,这时他的父母也很支持。可是这个时候他还是决定不了,因为自己的朋友有很多国外国内的奔波,原因是父母都有一些事故。这样的场景很多,多到自己都很害怕。他看到自己的朋友因为错过与父母见最后一面而后悔痛苦,所以他更加害怕了,他甚至都害怕接听父母的电话,他怕是个不好的消息。

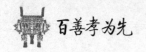

虽然父母也很支持他在美国定居,但是父母单独留在国内,的确也是很令人担心的。思前想后,他下了个决定,回国!美国的朋友们都出乎意料地支持他,希望他别重蹈覆辙,好好地陪父母走完最后的人生道路。于是,他回国了。

回国后,他在城里上班,父母在离城不远的郊区居住,过着田园般悠闲的生活,他觉得这样过得很幸福,很知足。他每天都回家吃饭,周末一般没什么活动也待在家里,陪父母聊天。某一周末,朋友们约他出去玩,时间是两天一夜的周末,说:"你天天回家陪父母,和朋友们聚会少了,一直待在郊外多闷啊。走,去好好地玩他个天翻地覆,父母少陪两天没事的。"他拒绝了朋友,淡定地说:"父母老了,他们不会一直在原地等你的。他们一辈子在等你,等你出生,等你长大,等你上学回家。现在等你下班回家吃饭,他们还有多少时间可以等呢?"说完就回家了。

现今社会,有多少子女明白,父母一直在家中等待呢?

孟郊的《游子吟》最能够体现母亲对孩子的担忧:"慈母手中线,游子身上衣。临行密密缝,意恐迟迟归。"妈妈对远行在外的子女是最关心的,他们关注孩子所在地区的天气预报。从遥远的地方专门打电话叮嘱他们要记得出门带伞,说是今天有雨。但是子女总觉得学习为重,朋友为重,父母被摆在了最后的关注位置。

现在的世界,虽说交通发达,就是出国,也可以很快就回来。可是就是因为这样,人情却往往淡漠了。如,路上见面不说话,不知道自己的邻居叫什么名字,也不写家书了,只是过节的时候发个信息,打个电话。科技虽然进步了,但是却把人的距离拉远了。

现在很多人为了追求自己的理想,背井离乡,甚至远至海外。总是想着等自己有了钱一定好好地孝敬父母,想着买了大房子就一定接父母来住,想着忙过了这一阵子一定回家看望父母……然而,父母是不会在原地等你的。也许,等你有一天人生辉煌时,父母却已经离你而去了。

3.不要让孝顺像流星一样转瞬即逝

中国古代大思想家、大教育家孔子总是劝告弟子们为父母尽孝。作为子女，一定要抽出时间，多陪陪父母，尽自己的孝心，不要等到想要孝敬时，父母都已经亡故而让自己空留遗憾。"孝"这个字，千万不要让它像流星一样转瞬即逝。

有句古语说得好，"百善孝为先"。孝敬父母是各种美好品德中最为重要的一项。人生在这个世界，成长在这个世界，都源于父母。父母给了我们生命，哺育我们成长。因此，孝敬父母，尊敬长辈，是做人的本分，也是各种优秀品德形成的前提。

快过年了，小李忙着给家里买过年的东西，因为春节过节买火车票难，所以他们决定一家三口在城市里过，不回老家，其实想想已经几年没有回家了。

正在他想的时候，"丁零零——"一阵电话铃声，小李拿起话筒，电话里有一个老人的声音："快过年了，还好吧？"他一听这声，是妈妈打来的，就回了句："现在都挺好，只是过年忙了一些，您老还好吗？""我很好，你不用担心。"小李听着听着，又觉得不太像妈妈的声音，小李正疑惑，电话那头却开始说个不停，"你说年三十回来的，怎么又不回来啦？别人家老老少少都高高兴兴地庆团圆，而我和你爸却只有孤灯伴双影……"电话里的声音有些哽咽。

这时小李感觉不对，就看了一下显示屏，发现是一个陌生的电话号。他确定老人是打错电话了。可是，听着老人的无奈，小李仿佛看见一对风烛残年的老人期待子女回家团圆的希望破灭后，那种孤寂失落的冷清情景。

小李不忍心告诉她是打错了电话，对着话筒说："妈妈，你别难过，儿子会回来看你们的。你们自己要多保重,你放心,你马上会看到我的。"

"哎,我们会照顾自己的,倒是你们常年在外,自己生活很不容易,处处要多小心。天气冷,要注意保暖。你的孩子今年长高了吧?现在小伙子是不是很可爱啊!我都好久都没看到他了。"听着电话那头老人的关心,小李的眼眶有些湿润。放下电话后,小李想起了自己的父母。

小李的父母也都七十多岁了,退休后一直住在乡下老家。平时,小李在城里忙,每天工作、生活、照顾孩子,也难得回家一次,有时回去一次,老人高兴得就像过节似的。这时,小李决定,今年过年一定要回家去。他们买了回老家的票,回家和父母一起过年。

两个月过去,有一天,小李突然想起那个打错电话的老人,于是回拨过去。接电话的是一位男子,他听明白小李的意思后,沉默了好一会儿,突然抽泣起来。原来他就是那位母亲的儿子,他的母亲因心脏病发作去世了,他是赶回家办理丧事的。电话里,他难过地告诉小李:"我在城里经营着一家超市,原本打算回家过节的,可是那几天生意特别好,因为忙,所以未能回来。谁知道妈妈就这样走了……想起来,我好悔恨呀!"

我们千万不要失去了才懂得珍惜,哪怕自己再忙也要常给父母打打电话,常回家看看,因为父母不会一直在原地等你。当父母不在了,我们后悔也无用了,不要像故事中失去母亲的儿子,为了事业而错过了亲情。

当你在外面玩得尽兴、忘记时间时,母亲一直站在门口等你回去;当你耍脾气不吃饭,母亲热了又热,只怕你饿坏了;当你过生日邀请同学来家里的时候,母亲忙前忙后,准备了丰盛的饭菜,只为了让你与同学玩得开心……你的平安、快乐,便是她最大的幸福。

人的一生中,许多事总也忙不完,但亲情的报答是有期限的,不要让孝顺变成流星一样转瞬即逝。我们一定要时时刻刻牢记着报答父母,不让自己留有遗憾。

4.让年迈的父母感受你的孝心

《常回家看看》这首曾红遍大江南北、耳熟能详的歌曲,代表了千千万万父母的心声。当这首歌响起的时候,是否勾起了你对父母的思念？也许你非常希望能经常回家看看父母,陪他们聊聊天,可是因为工作的繁忙,一次次地推迟了回家的计划。

其实,父母并不希望你带多么贵重的礼物,也不希望你多么风光地回家,他们就是希望子女能常回家来,让他们看看你是瘦了还是胖了,然后为你做几顿可口的家乡饭菜。然而,很多时候父母们连这么一点简单的愿望都实现不了。

有两位退休的老教师,经常一起在公园里散步,熟悉他们的人都知道,他们的女儿移居美国,已经五年没回来了。说起女儿,老两口眉宇间有骄傲,但更多的是落寞。

老先生说:"远在天边的亲情形同虚设,我有时真的宁愿女儿不搞那些科研,有个平常的工作,那样我们会幸福得多。"平时看到别家老小团聚,其乐融融,他和老伴儿常常忍不住偷偷流泪,特别渴望亲情。

每当收到孩子们寄回的礼物,老伴儿开心至极,甚至会在朋友中"炫耀"一番。他说:老伴这样的"炫耀"其实是想念孩子们。

父母一天天变老了,在外奔波的子女,可别忘了常回家看看自己的父母。毕竟,孝敬并非一定需要多少金钱,在力所能及的范围,也许做子女的能时时牵挂着他们就是父母最大的奢求。常回家看看,哪怕听听父母前言不搭后语的唠叨;饭后,给老两口端杯热茶;阳光灿烂的日子,陪他们出门散散心,和邻居聊聊天,也许做父母的就已经十分开心了。

道光年间,曾国藩还只是个翰林院编修的穷京官,天天为生计犯愁,但他仍托人千里迢迢将昂贵的阿胶补品带回湖南老家孝敬父母。

有一次,他得知母亲患了牙疾,但家乡的来信中并没提及此事,于是特意强调下次来信一定详细告知病情。后来母亲过世时,哀痛至极的曾国藩立即脱下官服,披麻戴孝。他由于归乡心切,不带行李,只带一名仆人,一赶到家便跪在母亲灵前痛哭。正当曾国藩为母亲寻觅安葬之地的时候,咸丰帝令其出山为朝廷效力,接到谕旨后,曾国藩想到母亲的灵柩尚未安葬,立即写折辞谢皇帝的命令,请求在籍为母守制尽孝三年。后在至交郭嵩焘的劝说下,曾国藩才应命出山,临行还特意叮嘱曾国荃、曾国华先在家为母守孝。后来,曾国藩一直为未尽孝心而深感遗憾。

令人敬佩的是,曾国藩不仅对生身父母尽孝,对乳母也十分孝敬。在其乳母逝世后,他写了一副"一饭尚铭恩,况曾保抱提携,只少怀胎十月;千金难报德,即论人情物理,也当泣血三年"的挽联,以寄托对乳母的怀念和哀思。这副对联运用韩信"一饭千金"的典故作铺垫,既恰如其分,又感人肺腑。

"百善孝为先",意思是说,孝敬父母在各种美德中是占第一位的。如果一个人连自己的父母都不孝敬,就很难想象他会热爱自己的祖国和人民。孟子的"老吾老,以及人之老;幼吾幼,以及人之幼",说的就是人要像孝敬自己的父母、爱护自己的幼子一样去孝敬别人的父母、爱护别人的幼子。

一次曾国藩收到父母的来信。在信中,父母除了询问他的近况外,还表示出对他弟弟的关切。曾国藩看后,马上把弟弟叫来并对他说:"父母一直很为你担心,你为什么不及时写信回去,告知父母你的情况?"

弟弟说:"我最近手头有点紧,想着等有了些许银两,与信一并寄回,也好给父母一个交代。"

曾国藩说:"父母是出于对你的担心,才对你十分关切。他们需要的不是你的银两,而是你向他们报平安的这份心啊。你想想,每个孩子不都是父母心头的一块肉?如果孩子与父母失去了联系,父母的心里就会焦灼不安,比自己生病还要难受。做儿女的,如果不能理解父母的心意,那就是不孝。"

弟弟听了曾国藩的话,顿时感到羞愧万分,马上回去给父母写了一封信,告诉父母一切安好,劝二老一定要保重身体。从此之后,曾国藩的弟弟也像哥哥一样,时时向父母汇报自己的近况,以免父母担忧。

"子欲孝而亲不在",千万不要让这种遗憾发生在你的身上。人生需要关怀,"常回家看看"就是关怀和爱!这无疑是一种人生的修养,一种敬老的美德。常回家看看,让年迈的父母感受到你的赤子情怀。对于全天下大多数老人都有一个共同的愿望,那就是一个人能从日常平凡的生活中寻找和发现活得更好的理由,就会比别人幸福。

一次,一个小镇上的一位古稀老人过生日。当地的记者也来向这位寿星祝贺,并对他进行了采访。在采访中,老人说道:"我是这儿最富有的人。"

不久,这句话传到了镇上的税务稽查人员那儿。稽查员马上登门拜访他,开门见山地问:"你自称是这里最富有的人,是吗?"

那位老人毫不犹豫地点了点头:"是的,我确实这样说过。"

稽查员一听,马上从公文包里拿出笔和登记簿,继续问道:"既然如此,能具体说一说你的财富吗?"

老人兴奋地说道:"第一项财富是我身体健康,别看我已经70多岁了,但我能吃能走,身体可不输给你喔!"

稽查员有些吃惊,但仍然耐心地问:"但你还有其他财富吗?"

"除此之外,我还有一个贤惠温柔的妻子,我们生活在一起将近60年了。另外我还有好几个聪明孝顺的孩子,这儿的所有人看了都很羡慕,这不也是财富吗?"

稽查员打住他,单刀直入地问:"你没有银行存款或任何有价证券吗?"

老人十分干脆地回答:"没有。"

稽查员问:"你没有其他不动产吗?"

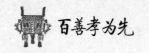

他得到的仍然是老人诚恳的回答："没有。除了刚才我说的那些财富，其他我什么也没有。"

稽查员收起登记簿，肃然起敬地说："老人家，确实如你所言，你是我们这个镇上最富有的人。而且，你的财富谁也拿不走。"

老人的财富就是一家人开开心心过日子，有这样的生活足矣！这是任何人都比不了的财富。然而当代生活像老人这样温馨的生活是很少见了。

如今，中国正在步入老龄化社会，像他们这样的老人会越来越多，据全国老龄工作委员会发布的《中国城乡老年人口状况追踪调查》透露，到2006年年底，我国60岁及以上老年人口人数为1.49亿人，占总人口比重的11.3%。近年来，"空巢"老人家庭比例显著增加，城市地区中，49.7%的老人独自居住。五年过去了，这个数据只在上升，情况越来越严重。

随着社会保障机制的健全，"空巢"老人虽然衣食无忧，但内心的孤独和对亲情的渴望更甚。离家不太远的孩子常回家看看，会增加父母的幸福感，有利于老年人的心理和生理健康。

所以，作为子女的我们，不管再忙，也要抽出时间常回家看看，因为孝顺不是给老人钱就行了，还要给他们心理上的安慰。

5.孝顺父母需要即刻兑现

因为事业，因为责任，因为生存……这些，常常是许多人放弃与父母一起团聚的正当借口，让人听了无法反驳。

但静下心来想一想，父母难道就应该理解你的不堪和沉重而必须承担半生孤寂吗？你凭什么让父母在期待中一次又一次失望？就因为他们对你有深厚无比的爱，所以理所当然要接受子女尚在却见不到人影的凄凉吗？

谁能说，当年养育你、陪伴你、引导你、关心你的父母是有着一大把时光用也用不完的，所以他们可以精心照料你？有几个父母不是牺牲了自己的爱好来成全子女的健康成长？而这样的付出，换来的却是一句"等我有时间再回来看你"。

时间，你永远都可以有，也可以永远都没有。

母亲年轻的时候很苦，人们都说，她是嫁错了人。

父亲因为特殊的原因离开了家。

临产前，没有文化的母亲还必须去工地砸石头赚钱。当羊水已经破了，才匆匆带着尚有热度的工钱买了赶往娘家的车票回去生产。

没有人同情她，更别说帮她。这一段往事在无数次被讲起后都被赶紧截住。

人人都在生存中挣扎。

母亲生下我之后，对钱的向往就越发强烈。但凡能够变成钱的东西，都会在她那里得到珍视，然后被放进一个布袋子里如命般存留。

无时无刻，母亲都在告诉我——穷人，就要学会珍惜钱。

因此，从小到大我就没有从母亲那里拿到过一分钱零用，更别说购买糖果、玩具之类的"奢侈品"。

每当我给儿子谈起自己幼时的经历，他就会无限惊讶地张大嘴表示不信。我不想多去解释，因为每解释一次就会扯开伤口痛一次。

都已经过去了，又何必纠缠沉溺呢？

我痛恨这样的贫穷和无力。

我也痛恨母亲一贯表现出来的战战兢兢和冷漠无情。

可是，她依然是我深爱的人。

十八岁生日的那天，我刚起床。母亲静静地站在窗边，脸上有奇异的微笑。我照例去揭开小白瓷杯的盖子，准备吃下庆祝我平安降生的两只白水蛋。家里无钱,但每年的生日祝福还是有两只很饱满的鸡蛋。

这一次,在白白的圆圆的鸡蛋下面,我却发现了一个绿莹莹的圆家伙。

老天!我不敢相信自己的眼睛——

那是一只机械表!

恍惚之中,我想起自己很久以前曾在母亲面前提过的事——"同学张大鹏的父亲很有能耐,送儿子的成人礼物是一只表,大家都羡慕死了!"

在那样的年代,表是很贵很贵的,如果一定要用钱去计算,那必定是母亲布袋中好多个数也数不清楚的一堆散票子的总和。

我不经意的谈论,母亲却牢记了。在这个特殊的时刻,她给了我一个极大的惊喜。毫无疑问,我慌了神,也乐翻了天。

抱着母亲,我第一次在不该像孩子的时刻却像孩子似的欢呼起来。

母亲也很激动,露出难得不苦涩的笑意说:"儿呀,长大了!戴着这表,顺顺利利,就能多赚钱,一辈子都不再受钱的气!"

我扑通一声跪下,发誓:"妈,我会让你享福的!"

很多年过去了,托母亲的吉言,我如愿挖到了第一桶金,成为一个有能力让家人不再为衣食住行发愁担忧的中年人。

母亲好静,单独住在一套小居室里。我给她请了护理,每天准时回去看望她。

她还是很喜欢钱,总会在和我说完一些鸡毛蒜皮的事后发出暗示,我也总是及时地从钱包里取出一张、两张或者更多的红色大钞。母亲像一个狡黠的女生,一边假意推辞着,一边特认真地将钱装进贴身的布包里,从不例外。

妻子有了意见,悄悄抱怨:"一个老人有吃有穿,还有定期的零花钱,为什么每次还要额外地找你要钱啊?她不知道儿子赚钱很辛苦吗?真是太贪婪了!"

我没有和妻子斗嘴。

一个顺境中长大的女人很难理解另外一个受过苦的女人。

我决定为母亲竖起一道屏障。

以后带着妻子和孩子回去看望母亲，无论如何我都会找到一个空当，单独留给母亲一点时间，依数给她想要的钱。而面对妻子，我除了对她更好之外，还是更好。

　　在我心里，我一点也不认为母亲贪婪，她只是穷怕了。虽然富裕了起来，却还是需要足够的安全感来支撑。

　　作为她唯一的儿子，能够在晚年带给她的最大快乐，就是让她可以抱着自己想要的钱安然入梦，或许还可以让那些欺压了她一辈子的钱被她践踏在脚下。

　　母亲总是高高兴兴地收钱，数钱，然后存起来。我看着她，觉得很像在梦中。

　　几年以后，母亲去世了。

　　她在临终前交给我一个木箱子，里面是一沓一沓厚厚的粉红的钞票，我曾经的付出分文不少地躺在那里。她什么话都说不出来了，却满脸轻松，充满了欢乐。

　　我的泪，在那一刻也不见了。

　　母亲在年轻时受了很多的苦，但我在她年老以后给予了最大的弥补，这是她自己乐意享受和认同的。

　　母亲在世时满足她的意愿，不因为她的任性而义正词严地指责，等她离开时就不会有遗憾。

　　请别在父母离开了，再哭泣着、懊恼着当初的某一个拖延和怠慢冷落了双亲，那样的悔恨对所有人都没有实际意义。

　　父母在世时，即刻兑现你的爱，就是对父母最大的回报。

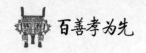

6.算一算余生与父母相聚的日子

　　只有经历过的儿女才知道,父母越苍老,就可能留下越多的遗憾。不要以为父母永远都有一双可以为我们遮风避雨的双臂, 他们总有一天会变得异常脆弱,需要我们的陪伴与呵护。"子欲孝而亲不在"莫过于人世间最大的悲哀了,不妨从现在开始在心底设定一个闹钟,去细数爸妈的余生,就不再有"等以后还来得及"这样心安理得的想法。

　　也许大多数人都会有这样的困惑:为什么明明十分在意父母,可是却总会在生活中不经意地就把父母遗忘了。因为我们对父母做到的并没有想到的那么多,我们对他们的爱还停留在只是"说说而已"、"想想而已"。

　　有个朋友叫辛杰,是朋友圈子里比较有能力的人。他经过自己的努力,并着实碰到一些好机会, 目前在一个国内知名外企做到了总监级别的职务,房、车已买,就在我们仍在为生存而忙碌的时候,他又传来喜讯——要升迁了。

　　就在朋友们筹划着为他开庆功会的时候, 他又放出消息——放弃升迁机会,选择辞职,和父母去环游世界。

　　消息一传开,我们这个朋友圈子马上炸开了锅,都怀疑他的决定。若说旅游的话,以他的性格应不会冷落了女朋友,而选择带着爸妈去。在好奇心的驱使下,我拨通了他的电话,没想到只换来一句就挂断了电话,他说:"有些事情是不能等的!"一头雾水的我就没再多问了。

　　一天,母亲打来电话,她不停地埋怨我往家里打电话少,为了止住她的唠叨,便拿辛杰的壮举以转移她的注意力,母亲得知此事并没有多大的反应,只是轻轻地叹息一声。

　　"人家环游世界,你唉什么啊?"

"你不知道，辛杰的妈妈得了胃癌，已经确诊了，之前一直瞒着儿子，还嘱咐我别告诉你，就怕你告诉辛杰，影响他的工作，前阵子，医生说扩散了。"停顿了一会儿，母亲又说："你说这人怎么就这么脆弱啊，辛杰他妈比我还小两岁呢。如果换了我，怎么能放心地走啊……"

本就在震惊中的我听了后面一句话，心猛然疼了一下，佯装生气地说："说什么呢，好好的别说这种话，我不爱听。"

母亲听我急了，不禁逗我："反正你嫌我唠叨，正好让你清静清静。"

虽然知道母亲只是说着玩的，但我却真的联想到某个场景，鼻子一酸，眼睛发胀，带着哭腔喃喃："妈，你不要说这些，我真的不爱听。"

电话那头一时间没了动静，我也屏住呼吸，一会儿传来母亲低哑的声音："人，不都得走这一遭么，你有时间的话好好劝劝辛杰，别让他太难过。"

这一通电话仿佛充满了魔力，让我一下变成了小孩子，静静地听着她的声音，赖着她就是不想挂电话。

本以为辛家三口头一次出国旅游，定会玩个痛快，没想到在他们走后的第八天就回来了。我是第一个知道他们回来的消息，因为辛杰回来的当天晚上就给我打了一个长长的电话，电话里只说了5个字"没有时间了"，接着，就只有喷发而出的哭声。

现在冯妈妈已经住进了医院，而辛杰的情绪也稳定了许多。每天就是陪着他的父母去做老两口想做的事，竭尽全力去满足他们所有的愿望。去看辛杰那天，他让我看了他电脑里设置好的一个闹钟，就在桌面最醒目的位置上，还有一句话：不知还有没有明天！

他是用这样的方式在提醒着自己，同时也在提醒我们，要珍惜自己的时间，也要细数父母的时间，努力多陪伴他们。他还跟我分享起他这几天看到的一个短片，是关于一个摄人心魄的天葬，令他印象最深刻的，是葬礼中躺在巨型棺材里的那张年迈的脸庞，苍老而骨瘦如柴。他的儿子们整齐地守在棺材旁，他们看起来并不贫穷，据说个个都在外面打拼，并且小有成就，奋斗了多年，才想起了在那贫穷的家乡，还有老父独守在那里等他们回家。老人等了一辈子,就快要享福的时候,却离开了人世。说到此,辛杰不禁激动起来,"活着的时候都不管,死了弄这么大的排场有什么用"。在他红肿的眼睛里,充满了怨恨,随后又转变成懊悔,最后叹了口气说:"我又能比他们强多少呢?朋友,我劝你一句,日子得数着过,不是数自己的,而是数父母的,他们可没有我们这么多的时间了,他们的余生没有别的,只有我们。"

因为忙碌,人们拼命压缩着和父母见面的时间。

只有父母的爱是无条件的,是不会褪色的。所以,仰仗这种天然的信任和依靠,很多人宁愿陪客户、陪领导、陪孩子、陪电脑……都不肯多拿出一点时间陪父母。

曾有人给在外闯荡的年轻人算过一笔账:如果你一年回家一次,父母亲已经60岁,就算他们能活到90岁,你和他们见面机会也就只有30次,如果每次回家按7天算,那么留给你和父母在一起的时间也就只有210天。数字就是这么残酷,更残酷的是——并不是每一份亲情都等得及我们去珍惜。

有家,更要有关注和体贴,才能让老人觉得安全、幸福和满足。不要仅仅依靠物质来达成仁孝,老父母需要的,还是一个能触摸到的人。

只有当事情发生在身边时,才能真正感受到命运的莫测。所以,别让自己徒留遗憾,更不要让父母孤寂地离开。好好细数一下父母剩下的有限的时间。赶紧给人生上一个提醒的闹钟,越快越好。

7.再忙也要腾出时间陪父母

太忙了,没时间,再说吧……这些借口,往往会使我们和父母的距离更远。在我们生活中,常常有这样的对话。

"孩子,你很久没有回家来看看了。"

"工作太忙走不开。"

"你很久没有给我打电话了。"

"对不起,最近太忙了。"

"妈妈(爸爸),你说过这周陪我去游乐场的,你又给忘记了。"

"对不起,宝贝,妈妈(爸爸)最近太忙了,下次好吗?"

"孩子,今天是我的生日,你能回来吗?吃个晚饭就走。"

"对不起,妈妈,我今天得加班,最近太忙了,等忙了这阵子,我就去看你。"

忙碌似乎成了万能借口。在哪里都能用得上,而且是百用不厌。父母子女间,恋人夫妻间,亲朋好友间,似乎随时都会出现这么一番对话,我们自己也不例外。

这些看似小事情,时间长了就会习惯,不管你再忙,你都不要忽略它……因为一个人的习惯很容易形成,却很难改变,特别是别人要你改变的时候,更何况是忙呢?所以,对家人、朋友、爱人,我们都不要因为"忙"而忽略了他们,看似小事,却可以使我们的友谊之花永不凋谢,幸福之水长流……

现在生活节奏加快,"忙"成了很多人的一个通病,忙事业,忙生意,忙赚钱,可谓是忙得晕头转向,然而再怎么样也不应该成为冷落老人的理由。

真的是忙碌吗?忙碌到连打一个电话,发一条短信的时间都没有吗……不是的,很多时候只是我们给自己找的一个借口,一个减省麻烦的借口。

谢均在年初升了经理,出差在外地的时间越来越多。这回又是刚刚从英国回来,飞机上一个人坐着无聊,就随手找个电影看。电影名叫《因父之名》,他一开始还是在漫不经心地看,后来就再也不能移开视线。

电影讲的是一个来自爱尔兰的年轻男子在英国闯荡,但是没想到造化弄人,他被人陷害,被判坐牢15年。面对这残酷的人生,穷小子几乎崩溃,这时他的父亲竟然也犯了罪,跟他一同入狱。原来父亲知道了儿子被冤枉的消息,决定要陪儿子一起度过,所以他放弃了一切,故意犯罪让自己也被关到这个地方来。和儿子一起坐牢期间,他一直在想尽各种办法保护儿子,鼓励儿子,支持儿子。因为有了父亲的信任和陪伴,儿子才没有感到绝望和孤单。父亲至死都在为儿子申诉,希望洗脱他的罪名。

谢均很多年没有在外人面前流过泪,看着这部电影,在飞机上泣不成声。

旁边座位一个外国老人好心问他怎么了,他说觉得这个父亲真是不幸。老人听后平静地说:"这个父亲是最幸福的父亲。"

"为什么?"谢均十分不理解。

"能一直陪在自己的儿子身边,是多大的幸福啊。我儿子10年前就离开家了,至今一次都没有回来过。我有时候真希望他失业了,或是发生什么意外不能出门,这样我就能日日在他身边了。"谢均一直记着这位老父亲眼中的落寞和期盼,放假回家时,把这件事当做旅途趣闻说给了父母听,父母没有谢均意料中的惊讶,倒是沉默了一会儿说,可怜天下父母心。

谢均有一个姐姐和一个弟弟,姐弟三人都在外工作,除了法定节假日,基本上赶不上一起休息的时候。每次父亲都早早地打电话给三个孩子,"预订"他们的长假。父亲的电话就像是假期的定时提醒,总会让忙得昏天黑地的孩子们想到应该放松一下,所以每次他们都会按父亲的希望,回家一起过节。

有一段时间三个人的工作都很忙,几个月都没回去看过父母。好不容易到了五一小长假,姐姐说一定要回去看看父母,不过想给他们一个惊喜,所以约定暂时不告诉他们,就说要在公司加班。父亲打来电话时,三个人按计划行事。母亲在一旁听到谢均说忙不回家,急着抢过了话筒:"那自己要多注意身体啊,吃点好的,别怕花钱,下次放假一定回来啊。"语气中的失望和担忧即便隔着这么远的距离还是能感觉到。

谢均有些后悔,觉得这次似乎有些过分了。于是在放假前一天就急匆匆坐车赶回了家。路上交通状况不好,到家时天已经黑了。走到小区楼下,谢均习惯性地抬头看着家里的阳台,竟然发现母亲正站在阳台上张望,房间里的灯光照出来,很温暖,让谢均的心一下子酸酸的。母亲看到他,一下子跳了起来,大声叫着他的小名。谢均用力向母亲挥手,快步跑上楼,母亲早就在门口等着了, 一见面就上下打量起来, 还不住地埋怨他怎么能开这么过分的玩笑。谢均想笑,又很想哭,可肚子却不合时宜地响了起来,走了将近三个小时,的确饿了。

母亲急忙洗手准备重新炒菜,谢均走进厨房一看,只有炒青菜和一碗剩下的粥。这时父亲走了出来,指着简单的菜说:"你们都不回来,你妈就让我过这种苦日子。"父亲一向严厉,现在说话的语气倒是像个受了委屈的小孩。谢均忍不住笑起来,但想想父亲一定是希望这样说能让他们回家的时间多一些。

打开父母的冰箱,里面尽是些罐头和已经过期的食品,根本不像他每次回来时看到的冰箱。才知道原来自己不在的时候父母过得都是这么简单的日子。谢均赶忙打电话给姐姐和弟弟,让他们买些好吃的回来。

这个假期久未团聚的一家人在一起,热热闹闹地吃饭说笑,似乎和平时没什么两样,但谢均注意到,父母脸上的笑是那么灿烂,那么幸福。

现在人们的工作繁忙,假期就成了十分珍贵的时间。这么宝贵的休息日,很多人选择留给睡觉、旅游和朋友聚会。但是你有没有想过,家中的父母是不是正在苦苦地等待着你的假期?等着你偶尔回去一趟,让他们看看你,跟你说说话。

长大之前,依赖着父母,总觉得父母就是自己的一切,长大独立后,父母却往往成了自己最后想起的人。经常会听到人说以后会怎样怎样好好爱父母,然而只要想了就去做吧,永远不要等到以后。谁也无法预知以后的事情,所以把握好眼前的机会才是实在。

有一位老人,她养了十个儿女。在那个年代,养育十个孩子是多么难的事情,但是遇到再大的困难,她都挺下来了。她的目标只有一个,那就是让自己的孩子都能健康成长。然而不幸的是,她的老伴还是个瞎子,生活上有些时候不能自理,她照顾孩子的同时还要照顾老伴,后来她的老伴还是离开了

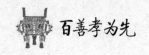

她，她这一辈子真是辛苦极了。

就在她准备安享晚年的时候，拆迁让她不得不离开她生活了一辈子的地方，不得不离开和她共同生活了一辈子的老姐妹。她很孤单，这时，她的儿女都已经长大成人了。有的有家庭了，有的工作了，一年几乎看不到他们。老人很孤单，常常给儿女打电话，然而电话那头永远回答的是"我很忙"。

直到她离开这个世界上，她身边也只有跟她朝夕相伴的猫。当她离开了，儿女们才知道这么多年自己对母亲的忽略，但后悔已晚。

眼下，生活节奏加快，竞争无处不在，身处职场的我们时刻面临着这样或那样的工作压力，给父母尽孝就常常因"工作忙"、"没时间"而一推再推。

为人父母，年龄在不断增加，身体肯定也不如以前，从前可以干体力活，而现在却只能在家修养，随之而来的不是各种疾病，有的老人有疾病也不说，自己挺着，其实在他们眼里，只要子女回来看一眼，自己的病也就好了许多，也许就是精神上的安慰，但却是父母们一个美好的奢望。

作为儿女的，父母不在身边，难在膝下尽孝，即使给他们充足的金钱，也不是最后的行孝，常回家看看老人，却又总被繁杂的事务缠住，只好用"最近很忙"作为借口，即使偶尔给老人打了电话，也只是草草几句就匆忙挂电话，作为父母的也只能安慰"忙吧！孩子，我们一切都好，不必挂念，你自己也要注意身体！"请扪心自问，我们真的都很忙吗？很多时候忙成为了我们冷落父母、安慰自己冠冕堂皇的理由了。

以前父母含辛茹苦地把我们养育成人，现在就是我们该"回报"父母的时候了，在这个阶段，老人们最需要的就是亲情的关怀和生活的悉心照料。哪个老人不疼爱自己的孩子呢？他们的要求其实并不多也不过分，他们并不希望给孩子们的生活和工作添乱，他们只是希望孩子们能多抽点时间陪陪他们，陪他们说说话解解闷、陪他们吃顿饭等。这些生活中最简单的片段，其实就是对老人们最大的安慰了。

8.也许这就是最后一天

时间这个东西,真的是很像牛奶,挤一挤,压一压,它就出来了。但挤出来的时间交给谁享用,就要由你来掂量。

对于很多人来说,父母的包容无限广阔,其需求也最小最少。他们不到万不得已,绝不挑剔、抱怨子女,也自然而然地无法轻易享用子女的空闲时间。

是的,只有父母,才可以一次又一次原谅你的失约,一次又一次为你的食言寻找解释。也只有父母,才肯接受你蜻蜓点水的匆匆看望,才肯站在那里望着你的背影面带微笑。父母的家,成为子女落难时的港湾,也成为子女得意奔走时忽略的码头。

如果可以,是不是能为亲爱的爸妈设立一个"时间专属区"呢?雷打不动地保持着这段父母专属时间,哪怕只有默默的相对无言。

读过鲁迅小说《祝福》的人,都知道里面有个身世凄凉的女人叫祥林嫂。她在丧夫丧子后反复叨念的一句话引来了众人的同情和歆歇——"我真傻,真的,我单知道雪天野兽在深山里没有食吃,会到村里来……"

书上有的事,世上也真会有。

每年的春节和清明,只要给先人烧纸,两鬓斑白的馨巧就会像祥林嫂一样,一边哭一边叨念:"我真傻,真的,我要是知道那天晚上母亲会去世,在她一个劲儿劝我再坐几分钟,一个劲儿在楼梯口拉着我的手不肯松开时我就该留下来,可是我……"

听着馨巧悲痛欲绝的絮叨,谁都会跟着一起垂泪。

"没有什么比后悔更折磨人了,尤其是你知道永远没有机会去弥补时,"馨巧说的字字句句都含着血,"那种痛苦就像蛇在咬心,恨不得马上死去!"

"妈,已经过去了,外婆不会怪你的,"体贴的儿子握住母亲的手,"那天你不是要去帮忙办理幺叔调入新单位的事情吗?你说过,约请的负责人只有那个时间才能与你见面,你也是迫不得已啊!你在帮人做事,不需要太自责。"

"是呀,你又不是为了自己!"懂事的媳妇也在旁边安慰,"谁也不会怪你。"

"怎么能不自责呢?所有的事,都是人在做、天在看。你可以找借口解释,但总有一双眼睛在那里盯着,知道你当初是不是真的尽了心,是不是真的尽了力!"馨巧越发难受,软软地坐下来,过去的一幕幕浮现在眼前。

馨巧的父亲是一个木匠,母亲靠帮人洗衣干杂活赚钱。老两口尽管穷,却毅然收养了一个大家都避之不及的弃婴芳巧。两年后,他们才有了自己的亲骨肉馨巧。劳累操心了大半辈子,两个女孩总算成人,也有了出息。

芳巧长得很漂亮,嫁给了当时最被人羡慕的军官,丈夫大她十几岁。馨巧读书很厉害,一步步从教师成长为校长、书记、局长,也嫁给了一个科技工作者。但因为馨巧的先生不愿意和老人住在一起,芳巧便接过了供养爹娘的重任,整整三十年。

因为心里不安,馨巧雷打不动地每周回去看望父母。

"你们不知道,其实到了你外公外婆晚年的时候,他们并不开心!"馨巧泪流满面,长长地吸了一口气,鼓足了勇气,"你大姨爹越来越老,脾气也执拗了,对吃的东西尤其在意。外公外婆想要多吃一点肉,都要小心翼翼地看脸色。我很难受,却没有办法改变,只有不停塞钱给姐姐,让她多多买一些。但就这样,餐桌上的战争还是不断。你大表哥看不下去了,主动将外公外婆接去单独和他们过,这让我更是羞愧难当。作为亲生子女不照顾父母,反而让孙辈承担责任,这是走到哪里都说不过去的道理。但我为了维护自己家庭的安宁和稳定,只有无奈而违心地认为这是老人的意愿。不仅如此,你外公外婆在去世前的那一年,特别想和我们住在一起。我向你爸央求了半天,你爸才答应。可等到他们来了,只住了一个晚上就说要回去。你外公说,够了,一个晚上就够了,不能多打扰你们!你听,他什么时候都不愿打扰自己的女儿,我却永远不肯为了他们作出一点点牺牲。我是一个自私的人,我对不起自己的父母啊！"

"妈,你就别说了！你不是也有难处吗？"

"是有难处！可谁没有难处？"馨巧继续着自己的忏悔,"你姨妈就算是应该报恩,也做得仁至义尽了,也该轮到我这个亲生女儿尽尽孝道。难道她在家就不受老公苛责吗？我现在总是在想,你外公外婆生了我,除了听到外人赞美我是一个能干的人, 是一个有本事的人, 是一个可以光宗耀祖的人之外,他们得到了什么？就连最后一天,他们想让我再多留一会儿说说话,我都因为要去帮别人做事而拒绝了,他们成为我名单中最不重要的人！我这样的女儿,算是什么？算是什么？"

儿子和媳妇都沉默了,他们不知道该怎么安慰此刻充满悔恨的母亲。良久,儿子才将母亲紧紧抱在怀中,任她放声大哭。

世上从来就没有后悔药,哪怕你为此遗憾终生。

然而,匆忙的人们熟悉着这可怜可悲的懊恼和忏悔,却又在很多时候不知不觉地扮演着类似的角色。

别以为时间还有很多,别以为父母可以一直等你。请好好珍惜与年迈父母相处的每一天吧。也许,这就是最后一天。

第六章

用心呵护

——爱就是家长里短的牵挂

1.知道父母真正爱吃的是什么

苏云接到闺蜜青青的电话，说是下午一起去喝茶，她很高兴地答应了。两个人痛痛快快地逛了半天街，终于累得走不动，于是决定到附近的咖啡厅去聊聊天。

"最近你爸妈身体怎么样？"苏云和青青有段时间没见了，青青的父母一直对自己很好，心里一直有些惦记。没想到一向没心没肺的青青叹了口气说："身体都还好，但我就是觉得能陪在他们身边的时间太少了。"

青青告诉苏云，不久以前她和自己的表弟一起去逛街的时候看见过几件衣服，觉得不错就给爸妈买下来了。闲谈时问表弟怎么不给父母也买件衣服，才发现表弟不是不想买，而是根本不知道买什么。朝夕相处了那么多年，他连自己父母喜欢的颜色和款式都不知道，甚至于连父母常穿什么样的衣服都没有留意过。

当时她觉得有些不可思议，还暗自责怪表弟太辜负了父母的养育之恩。她委婉地说出自己的想法后，表弟理直气壮地说，妈妈看到我乱花钱会生气的。青青这才发现，也许做子女的都早已习惯了父母的节省和随和，从没有奇怪过父母是否有自己的喜好和愿望。

"后来经过另外一件事我又一次确定了自己的想法，原来我这个自认为很了解父母的乖女儿也是那么不懂事。"青青喝了一口茶，给苏云讲了每次回家看望父母时的事情。

青青平时在外地工作，沿海的大城市，吃海鲜的机会多，于是她想着一辈子待在这个小县城的父母一定没见过那么好的海鲜，所以每次回家都会带一些回来。父母看到她拎着大包小包总会很开心地笑，但对她带回来的东西却很少动。她想一定是父母怕她辛苦不舍得吃。就告诉父母没有关系，如果吃完她会再买回来。

再次回家时青青特意带了比原来多一倍的东西，到家后，那些价格不菲的海产品很快就不见了。青青很高兴，这次父母总算想开了。可她询问味道好不好时父母却支支吾吾，再三追问下才知道原来都分给了来串门的亲戚朋友。青青这下恼火了，特意托同事又寄了一些过来，亲自给父母做了吃。

没想到到了晚上，母亲开始肠胃不舒服，接着就是不停地呕吐，父亲也觉得呼吸困难，十分难受。青青吓了一跳，不知道是不是送来的海鲜变质了的缘故。急忙把父母送到了医院，检查之后才知道，母亲的肠胃很脆弱，根本受不了海鲜，吃一点就会吐，父亲直接是对海鲜过敏，可为了让她高兴，冒着生命危险还是吃了。青青哭得死去活来，没想到自己的好意给父母造成了这么大的困扰。她这才明白父母这么多年一直不吃海鲜的真正原因。

"我真是不知道自己是怎么回事，连爸妈这么重要的生活习惯都不知道。"青青的眼中满是自责，"幸亏这次没什么大事，不然我真的要恨我自己一辈子。"

"说来这件事情也真是奇怪，如果是我们生活中的其他人，即便是稍微熟悉一些的朋友，对彼此的饮食喜好也是了解的。可是天天生活在一起的我们的父母却总是成了最熟悉的陌生人。什么事情都没留意过。只怕对客户、对上司、对男朋友，咱们都不可能是这么漫不经心的态度。"

也许就是因为习惯了父母在身边的陪伴，习惯了一起生活，习惯了父母总是把孩子的喜好放在第一位，所以我们都没有问问自己父母的生日是哪一天，兴趣爱好是什么。有时即便知道了，也因为各种原因迟迟不能实现，不能帮父母完成心愿，以致最后终于成为了终身的遗憾。到那时候再追悔莫及，也为时晚矣。

苏云就有过这样的一生的遗憾。她的母亲最喜欢吃熟透了的西红柿。说它红红的软软的，最为香甜可口。据说，是怀苏云时落下的习惯。所以苏云总会在遇到有卖西红柿的摊子的时候买上几个，带回家给母亲吃，看到西红柿的母亲眼睛都会变亮，可以坐在院子里安安静静地享受一下午西红柿带来的幸福。

某一天母亲突然说最近特别想吃西红柿，想让苏云下班回家时带一些回来。苏云满口答应了，可是一直工作到很晚，又没有碰到有卖的，连着几天都忘了。母亲总是等在门口，看到她进门就热切地看着她，发现她手中什么也没有的时候会小心地收起一脸的失望。

出乎苏云意料的是，没过几天母亲就因为突发性脑溢血去世了，至死都没有吃上她买回来的西红柿。

父母对子女的一个小小的好恶都是了如指掌，可子女通常连父母的口味都说不清。找个时间跟父母好好聊一聊，知道他们喜欢吃什么，列出一张美食档案，时不时地自己下厨为他们做，或者带着他们出去吃，让父母也能时时体会到儿女对他们的关心和爱。不要总是认为时间还长，机会还多，不能把握现在的话，也许会留给自己终身难以忘怀的遗憾。

2.学一门厨艺，为爱下厨

一个阳光洒满屋子的上午，儿子围着围裙，在厨房里洗好了西红柿、黄瓜、油菜，再把鸡蛋打碎。打开煤气灶，添上油，放上菜……

这是儿子第一次下厨房做饭。

这两天儿子忙着去书店看菜谱，在网上搜索一些做饭的视频看。最后，他选择做两道既简单又美味的菜让母亲尝尝。早上一起床就去菜市场买好菜。以前，儿子不是这样的。

那时，他要一边嗑瓜子，一边看电视。母亲进来叫他吃饭。他会不耐烦地冲母亲嚷："别叫了，烦死了。"

那时，母亲也和现在的他一样，要买菜，择菜，打鸡蛋……一个人在厨房里忙。不过母亲这饭一做就是18年。父亲在他刚满月的时候，就去世了。母亲一个人撑起家,中午12点下了班,就急急忙忙地骑着自行车去菜市场,然后往家赶。

有一次临近高考,母亲看儿子学习累,就陪儿子去公园散散步。快到傍晚,夕阳已经下山了。儿子问母亲:"妈,今晚咱们吃什么啊?"母亲微微笑了笑:"妈什么时候能吃上儿子给我做的饭?"

儿子说:"妈——等您老了我天天做给您吃。"

"嗯,好儿子……"

时间过得真快,儿子上了大学。放假有空回家,难得做一次饭。饭菜都做好了,儿子坐在餐桌上给母亲拿了筷子、碗。时钟滴滴答答地走着,每天12点母亲都会准时回家。10分钟……5分钟……3分钟……1分钟,快到12点了。

"当当当……"12点的钟声响起了。

满头白发的母亲推开门,手里拿着菜。看着满桌子的菜,母亲没说句话,眼眶中似乎有泪光闪烁。儿子拉开凳子,让母亲坐。儿子给母亲夹菜,示意母亲多吃。

儿子回过头扒拉着自己碗里的饭,泪水就那样一滴滴掉了下来。

母亲的位置上根本就没有母亲。前几天,母亲像往常一样提着菜正准备上楼,却昏倒在地上,以后就再也没起来。

"妈,你还没吃上我做的饭呢!妈……你怎么就走了呢!"儿子看着座位上母亲的遗像,痛哭流涕。母亲没有回来。满桌子的菜,母亲一口都没有吃到。

这是一个在网上感动无数网友,几天时间就被各大网站转载的视频——《天堂午餐》。视频中儿子给去世的母亲做了一顿她盼望已久的午餐,却只能是送往天堂的午餐。

所以趁现在父母在,为他们做上一桌饭。虽然味道可能差强人意,可是在父母看来,那顿饭一定是他们吃过的最香的饭。当他们走了,才明白"子欲养而亲不待",那时一切都晚了。

苏延峰的父亲一辈子辛勤劳作，闲不下来，到六十多岁还在工地上班。苏延峰多次劝父亲，他每个月会给他们寄生活费，操劳了一辈子的他应该好好休息，安享晚年。可是苏延峰的父亲嘴里答应，却瞒着他偷偷去做些零工。

　　一天，苏延峰在下班的路上，突然接到母亲的电话。母亲通常不在这个时候打电话给他的，所以他觉得一定是有什么急事。果然，母亲在电话那头慌张地说父亲在工地昏倒了，现在在医院。

　　苏延峰顾不上回家，直接打车赶到医院。他的母亲、伯父还有叔叔都来了，医生诊断出他的父亲是胃癌晚期。听到这个消息，犹如晴天霹雳，苏延峰的母亲已经撑不住了，瘫坐在地上久久不能起来，苏延峰也顿时不知所措。

　　苏延峰极力控制住内心的悲伤，整理好情绪想从医生那儿多了解一些情况。他希望这是医生误诊，希望情况还没有那么糟。但是医生让他节哀，并确切地告诉他是胃癌晚期，而且时间不超过六个月了。

　　苏延峰感到非常不解，一个月前他回家时父亲还好好的，还带着他的儿子去跑步，为什么一个月不见，情况却是这样子？后来，苏延峰的母亲说他父亲以前胃经常不舒服，常常吃不下饭，但是怕花钱，一直没有去医院看，只在诊所开些药吃而已。

　　苏延峰又生气又懊悔，他生气为什么父亲有病不去看，而懊悔自己为什么不多注意父亲身体的状况，为什么不定期带父亲母亲去做一次体检。然而，现在懊悔也无济于事了。

　　在那之后，苏延峰的父亲情况不断恶化，为了省钱，父亲母亲坚持不做化疗，只吃些止疼药和常规药。渐渐地，苏延峰父亲的饭量越来越小，因为吃了也难以消化。到后来，他的父亲竟连一口饭菜也咽不下去，只能喝些粥及靠药水维持生命。

　　眼看着父亲一天天衰弱下去，剩下的时间越来越少，苏延峰难过极了。为了让父亲不太孤单，他每天下班都来陪伴父亲。为了让父亲高兴一点，哪怕能吃点东西也好，他特地跑到一家餐厅去买来父亲以前喜欢吃的金枪鱼寿司和关东煮。

可是父亲虚弱地说："儿子啊,我不想吃,什么也吃不下,你吃吧⋯⋯"

"那您想吃什么?您告诉我,什么都可以,儿子给您买。"看着健硕的父亲一天天消瘦下去,苏延峰哭着鼻子跟他说。

父亲忍着剧痛勉强地笑了下,努力想抬起他那只长满老茧的手,苏延峰紧紧地把父亲的手攥在怀里。父亲说了一句让他感到很意外的话:"那我想吃⋯⋯想吃你做过的土豆炖牛肉⋯⋯"

这是苏延峰学会的第一道菜,那是初中时学校举办才艺大比拼,他特地向母亲学的。当时花了好长时间来学做这道菜,而父亲是这道菜的第一位评委,苏延峰还记得当时父亲那副嘴馋的样子。

走出医院,苏延峰立刻向超市跑去,买好食材,马上回家使尽了浑身力气做起土豆炖牛肉。他把土豆去皮,切成父亲能吃的小块,再把牛肉也切成小块。父亲喜欢吃皮,他买的都是带皮的牛肉。然后剥大蒜,突然蒜汁儿跑进眼睛,一滴眼泪掉了下来。

霎时,泪水夺眶而出。任凭泪水流淌,苏延峰小心翼翼地剥好大蒜并切成蒜泥。他开始一丝不苟地做起土豆炖牛肉,先把牛肉过水再入锅,过会儿再把土豆和其他材料放进锅去,文火炖到烂熟,再把蒜泥洒在上面。

苏延峰迫不及待地把它送到父亲那儿,闻到那熟悉的味道时,父亲僵硬的嘴角出现一丝笑容,可眼角却出现几道血丝。苏延峰用小勺小心地把土豆炖牛肉送到父亲的嘴里,父亲开心地张开嘴吃进了多天以来的第一口饭。

苏延峰心里暗想,只要父亲想吃,哪怕只吃一口,他也要给父亲做。

对于很多忙碌的上班族来说,与父母的相聚是一种奢谈,这是生活所迫,我们不易改变。但是牵挂游子的心,始终在等待子女片刻的停留。

老人们不说,但是他们在心里祈祷。

如果,你肯为父母下厨做一顿爱心饭,即使菜烧得咸、饭煮得生硬,父母吃起来也胜过珍馐;如果你肯用心为父母学一道父母爱吃的菜,即使你的厨艺与父母相差甚远,父母吃起来也是津津有味;如果你肯在晚餐的时候早点下班陪伴父母吃一顿家常菜,父母也会将这个短暂的时光放到永远的记忆里……

把父母曾经为你缔造过的美好一一整理,放大,然后全部展现。这就是你能做到的孝。

这也可以成为你的自豪,也是父母想要的骄傲。

3.下雨了,我来接你回家

动物王国的"快乐酒吧"里,一个年老的侍者猩猩问每晚必来喝上两杯的小象:"孩子,你每晚都来泡吧,难道就没想过回家陪父母过一晚吗?"

"陪他们?"小象一甩鼻子说,"我还真没想过,再说也没有必要,它们在家有吃有喝的,用不着我担心啊!"

"虽然有吃有喝,我想它们肯定希望你能常回家看看。"

"我每个月都给它们足够多的钱,用不着经常回家。"

"可是,钱归钱,金钱能替代亲情吗?"

的确,金钱替代不了亲情!

我们敢肯定,天下为父母者,宁愿常常看到回家的儿女,而不是代替他们的一张张钞票。

在这世间,没有什么比亲情更可贵,亲情高于一切,胜过一切。漠视亲情,不体谅父母的年轻人或许并不多,但是我们不希望你也成为他们中的一员。

常陪父母聊聊天,为他们亲自洗一次脚、捶一次背,这一切对于父母来说,比金钱更珍贵,更能让他们体验到快乐、幸福。

七月的城市,总是被一阵又一阵的闷湿和燥热包裹着。可人们该干什么

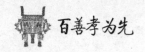

还得干什么。

因为太任性吧,火辣辣的烈日在一瞬间就失去了影踪,唆使着大雨滂沱来袭。哗啦啦,哗啦啦,搅得人们四处奔逃,乱了节拍。

李默骑着老旧的摩托车,慢慢行驶在大街上。他是一个快递员,还有几个邮件需要在天黑之前处理完,下班还早得很。

电话响了。

"李默,我马上去接孩子放学,你要注意安全哦!"茗兰在那端叮嘱着,"妈和老朋友在碧溪公园聚会,好像没带雨伞,你要不要去接一接她?"

"好!"

拨了好几通电话,铃音响了又响,电话才接通了。

"喂,是李默吗?"

"妈,雨很大,我来接你回家!"李默缓缓地将车停在路边,"我现在正在碧溪公园的大门口,你可以马上出来吗?"

"唔!真的吗?"老太太显得很惊讶,也很欢喜,"会不会耽误你做事?雨好大啊,你不是要去接孩子吗?我没关系的,可以去搭公车。"

"不会的!你快出来吧!我就在那个绿色的邮筒边。"

"好啊,好啊!"

伴随着妈唱歌般的欢叫,李默听到妈身边的几个阿姨在说着"你好福气","哎呀,你儿子可真懂事"的赞叹,脸莫名其妙地红了。

其实,老太太并没有太多福气,是一个很劳累很操心的女人。

李默的爸妈收入很微薄,每月能拿回一份勉强维持生计的薪酬就算是谢天谢地。因为要顾及一大家子,包括上面两个老人和下面两个孩子,李默的妈妈比一般女人更俭省。

从小到大,李默就没有见过妈妈买护肤品,更别说香水。妈妈一贯素面朝天,还说:"我种着芦荟,摘一片取汁擦脸,不比人家的差,还没有副作用呢!"

可妈妈的样子,看起来真的比同学的妈要老很多岁,这让李默很难过。

读中学那年的母亲节,李默用积攒了好久的零花钱买了一小瓶名牌的香水,还被妈妈虎着脸责怪乱花钱,让他闷闷不乐了好一阵子。

但李默也知道,妈其实是喜欢那瓶香水的。每次要和爸出门,妈才会很小心地用上一点。两年以后,妈把空空的瓶子放在桌上,像宝贝似的保存着。

也是因为没有钱,李默的妈妈着装打扮在她的伙伴中是最简单的。但她从来都不抱怨。她甚至从来不在家人面前提及谁的丈夫或者谁的儿子做了什么。妈说:"别人是别人,我是我。别人再好,别人再差,我也没办法变得和她一样。随遇而安最好!"

就在李默认识了茗兰,却因为结婚需要不小的花费而愁苦时,李默的妈妈笑眯眯地拿出一个打印得密密麻麻的存折,将她和爸辛辛苦苦积攒下来的那一点点养老金取了出来。那一次的鼎力帮助,使得李默和茗兰每每想起来都会打湿眼眶,无法言语。

李默是那么惭愧,为自己是一个低微的、费尽心力也赚不到很多钱、难以让两个老人体体面面度过晚年的穷儿子而自责不安。

好多个夜晚,李默都失眠,心中充满了焦虑。

但茗兰的一番话,打动了李默。

"你好好地活着,健康平安,就是爸妈的心愿。"茗兰生下了儿子以后,变得更加温柔贤淑,"没有钱的子女,只要肯为父母多用一点心,一样可以让父母感觉幸福。"

李默喜欢茗兰的彻悟。

突然,李默看到了妈妈。在几个穿戴时尚又被雨水追打得十分狼狈的阿姨中,妈妈像个朴素顽皮的小女生,猛地从旁边的屋檐下蹦了出来。

她是那么兴奋。

那脸上的笑,看起来很熟悉、很亲切。李默觉得,那就像是茗兰和自己恋爱时经常可以触摸到的娇羞和自豪,暖得人浑身上下充满能量。

"我先走了!"妈挥挥手,"儿子开的是摩托,没办法送你们回去,不好意思了!"

妈的言谈中没有丝毫的羞怯,全是藏不住的骄傲。

"再见！"

"再见！"

一路上，妈将李默的腰搂得很紧，很紧。

李默的超大雨衣将妈也裹得很紧，很紧。

"谢谢你，儿子！"妈在后面喃喃细语，"下大雨的时候，赵阿姨给儿子打电话，儿子说他有重要的应酬，让她自己想办法回家；李阿姨也给儿子去了电话，儿子说他要先去接媳妇，让她等一等。只有你，是我没有打电话，主动来接我的。她们羡慕死我了！"

孝是建立在亲情的基础上的，没有亲情这个基础，孝就无法得到实践，只有那些珍惜亲情的人，才会用一颗炽热的心去爱自己的家人。

当你懂得了父母的真心，你就需要重新审视和改变自己的价值观，这是要诀。经济时好时坏，这是常态，但对父母的心，却不能时好时坏。因为，你付出的是最美最神圣的"真"、"善"、"美"和"孝"，这是超过"海洋之星"或"南非之心"的顶级珍宝，无与伦比。子女对父母那种醇醇的爱，可以让简单平凡的生活变得像天堂一样璀璨。

因此，请记住：你欠父母的，不是钱，不是物，更不是命，而是发自肺腑的真爱。

4.定期检查父母的居所

钱顺荣是一名蓝领，技校毕业之后就到工厂工作去了，每天都要穿着厚重、不透风的工作装穿梭在大大小小的机器间。从上班开始他的手就没有干净过。他时常为自己的工作而苦恼，后悔当初没有好好学习现在只能沦落到当一名工人，也对不起爸爸供他读书的每一分学费。工作之后他就很少回家了，他怕父母看到他那洗也洗不干净的手，看到他这样的不争气。

其实钱顺荣和父母的关系很好，跟父母既有亲情又有友情。他小时候就被父母和邻居们当成小男子汉了。因为他虽然年纪小，但是手却特别巧，可以把自己的玩具拆开再装起来。上小学的时候家里的灯泡、水龙头等小玩意就已经归他管了，稍大一些的时候，家里的保险丝断了、下水道堵了也难不倒他。妈妈常常跟邻居们讲："我们家顺荣可比他爸爸强多了。"

刚进入工厂的时候工资并不高，和朋友出去吃顿饭、给女朋友买几件衣服，那点儿工资也就没了，没有办法了还得靠家中的父母救济。

啃老族，一向是钱顺荣所看不惯的，男子汉大丈夫还得靠父母养活是件太丢脸的事情了，没想到自己也成了啃老一族。所以，虽然钱顺荣很想家，但是真的是能不回去就不回去，就连过年也是过了初二就离家，他害怕，害怕亲戚们问起他目前的现状，怕给父母丢人。不过即使只有在过年的时候才能在家里待两天，有件事也是钱顺荣必须要做的，那就是把家中所有的地方都检查一遍，包括灯泡、水管、下水道、煤气管道、自行车的各个零件等，有松动的地方就紧紧，发现有老化的零件就换个新的，因为他知道自己的爸爸对这方面是一窍不通的。

今年过年钱顺荣打算把女友带回家去让父母见见，没有意外的话就把婚事办了，也了却父母的一桩心事。本想到年底回家时再告诉爸妈，没想到电话中妈妈感觉到了儿子暗藏的喜悦，一再追问下没有守住秘密，这个消息在钱家可是大喜事，不到半天家中所有的亲戚就全知道了，爸爸妈妈也老早就准备开了年货，准备过个热闹年。

使钱顺荣万万没有想到的是，虽然女朋友已经认可了他，但是女友父母的那关并不好过，原因无非是钱顺荣的学历、工作前途等问题。女朋友终究还是服从了父母，就这么和钱顺荣分手了。

悲痛欲绝的钱顺荣窝在自己的宿舍里想了几天，手拿着电话也没有拨通电话告诉父母这个消息，他开不了口。最后狠狠心胡乱编了个理由，过年的时候别说女朋友,就连自己都没有回家,不是不想家,而是怕父母伤心。在外面一待就是一年,这一年中除了想爸妈,也想着家里的老电器,担心如果坏了的话父亲能不能搞定。面对家里打来的电话也只能无可奈何地以各种理由推脱了。

又到了年底,钱顺荣在上班的时间里突然接到了父亲的电话。看着来电显示,他的心突然狂跳了起来,爸妈一般是不会在工作时间打电话的,是不是家里出了什么事。按下通话键之后,马上传来了爸爸的声音:"顺荣啊,挺忙的吧?我就跟你说几句话,天冷了你妈的腿疼病又犯了,家里的煤气火变得好小啊,我也不知道怎么回事,你什么时候回家啊,快过年了,家里用的东西得从头到尾整修一遍啦!你叔叔姑姑们也都想你了,今年得回啊,票订了么,一个人回来也没事。"

电话挂断了,钱顺荣封尘了两年的心一下子激动起来。他听得出来爸爸的意思,没有找着媳妇也依然是他们的好儿子,心里暖烘烘的。

这个年钱顺荣是在家里过的,对于女朋友的事父母商量好了似的谁都没有提,让儿子没有心理压力。钱顺荣得到了无声的谅解之后,如释重负,轻松的他在家干得热火朝天,把家里所有的家用电器都里里外外检查了一遍,两年没有回家,有的东西确实是老化太久了,尤其是煤气软管已经有细小的裂缝了,再不更换肯定是会漏气的,一旦泄露的话后果将不堪设想。一边干着一边想着,父母都老了,爸爸年轻时干不了的活现在就更干不了了。家用电器、自行车等用久了总需要定期检查一下,家里就自己一个孩子,还总想着往外跑,真不孝啊!一时间心里五味杂陈。

年三十晚上一家三口吃饺子的时候,默默考虑了一天的钱顺荣终于做出了决定,对爸妈说:"爸、妈,我想好了,过完年我就把现在的工作辞了,在家这边找一个,其实工资也差不多,主要是在家的时候能照顾你们,以爸爸的水平,家里这些零零碎碎的东西也搞不定啊,是吧爸?"钱爸爸忙不迭地点头:"没错没错,你妈也总说我笨呢。"钱妈妈也赶紧表态:"回来就好,家里确实也需要你,儿子啊,不要有心理负担,中国这么多人大多数不都是普普通通地过日子嘛，你现在就挺让我们省心的了。"

过了年之后，钱顺荣去了人才市场，发现如今的技术工人需求量很大，工作并不难找，让他松了一口气。在家的日子里，更是真正地体会到，父母真的是老了，很多活都显得力不从心，自己已经成了他们坚强的后盾了。

所以说在外打拼的人们可别忘了，父母也在需要着自己，常回家看看，哪怕不能每天都陪在他们身边，也别忘了定期检查一下家里存在安全隐患的地方，及时检修，以防意外发生，否则后悔的将是自己。

5.蹲下身来，为父母洗一次脚

也许，我们无法挽住离别的那一刻，但我们能做到的就是努力扮演好子女的角色，在可以表送孝心的时候，尽可能的来表达，也许上天赋予我们的这个角色相对于其他的角色，可能更为短暂。

而爱也更是充满了活力，以你难以想象的恣意和灿烂悄悄将手放到你的心中，传递着一丝丝温暖和情意。

五月的黄昏，空气中散发着藤萝甜丝丝的气息。

"老婆！"一身疲惫的大崎结束了出差，跨进门就嚷嚷开了，"今天吃什么？我这几天可是又累又饿，呼呼大睡之前，吞得下一头牛和两头猪！"

厨房里静悄悄的，没有回应。

"爸，你终于回来了！你的电话老不在服务区，弄得妈妈烦心死了，说你失踪了呢！"好一阵子，十岁的儿子虎虎从房间伸出头来，"妈妈的公司安排大家出去玩，她今天要晚点回来，我们得自己想办法解决晚餐。对不起，让你

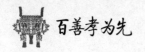

的肚子受苦了！"

"哦——"大崎有点意外，"平白无故的，为什么要出去玩？"

"什么平白无故的！今天可是母亲节，你不知道？"虎虎咯咯一笑，"满世界都要给妈妈们皇后一样的待遇，让她们好好地休息一下下。今天早上，我给妈妈写了一张感谢的卡片，还在她的电瓶车上放了一朵康乃馨呢！"

"母亲节啊？我还真忘了。"大崎擦了一把汗，"你妈肯定很高兴吧？夸你了？"

"她高兴得不得了，但是呢……"虎虎把话一转，压低了嗓门，"她高兴一会儿又不高兴了，说我现在小，需要妈的照顾，所以还能在母亲节惦记着妈。等以后长大了，不再需要妈了，就会忘记这些花啊卡片的。我说我不会，她说我一定会，就像你一样！我不服气，和她打赌说你也给奶奶准备了母亲节礼物。爸，你说，你准备了没有？等她一会儿回来，你可要宣布答案！"

"我……"看着儿子满脸的期待，大崎有些口吃，"我，我准备了！"

"你买了花？"

"没有！"

"你写了卡片？"

"也没有！"

"那你买了其他礼物？"虎虎绞尽脑汁，"或者，你要给奶奶钱？"

"不好意思，儿子……"大崎的脸越来越红，"不要说奶奶，就连你妈妈，也没有收到过我的鲜花和卡片，爸爸是粗人。"

"老师说，送花就是送祝福，写卡片就是写心愿。这两样东西，其实都不用特别花费时间和金钱的，你为什么就不喜欢呢？"

"这个，"大崎努力想解释，却觉得口齿格外不清，脑子里像有什么东西在上蹿下跳，赶紧话头一转，"虎虎，你想奶奶了吗？不如我们现在去奶奶家吃饭。"

"好啊！奶奶昨天还来电话问你到家了没有。"虎虎欢呼起来，"但是来得及吗？奶奶和爷爷的晚饭会不会早就开始了？"

"来得及！"

飞快地，父子两人出了门。

路过老街口的"黄伞肺片"时，大崎买了一瓶小茴香酒，又切了一斤猪肚、半斤猪嘴，拌了些凉菜，和着豆腐皮。（都是父母亲最爱的又软又香入口化渣的。）

和大崎预计的一样，时间刚刚好。

小小的圆桌上，大崎忘记了所有困顿，与父母聊天喝酒，反复叙说着那些久远的童年趣闻。大崎劝他们吃慢一点，食物才能被彻底消化。父母张大嘴巴，孩子气地让儿子仔细检查。三个年龄加起来近两百岁的人无比兴奋，又唱又笑，和撒欢的孩子没两样。

虎虎看得目瞪口呆。

等到酒菜全部下肚，大崎一丝不苟地清理好所有的碗筷盘碟，又端来一大盆热腾腾的水，稳稳地放在了母亲的脚边。

大崎脱下母亲的鞋子，将脚浸泡在水中。"妈，我给你洗脚，母亲节快乐！"大崎低声说着话，用一双又大又暖的手轻轻按摩，一如当年母亲轻抚自己的小脚丫。

虎虎很受感染，使劲拍掌说："我的爸爸是母亲节的送礼达人，真有新意，一定让奶奶最开心！奶奶，你说是不是？"

老人点点头，眼里泛着泪光。

在母与子的世界里，爱是弥足珍贵的。只要彼此用心，再平凡的表达都是美好的，都是值得赞颂的。

农历年的最后一天，就是除夕。苏轼在《守岁》中写道："儿童强不睡，相守夜欢哗。"就是讲除夕这一天，一家人围在一起通宵不眠，直到新年到来。

等李华忙完了手头所有的工作，匆匆赶往家里，那天正好是大年三十。他知道，即使工作再忙，过年也必须回家，跟寡居多年的母亲一起守岁过年。

李华走到村口，一眼就看见一个瘦小的身影倚靠在院子前面的大槐树下，手里还握着她的拐杖，出神地张望着村口。那就是李华的母亲，一个辛勤养育他一辈子的人。

李华飞快地跑过去搀扶着母亲，心想：母亲何时也拄起了拐杖？

回到家后，李华才发现母亲走路有些不对劲，虽然在走回家这段路上母亲极力掩饰，但还是能够看出来。李华追问母亲怎么了，母亲只是微笑着说："没事。"他坚持要看一下母亲的脚，母亲也拗不过他，只好坐下来，挽起裤腿给儿子看。看着那并未痊愈的伤口，带着鲜红的血渍，刺痛了李华的双眼。

再三询问受伤的原因后，母亲像个受委屈的小孩子，她低声对儿子说："你不是最爱吃马齿苋做的饺子馅儿嘛，我就去地里挖了一些，没想到人到了岁数，老眼昏花，没看清楚，刀口就落在了脚上。没关系，一点也不疼。"听到这里，李华的泪水迷离了双眼。把涌到嘴边责怪的话咽了回去，让母亲坐在椅子上，默默地端出一盆热水，将母亲的脚轻轻地放进水中。母亲把脚伸进热水的一瞬间，就像是被电到了一样，"嗯"了一声，又马上把脚抬了起来。

尽管母亲没有完全发出声音，但是从她的表情可以看出来，她很不舒服。李华蹲下来，把手伸进水里，立即缩了回来。水太烫了，李华才意识到自己并没有亲自试一试水温，母亲的伤口沾到热水会特别疼。

李华端着热水去屋里添了些凉水，手伸进水里试了试，确定不烫了，才把水端出来。当李华用双手把母亲的双脚轻轻放进水里时，他感觉那一刻世界突然静止了。他们什么话也没有说，而这也是李华第一次握着母亲的脚。这双脚骨节突出，有很多褶皱，粗糙干裂。以前看过小孩子的脚，却从来没有留意过母亲的脚是什么样子。当双手碰到母亲脚上粗糙的皮肤，还有脚底上的老茧时，李华心里一阵阵疼痛。想着母亲的日夜操劳，想着母亲年龄的增长和自己平日里对母亲的疏忽，心中的自责和感激之情油然而生。他一直低着头，绕开伤口的地方，仔细地清洗着，不敢抬头看母亲，他怕自己会哭出来。

李华想起自己小的时候，母亲干活再忙再累也要亲自为自己洗脚，并且每次给自己洗脚的时候，总是把脚放到自己手心里比划，看看儿子的脚又长了多少。尽管家里并不宽裕，但是母亲很注重儿子的生活习惯，做任何事情，即使是洗脚也是有条理的。他回忆起母亲给自己洗脚的步骤，先让脚泡水，泡完之后拿过香皂，先在手上慢慢搓，等搓出了泡沫再轻轻地涂到脚上，连脚趾缝也不放过。洗完脚后，李华再端出一盆热水，把毛巾烫热了，敷在母亲受伤的脚上。敷完之后，李华找出药和绷带，小心翼翼地给母亲裹上。母亲有些不好意思地说："没关系的，儿子，我自己来就好。你休息会儿，一会儿吃完年夜饭就守岁了。"李华并不理会母亲的说辞，看着伤口包扎好了，没有大碍了才起身回到自己屋里去。

　　其实李华曾经有看过《给妈妈洗脚》的公益广告，但是那时候他并没有放在心上，也不觉得给父母洗脚有什么意义，但是等到自己亲自尝试之后才体会到其中的深刻意义。

　　除夕夜了，一年到头，这一天成为家人团聚的日子。李华用那一捧温暖的水承载了自己对父母的歉意，还承载了对母亲的感激，洗去母亲的疲惫。那双脚让他想到母亲曾经走过的路和承受过的生活重担。为母亲洗脚，就像是一次灵魂的洗礼，让他去认识人生的坎坷、生活的艰辛，也让自己经历了一次成长。他暗暗决定，每年的除夕夜都要亲自为母亲洗脚，让母亲体会儿子深深的感激。

　　用最温暖的方式去表达爱，温情不会在寒冷和黯然中失落。它就像一泓清泉，让父母老去的眼睛重放光芒，让青春的芳华再度绚烂，让一代又一代的爱亘古不息地流传。

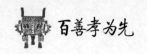

6.过年和爸妈一起大扫除

现在有很多年轻人都离开家,在其他城市为未来、理想或现实而打拼,无法陪伴在父母左右,只在每年春节回家过年。而过年回家时,很多人都倾向于大包小包往家拿,用金钱来表达孝心。这固然无可厚非,但有时表达孝心的方式也可以有很多种。比如,多花时间陪父母,哪怕只是帮他们做一些琐碎的家务,陪他们唠一些闲话。

离过年不到半个月的时候,王庆接到医院的电话,让他去接生病的母亲出院。王庆对此很头疼,因为每年这时都是单位最忙的时候,他挂了电话,向单位请好了假,便匆匆赶往医院。

到医院之后,王庆开门进去的那一刻,母亲脸上笑得特满足,随后又扮成生病的模样。王庆无奈地坐到病床旁边,有些恼火地问道:"妈,你哪里不舒服?你究竟想怎样啊?"母亲看了儿子一眼,低下头说:"也没啥事,就是想让你回家,帮我打扫一下卫生,要过年了。"说完之后,怕儿子不乐意,又絮叨着说:"你看,不到半个月就过年了。现在挨家挨户都在大扫除,就咱们家静悄悄的没有动静。不信你回去看,家里的门脏了,厨房里的天花板也被油烟熏脏了,书房里到处都是灰尘。"

王庆一边听着母亲的絮叨,一边回想着自己工作的这些年经历的点滴。其实,王庆早就跟母亲提过,给她换个新房子,但母亲总不愿意,说住惯了不想搬。给她请钟点工打扫房子她也不愿意,说不愿意让外人碰自己家的东西。

看着沉默不语的儿子,母亲又低声说:"你就不能回家来帮我打扫吗?"

"我也可以付钱给你啊,家里墙上都是你的奖状、照片,回去整理整理,看着也舒坦啊。回去帮我吧,儿子,妈求你了……"

一旁站着的父亲听到这里也有些生气了,辛辛苦苦养大的儿子还需要连蒙带哄地求回家。他开口对儿子说："你要是不跟你妈回去，你就别认我们当爹妈的！"

无奈之下，王庆答应了父母，立即办好了出院手续，陪父母回到家中。

家里好几天没有住人了，桌子窗台布满了尘土，屋子里的墙面已经泛黄，有些地方的漆已经脱落。安顿好母亲之后，王庆和父亲开始分配任务。母亲担任总指挥官，父亲出门购买年货，而王庆则负责家中所有的体力活。

原以为很繁琐的打扫工作，做起来却让王庆惊喜连连。墙上贴着泛黄的奖状，桌脚遗落的弹珠，还有床板底下压着的卷子，那些都是他成长的痕迹。

在整理书房的时候，他翻开了以前的作业本，不由自主地感叹："呀，原来自己的字还是写得不错的啊！不像现在，经常用电脑都不写字了。"

"自己还真得意呢，你仔细看看这个本子，上面好多错字，我看了好几遍都不知道你写的是什么！"母亲在一旁乐呵呵地说道。

王庆接过母亲递过来的笔记本，回忆起上学时的情景。那时候的他总是调皮捣蛋，老师布置的作业也经常糊弄着完成，经常惹老师生气，父母常常被"邀请"到老师办公室"做客"。随着年龄的增长，王庆渐渐懂事，学习才慢慢好起来。一边与母亲说说笑笑聊着以前的事情，一边打扫屋子，时间很快就过去了。

傍晚的时候，父亲置办好了年货，从外面回来。挂灯笼和贴春联的任务就交给了王庆。

父亲站在梯子旁边，把灯笼递给儿子时，感叹着说："真是老了啊！以前都是我站在梯子上，你在下面递灯笼给我，那时候你脸蛋红彤彤的，笑起来十分可爱。如今我老了，你长大了，咱们爷俩的位置变了。"听到父亲的话，时间像静止了一样，王庆心里泛起了一阵酸意。的确，自己总是以工作为理由，疏忽了父母，就连过年也极少在家里陪父母。

这次全家动员大扫除，将房屋里里外外清扫整理了一遍，把屋内布置得井井有条，清除了这些污垢，如同清除了内心的那份嘈杂，王庆心里有说不出的轻松和愉悦。

他忽然明白了，过年全家一起大扫除对父母而言，就是一起劳动，一起

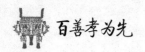

回忆过往的岁月,既是对过年气氛的营造,也象征着一家人的团聚。只有把所有的污垢清除之后,才能迎接新的一年,才是真正的辞旧迎新。

每到过年,到处都洋溢着过节的气氛。家家户户都要大扫除,这几乎是中华民族延续了几千年的传统。过年回家时,在忙着见朋友、见亲戚、采购年货的同时,也别忘了在除夕之前陪父母做一次大扫除,清除房子里一年下来积攒的全部污垢。这既能为父母分担家务,减轻他们身体上的劳累,同时也能在与父母共同劳动的过程中亲密关系、加深感情。

如今,父母年纪大了,角色的转换使得他们更加需要像小孩子那样被疼爱,哪怕是不合理的要求也是因为他们需要被关注。过年给父母压岁钱,和他们一起打扫屋子迎接新年,只是他们一年到头的小期许而已。

很多人可能觉得,父母年纪大了,不应在这种家务事上操劳,但是一年一度的大扫除不仅仅是为了将房屋清理干净,其中也蕴含着一种"除旧布新"的愿望,一种对未来的期许。所以,为了满足父母的愿望和期许,每一个除夕,动手与父母一起把房子打扫干净,然后一起守岁,欢欢喜喜迎接新年的到来吧。

7.不要让父母坐副驾驶位置

一位印度教徒,步行前往喜马拉雅山的圣庙。山路遥远难行,空气稀薄,他虽然携带很少的行李,但还是显得举步维艰。他走走歇歇,不断向上张望,希望圣庙赶快出现在眼前。在他前面,他看到一位30多岁的女人,背着一个胖嘟嘟的孩子,缓慢地向前移动。她满头大汗,喘着粗气,可双手还是紧紧托住背上的孩子。印度教徒很同情地对女人说:"你一定很累,你背的那么重!什么时候才能到圣庙呢?背着他不知道要浪费多少时间。"女人听了很不高兴地说:"你背的是一个重量,但我背的不是,他是我的儿子。我并没有浪费任何时间,因为我走的每一步,我都能感觉到儿子的成长……"在磅秤上,不管是孩子还是包袱,都会显出实际的重量,但就一位母亲而言,她背的是一个母亲对孩子爱的重量。

这是一位伟大的母亲,而她的感悟更是那么的深奥。人用不同心态面对事物的感受和意志也会不同。每个人的生命都要经历蓬勃和衰老,要以怎样的心态来面对这一万古不变的自然规律,也是值得我们深刻思索的。其实,每一个生命实际上都是无单位的时间组成,无论我们是否愿意,衰老都会跟在我们的后面。而生命的时间或短或长,重要的是当生命存在的时候,我们应以怎样的心态去面对生活。父母比我们先老,我们就要帮助父母以良好的心态积极生活,而生命质量的提高就等于增加了生命时间的长度。父母健康长寿是天下每一个儿女都希望的。

在锦州205医院的急诊室里,医生们在紧张而有序地忙碌着,门外一位中年女人无力地坐在走廊的椅子上,等待着。几个小时过后,一位医生遗憾地走出急诊室,无奈地告诉这位女人,她的丈夫因内脏破裂,错过急救最佳时间而引发大出血,没能抢救过来,已经去世。她儿子的双眼被眼镜的玻璃碎片扎伤,右臂和右腿都断了,仍在抢救中。女人听了浑身瘫软,再也支持不住,昏厥过去。医生和护士把这位女人扶进休息室,并给她输液。过了一会儿,女人醒过来了,医生告诉她,她丈夫的遗愿就是把自己的眼角膜移植给他的儿子。

一个月后,儿子康复出院了。出院后的第一件事就是去看自己的父亲。他跪在父亲的墓前痛哭,脑海里浮现着那不堪回首的悲惨情景。

那天,他开着借来的夏利车带着父亲,高高兴兴地去车站接母亲回家。可是,没想到在去车站的路上意外发生了。

由于他不太熟悉这台夏利车的情况,驾驶起来并不顺手。加上前面的载货卡车违章行驶,一个不注意,夏利和前面同向行驶的货车追尾了。当交警赶来的时候,货车司机已经逃跑。由于猛烈的碰撞,夏利的车头已经严重变形。他被卡在驾驶位上,眼睛看不见,不能动弹,但是当时他的头脑还清楚。他听见父亲的声音,听到警察要把父亲先送去医院,可父亲死活都不肯放心离开,父亲一直在离他不远的地方和他说话:"孩子,你要坚强,你一定没事的……"直到等交警把自己从驾驶位救出来,抬上救护车。

去医院的路上,在救护车里,父亲一直抱着他,而他因为疼痛抑制不住呻吟着。他恍惚听到,护士急切地说:"老同志,你也快躺下吧,你看你都吐血了,你有内伤……"父亲只是不说话,紧紧地抱着他。他下意识地去找父亲的手,父亲一把抓住他的手,两只手就这样紧紧地握在一起。

好不容易到了医院,他觉得父亲和他的手是被别人分开的,还听到有人喊:"再来一个担架!"然后就一片混乱什么都不知道了。

后来他从医生那里知道,当他被医护人员从救护车上抬下来的时候,父亲随后就栽倒了,嘴里开始大口大口地喷涌出鲜血,可是父亲还是抓着他的手不肯放开,医护人员拉开他们的手,把父亲抬到担架上,父亲显然有些神志不清了,但他还是努力地睁开眼睛,握住医生的手,不舍地望着正被抬走的儿子,艰难地说:"我……不行了……眼睛……我的……眼……睛……给……儿子……"之后,进入昏迷就再没有醒过来。

现在,儿子在父亲的墓前,不停地流泪,长跪不起,他自言自语地说:"爸爸,是我对不起你啊,我没能照顾好你,是我害了你,你却把眼睛给了我……"

交警对车祸现场的勘查结果,令人震撼。现场很惨烈,满地的玻璃和车身碎片,车上血迹斑斑。让人感到蹊跷的是,一般追尾事故车,车头受损位置应该在右边副驾的位置处,因为司机在遇到危险时,会本能的往左打方向,但是这辆车的受损位置在中间偏左,导致驾驶位受损严重。而这种情况一般在来不及躲闪的情况下才会发生。但是从现场长长的刹车痕迹看,司机是有时间避让的。这只能说明,儿子在发生险情时,先是出于本能往左打了方向,可是立即想到坐在身边的副驾驶位置的父亲,于是就迅速向右打方向。但是,因为车速太快,来不及完全打过方向,车子已经狠狠地撞到了前车的车尾。

发生事故后,可以看出父亲身上的伤没有儿子的严重,如果他及时按照警察和护士说的马上进行救助,完全可以避免之后的大出血而挽回生命。可是,父亲的心里更在意的不是自己的伤,而是儿子的生命和健康。当自己弥留之际,还不忘儿子的眼睛受伤需要眼角膜,把自己的眼角膜给了儿子。

无论如何,记得把最安全的位置留给父母,这是天下每个做子女应该尽的责任。

8.将孝心体现在小事中

清晨树叶上的露珠是那么的饱满晶莹,在阳光下格外美丽,那是因为经过了一夜的酝酿。这就如同我们,想要聪明苗壮地成长,一定离不开父母辛劳无私的付出。所以,我们应该回报父母,让孝心体现在小事中。

当我们还青春年少的时候,我们第一次接触到"代沟"这个词。父母不理解我们的想法,我们也正是叛逆不安的时候。之后我们与父母就一直存在着代沟,或大或小,或多或少,一直到我们成年。但是我们知道父母总是爱我们的,他们的唠叨为的是我们不受伤害,可我们却总会在无意间伤害到父母,无意中的一句话、无意中的一个动作,甚至是沉默与漫不经心,只因为我们嫌父母太唠叨。

徐晓敏是个人人夸赞的女孩,细心大方,温柔孝顺,每周末她都陪母亲上街买衣服或是其他,在别人的眼中,徐晓敏和母亲过得很幸福。但是半个月前却不是这样。

半个月前,徐晓敏所在的公司因为债务累积经历了大裁员,徐晓敏不幸被裁,之后,就一直待业在家。因为事业上的不顺利,徐晓敏和男友吵了一架,关系也变得很僵。徐晓敏经历着一段难熬的日子,她一直待在家中看电

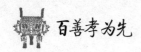

视、吃东西、睡觉。

徐晓敏的母亲是个热爱生活的人，每天早上跑步、买菜，晚上逛公园、跳舞，生活很丰富。每天晚上母亲跳完舞回来，看见徐晓敏坐在电视机前，总会唠叨：

"晓敏啊，没有工作就再找一个呗，可不能这么一直在家里待着。一个青年人，怎么连我这个老太婆都比不上了，瞧我每天多有活力。你啊，整个人都瘫了。"

徐晓敏起初会应和着"嗯"几声，说明早就出去找工作。但是却都没有实施，依旧每天睡到正午，晚上看电视到深夜。

最初几天，母亲也就由着徐晓敏这样，因为她也知道徐晓敏不容易，就放任她轻松了几天。但过了一周，徐晓敏依旧这样，她有点担心了，每天催徐晓敏找工作、催她出去放松放松，话也多了很多。但徐晓敏也不答理她，有时候还避着母亲。

一天，母亲回家时兴冲冲地对徐晓敏说："女儿，妈帮你找了个好工作，是妈以前工作单位的一个文员，明天你去面试吧。""妈，你能不能不自作主张啊，我的工作不用你着急，我还没有准备好回去工作呢。再说，我不喜欢文员的工作。什么时候我会自己去找的。"徐晓敏有点生气地对母亲说。母亲听徐晓敏这么说也有点儿生气："我还不是为了你好，你没有工作几天了？你看看你这几天出过几次家门，你的生活都成什么样子了？我都说过多少次，让你出去找工作，你说'好、好'，你出去过吗？还不是把我的话当耳旁风了。你爸走得早，还好我有点儿积蓄，你没有工作，以后你的生活怎么办啊？""你不要每次都提爸爸行吗？"徐晓敏钻进自己的房间，甩上门，不理母亲了。

母女俩这样僵了两三天。一天晚上母亲回家的时候，她发现桌上有一盘切好的水果，徐晓敏这回没有看电视，而是坐在餐桌旁。徐晓敏看见母亲回来了，起身过去轻轻地抱住母亲，把头放在她的肩上，说："妈，我大了，知道该怎么处理自己的问题，我知道你是为我好，但是你应该相信你的女儿。爸爸是走得早，就剩咱俩了，咱们以后多沟通交流，咱们得活得好好的。"母亲摸着徐晓敏的头说："孩子啊，妈知道你大了，也不是不相信你，可这心里就是放不下，我能不担心吗？""妈，刚给你削好的水果，你快吃吧。""嗯。"之后，徐晓敏和母亲无话不谈,徐晓敏也不对母亲漫不经心了,她们还经常一起逛街、看电影,交流感触。

天下的父母多半都是唠叨的,但他们的唠叨是一种对子女很自私的爱护。想想,除了我们的父母,谁还会有这份"闲情逸致"来整天和你唠叨呢?

父母为子女辛劳了大半辈子,当他们向我们唠叨,尤其是母亲唠叨的时候,不正是希望从含辛茹苦养大的孩子身上得到些许安慰么?

当我们在父母望眼欲穿的思念中回到家时,我们应该和父母多交流,认真倾听父母,带给父母心灵的慰藉,消除父母的惆怅、失望甚至痛苦。

很多人说,儿女是世间最自私最冷漠也最不容易被感动的动物。无论你对他多么好,翅膀一硬他们就会带着爱匆匆离开,头也不回。

刚结婚的时候,绣怡被幸福和激情包裹得严严实实,没有时间和空间去容纳除了老公之外的任何人,包括最疼爱自己的父母。

这样的缠绵一直持续了三年。

等到儿子降生后,绣怡又被新的幸福和满足包裹得严严实实,没有时间和空间去容纳任何一个除孩子之外的人,包括最疼爱自己的父母和老公。

这样的专注一直持续了十二年。

儿子一天天长大,转眼就是住宿在校的中学生,每周末才回家一次。老公也从当初的风趣豪迈变为木讷沉闷,难得有兴致为简单平淡的岁月添一抹色彩。伴随着四目相对的沉寂,绣怡陡然间发现所有的时间和空间都黯然无声,那么令人沮丧。

她开始恍惚。

她记起了有一个地方叫"娘家",有两个被冷落的人叫"父母"。而这两个从未责怪过她的人总是在电话里说着不变的话:"我们很好,你自己要照顾好自己!"

她渴望马上回去看看,找回一点久违的温暖。

带着些许伤感和愧疚,还有很多记忆中爸妈爱吃的食物,绣怡走进了陌伴自己二十几年但在过去十五年疏于关注的老屋。

父母还算健康，只是两鬓已经沾染点点秋霜，步履也略显蹒跚。

“咦，你怎么回来了？”母亲很诧异，“这么远的路！”

“想你们了！”绣怡的嗓子哽咽着，慌忙用手假意揩了一下额头，“外面好热，我去洗一把脸，满头都是汗！”

顺着哗啦啦的水，绣怡冲走了不争气的泪。

“发生什么事了？”母亲跟了进来，“和钧烨吵架了？你的脸色好难看！”

“没有啦！”绣怡一仰头，头发尖的水珠溅得四处都是，“我就是想你们了！想你们了！”

“哦！”母亲不再追问，拼命给身后的父亲丢眼色。

“没吵架就好！”父亲说话总是慢条斯理，“小颇还好吧！这孩子上周来电话问候我们，听说要去参加一个足球比赛，你要记得叮嘱他多当心！对了，钧烨也快四十了吧，很辛苦的年龄，你要给他炖一点补品调理。还有你，该学一学如何保养皮肤了。你妈帮你找了几个美容偏方，正准备打电话告诉你呢！”

“知道了！”绣怡使劲点头。

“嘿，今天不是周日吗？你们不送小颇去学校？”母亲还是有点不放心，“他一下子离开父母去住宿，还习惯吗？”

“习惯，哪里会不习惯！”绣怡的平静被打破，一股愤懑涌上来，“钧烨加班，我刚一个人送小颇去学校。还没有到宿舍楼，他在路边遇到一个熟悉的小女生，丢下一声‘bye’就跟着跑开了。唉，养孩子真是没有意思，说走就走了，才不管父母在想什么呢！”

“你伤心了？”母亲牢牢地盯着女儿，眼底有奇异的光。

“能不伤心吗？”

“你不是也这样吗？”母亲的声音空洞起来，“离开的时候，永不回头！”

“我？”

“那一天，记得是去年夏天吧！你也是突然回来看我们，待了十五分钟。我送你出大门，”母亲咬了咬嘴唇，似乎在拼命输送表达的勇气，“我送你到了桥头,你就一直往前走,往前走。我站在那里等着,等着你回头看我一眼。可是,直到你走得让我看不见了,你还是没有回头一次!我在那里很伤心,不住地想,想到你小时候上学,总是不肯和妈妈分开,不管你走了多远,都要不断地回头寻找我的影踪。可是你长大了,也不再需要父母了,你的回头也结束了。我一路想一路哭,回家许久都起不了床……"

"妈……那天是公司突然有急事,我才那么慌张的。"绣怡惊呆了,泪如溃堤的江河漫天铺地,"可你为什么不早点告诉我?为什么要闷在心里那么久?"

"你爸说了,这都是自然法则。儿女就是离群鸟,永远都是硬了翅膀就往外飞,就像我们当初离开自己的父母和家一样。等鸟儿们累了倦了老了,它们才会再飞回来,想着要让还活着的老父母开心快乐。所以呢,我不再伤心,只盼着你下一次离开时可以回头。"

"对不起,"绣怡扑到了母亲的怀里,"我不想等自己累了倦了老了才想着让你们开心快乐,请相信我!"

虽然说父母是最包容、最体谅子女的人,但并不代表他们什么都不在意。

因为,爱,是可以量化的。

很多人在和父母相处的时候,以为自己言语礼貌、举止周到、钱粮到位,似乎无可诟病。但是呢,在父母日渐老去的时光里,你的每一个不经意的动作,都可能成为他们悄悄度量自己在你心中分量的小砝码。稍有欠缺,就会让他们黯然神伤。

和父母在一起的时刻,更需要有和亲亲爱人在一起的细腻和温柔。这是用心才能做到的体贴和呵护。

比如,在和父母分离的时候,别留下那满是豪迈气息的英雄背影,或义无反顾的大踏步!稍微地转头挥挥手,那样的四目对望中,表露出来的就是信任,就是关爱。或者,在转角处再回个头,点点头,那样的牵挂更是直入心扉。

爱父母,就要想着他们在你离别时那一瞬间的落寞。回头,绝不是一个简单的姿势,更代表着你不变的心和依恋。

第七章

守望相盼

——陪父母慢慢变老

1.最好的孝心莫过于守望相盼

尊敬父母是我们中华民族几千年来奠定之美德，我们家庭里的父母亲需要更多的陪伴与关怀，特别是在今天的社会里，父母们缺少的不是金钱，缺少的不是物质，而是我们心灵的关怀，身边的陪伴，情感的交流。

我们先来看一位妈妈写给女儿的肺腑之言：

那年，你十八岁，提起简便的行李，毅然投奔住在洛杉矶的表姐，我的心情简直忐忑到极点。你和表姐不过一面之缘，竟然敢迢迢奔赴，我和你爸爸都为你的勇气感到惊异。然而，也确实没法子了！

联考失利，前途茫茫，你说希望我们给你一个机会到外头去闯闯看，我心里虽然害怕，但众里寻他千百度，却也找不出另一条路让你走。

临行的前一晚，哥哥怕久未谋面的表姐不认得你，熬夜为你扫描正、侧面照片，用E—mail寄去，免得你在机场无人认领。从那以后，你用着贫乏的语汇和可笑的英文文法在异邦求学。从表姐家到Home—stay；从语言学校到社区大学，一年三季，每季开学，电话铃响，最怕听到的就是：“我把‘海洋学’放弃掉了！”“我又把‘政治学’放弃掉了！”我当然知道用中文念理化都不及格的你，用英文念海洋学是如何的困难。然而，既然选择，只有硬着头皮往前走。你在美国和学业作困兽之斗，我则徘徊在台北的街头和网络间，一边替你找寻政治学、海洋学的中文译本，一边用频繁且温暖的电子邮件帮你打气，希望你能越挫越勇。然而，期望总是难敌现实。

两年多后的一个中午，例行的问候过后，你忽然在电话那头怯怯地试探：“我实在读不下去了，我可以回家吗？”虽然也觉得放弃可惜，也想鼓励你坚持下去，但听出你声音里的颤抖与不安，我立刻回说：“当然可以！明天就回来吧。”

我感觉到你的心情似乎一下子得到释放，且笑且哭地回道："哪有那么快！至少得等这学期念完吧！……妈！你真的不介意吗？这样会不会没面子？"

面子？谁的面子？我的？那大可不必顾虑，妈妈的面子不挂在女儿的身上。"只要你自己想好就好！我们只是给你一个机会试试！既然努力试过，就没什么遗憾的。"

"我不是读书的料，我非常感谢爸妈花了这么多钱让我出来，回去后，我会立刻找个工作，您不用担心。"你语带哽咽地说。

我们从来不认为读书是唯一的路，找一份工作赚钱也不是坏事，但是，怕太热心附和，会造成你的心理负担，我没有在这件事上搭腔。

一个月后，你拖着增添好几倍的行李回到台北。夜晚十一点才放下大包小包的行李，你急急上网寻找机会，十二点，你告诉我们明天将去应征工作。次日，由你爸爸陪同去面谈，你得到了平生第一份工作——秘书，真的践履了"立刻"找工作的诺言。任职的公司从事的是移民中介，你到美国学得的英文尚未派上用场，先就瘫在邮寄大批资料上。在职的两星期间，正值盛夏，你常常汗流浃背，小跑步回家寻求父亲的援助，体弱易喘的你，红通通着一张脸，请爸爸用摩托车载运，一人工作，两人投入。两个星期下来，人仰马翻，加上英文仍是困难重重，你才知道进入社会并非易事。于是，辗转历尽辛苦，终于还是决定重返校园。进入外文系就读，是你人生的另一个转折点。仰仗着这些年在海外培养出的勇于讨论的习惯，你大胆地发言，勇敢地表达，参加话剧公演、英语演讲，意外地得到许多的奖励，一个自小学开始便惨淡得无以复加的求学生涯，好似开始逢凶化吉，呈现了崭新的希望。大二结束那年夏天，你从学校飞奔而至，兴奋地用着颤抖的声音告诉我们："你们一定不相信，我今年学业成绩是全班的第二名，可以拿八千块的奖学金。妈！我不行了！我高兴得快疯掉了！"

当时，我坐在客厅的沙发上，望着盘坐在另一边的爸爸，两个人的眼眶霎时都红了起来。我可怜的女儿！从国小起，就在课业上不停地受挫，小学时，成绩永远跨不过四十五名的关卡，在我们愁眉不展时，还振振有词地辩称："我至少还赢过两位同学哪！"

这样的你！一直视读书为畏途，永远寻不到学习的快乐，我们总是陪着你伤心，安慰你："下回我们努力向四十四名迈进！"中学的毕业典礼上，疼爱你的几位老师深知你的课业成绩不理想，不约而同地安慰我："这么可爱的孩子，不用担心！条条大路通罗马啦。"当年我苦笑以对，心中惶惶然，不知属于你的罗马在哪里。没料到就在这不提防的午后，竟被告知一直被认定有学习障碍的你，居然在大学里拿了奖学金！

仔细回想，负笈海外的两年多，看似铩羽而归、前功尽弃，其实不然。除了仰仗着长期在英语世界的濡染，你考上了外文系外，在海外凡事自己来的独立精神的培养，使你开始思考将来要过怎样的人生。你有计划地在暑期参加各项进修，陆续学会骑摩托车、开车，受训拿到英语教学种子老师的执照，学会录像带的剪接技巧，加上在高职学习到的信息处理，你迥异昔日傻呵呵的女儿，已经具备了不错的应世能力。前些天，你在和导师的聚会里，跟老师讨教大学毕业后的继续深造问题，你说："我想跟妈妈一样，在大学里教书。"

虽然事情并不容易，我却为你的志气感到骄傲。说实话，我们简直不敢相信，眼前的女子就是当年在学校时永远冲不破全班倒数第三名难关的孩子！如果今天你能，有什么样的孩子应该被放弃？

你回国后两年，我们全家人有机会到美国重游旧地。在租来的车子里，你指着窗外，一一介绍你当时的生活，我才知道你经历的是怎样的寂寞！

"那是我常去的百货公司，星期天，不知道要做什么，一个人只好去逛逛。"

我的眼眶蓦地红了起来，你买回的一样一样的小东西，在见证着你浪游无根的寂寥。

"那是我常去的公园，常常有老人在那儿晒太阳，星期天无聊，我有时候就到那儿和他们一起晒太阳。"

天很蓝，太阳在树梢上闪着耀眼的光，听着听着，我的泪静静地顺着双颊流下。不善交际的女儿，在语言熟练的家乡都交友困难，更何况在人生地不熟的异邦。念书之外的漫漫时光，她和佝偻的老人一起在公园里晒太阳、想家乡。

你坚持带我们去你当年常去打牙祭的一家日本拉面店，你指着靠窗的位置告诉我："这是我常坐的位子。想家的时候，我就来这儿叫一碗拉面，靠着附送的蛋炒饭平息想念妈妈的心，这儿的waiters都对我很好哪。"

我一口面也咽不下，摩挲着你坐过的桌椅，向店里年轻侍者们深深一鞠躬，感谢他们在异地为你提供让人安心的温暖。

从美国回来后，我才被我当年的孟浪、大胆所惊吓。斗胆将一个不谙世事的弱质女儿送到千里之外的地方，幸而无灾无难地回返，若是其间你发生了任何的意外，我将要如何地引咎自责且悲痛万分！

幸而平安地回来了！真好！虽说暂时的离巢，成就了一位独立自主的女儿。但是，从我们一起重游旧地归来的那日起，我忽然开始罹患强烈的相思病，你已然回到身边，却才是思念的开始。你一定觉得奇怪，妈妈忽然变得格外缠绵，珍惜和你在一起的每一分钟。啊！做妈妈的心情是复杂得理不清的，我是在设法将那分离两地的九百多个日子一一重寻回来，而且，无论如何再也不肯松手让你独自展翅高飞。

今后，不管晴天或下雨，要找属于你的罗马，爸妈陪你一块儿去。

可怜天下父母心！父母为儿女撑起爱的天空，可是作为子女的我们又做了些什么？

有一次，小桑到邮政局给朋友拍电报。在他身边坐着一位老太太，她把头低低地俯在电报纸上。她在上面写了些字，随后把电报纸拿到眼前，眯缝着眼睛看。看过之后，把纸揉成了一团，又拿了一张新的，重新填写，写完了又揉成一团，然后又伏在桌子上，想再填写一张。

小桑要帮助这位老太太填写，可是老太太怎么也不肯。她自己又拿了一张电文纸，打算再重新填写。后来她叹了口气说：

"我就住在这儿附近，可是往五层楼上爬很吃力，不戴眼镜又写不了……您若是不急着走的话，请替我写一下。"

小桑拿过电报纸，老太太一字一句地说出地址，然后沉默片刻，叹息地说："请写上：亲爱的妈妈，祝贺您的生日。到我们这儿来吧。吻您。"

　　小桑看了看老太太，问她："您的妈妈还健在？"

　　老太太很不愉快地冷笑一下说："妈妈——就是我。"

　　"啊？"

　　"明天是我的生日，女儿很可能忘了给我拍贺电，因此，我就决定……免得邻居们责怪她。她是我的好女儿，大家都很尊重她，她还在大城市里当主任工程师。"

　　小桑想象得出来，她的女儿一定是整天很疲劳，很操心的人。在单位里和在家里都有好多事情要做。可能女儿过去有时候忘记了给妈妈拍贺电，老人就会抱怨："你看，孩子们不需要我们了，把我们忘记了……"

　　"女儿不会忘记向您祝贺的，不过偶然情况总是免不了……"

　　老太太抬起一双忧伤的眼睛望着小桑，低声说："她已经忘记十二年了。"

　　小桑对老人家还能说什么呢？用什么语言来安慰她？是不是要责怪她的女儿呢！虽说这是有理由的。可是老大娘已经平静下来，她对小桑说："对不起，请您帮我买一张带玫瑰花的贺电专用电报纸，我的女儿干什么都喜欢漂亮的……"

　　在现实生活中，我们总有太多的理由为无法陪在父母身边辩解，比如学业太重、工作太忙、压力太大，有的甚至连一个电话、一声问候都成为父母奢侈的期盼。如果不住在一起，那么父母想和子女说说话、散散步、聊聊天都变成奢望了。

　　父母需要的不是我们的金钱和富贵，那些从银行里取出的金钱和被人羡慕的富贵是没有感情的，那些吃不完、穿不完、用不完的物品是没有温度的。他们需要的是平日里电话中的嘘寒问暖、是节假日餐桌上的热热闹闹、是耐心的认真倾听、是开怀的随意交谈、是温暖的贴心陪伴。其实父母的要求很简单，只要多一些交流、多一些陪伴，他们的晚年就足够幸福、满足和温暖。

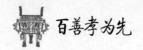
父母渴望陪伴的小小心愿，就像小时候我们希望父母永远陪在身边一样。小时候父母是为我们遮风避雨撑起晴空的伞，如今我们是不是也应该成为父母随时可以倚靠的温暖港湾？

孝顺老人不一定是给予物质的满足才算孝心，最重要的是我们要有孝道、要关爱老人、要有时间多陪陪老人，要让他们的晚年生活在充满欢快、喜悦的心情中、在有生之年里尽享天伦之乐，就是我们最大的孝心。老人的最大心愿就是想多看看你，听你谈谈事业上的成就感，听你说说工作中的喜事篇；听你谈谈家庭里的和睦事，听你说说孩子们的成长史；也许这正是我们多陪陪老人的真正目地，也许这就是老人心灵中最大的期盼！

人生最幸福的事，莫过于在六十岁时，还能相陪于父母的身边、同父母一起吃饭聊天。

2.陪父母看老朋友，寻回简单的快乐

今年农历正月初二，全家人又像往年一般聚在一起。晚饭过后，本来应该宁静的街道仍然炮仗响亮，里里外外透着一股子年味。

玩得起兴的我，突然被老妈拉到一旁，她露出神秘的神情，说："走，妈带你去马阿姨家，她上次见到你，还是你上大学那年呢……"不等她说完，我立刻表明我的立场，说不去。不出意料，马上传来她的埋怨："怎么了？""不怎么，你们老姐妹凑到一起就是东拉西扯、没完没了地聊，我可没兴趣当听众。还有，也不愿意当你炫耀的道具。"还没说完，老妈"啵"的一嘴亲在我的脸蛋上："我的闺女这么优秀，当然要炫耀了，今天一定让她们看到真人，可别说我吹牛。"说完，就拉我往外走，把我弄得哭笑不得。

一路上老妈时不时地整理我的衣服，满意之后，掏出手机，又联络了两个姐妹一起去马阿姨家。不出所料，进门之后果然送我一个开门红，足足让几位阿姨拉着端详了十来分钟，还不时地被摸摸脸蛋。别提多别扭了，后悔真不该心软。不过，除了没有男朋友多少让老妈脸上无光外，其他通通满足了她的小小"虚荣心"。

她们并没有浪费时间，马上进入状态，而儿女永远是她们的话题中心。我也不得不乖乖地坐在老妈的身边虚听着。有一个阿姨的儿子研究生毕业了，应聘到一个知名的公司，不过她本想把儿子的公司记下来的，不想听了一遍没记住，问第二遍，儿子不耐烦了，没告诉她，说着说着还透出一副恨自己不成钢的表情……表情还没有定格呢，另一个阿姨马上把她女儿今年结婚的日子告知了这些老姐妹，还不忘替姑爷打广告，长得帅、个又高，其他人忙不迭问道：怎么不把他们俩带来，这位阿姨立刻叹了口气："在家玩牌呢，孩子难得过年休这么几天，别让他们来回跑了，好好歇歇。"老妈是唯一一个把自家孩子带来的人，简直就像在熊熊火焰上又浇了桶汽油一样，热情劲儿最高，说到兴致上，还时不时地把我搂过来使劲往自己怀里揉几下。

以前总觉得老妈爱凑热闹，总出去串门子，关键是还要把我当成主要卖点，弄得我回家一趟，感觉并不熟悉的阿姨也能对我的每件事都了如指掌。一点点小成绩，也会被告知天下。我总说她，过日子冷暖自知再好不过，关起门来自己乐呵得了，非得嚷嚷出去。用我的话说就是幸福是悄然无声的，太多人观摩，反而会变成一场噱头十足的现场表演，而老妈就是小丑。当时还为自己的这个比喻崇拜无比。

参加了她们的聚会，才明白了以前总是弄不明白却又最应该明白的道理：可能父母们是寂寞了吧，他们这些儿女都不在身旁的老朋友们，需要时不时地晒一下自己的幸福。

终于不再装模作样的故作姿态，身体也放松下来，前倾着身体努力参与她们的谈话中，去揣摩话语中蕴含的丝丝母爱。手也不自觉地拢在老妈的肩膀上。忽略她小心翼翼地夸大我的优点，而我也没有心情去纠正她的不实事求是，只庆幸今天真是做对了一件事——就是跟老妈走这么一遭。

原来幸福也是需要被观摩的，没有观众的幸福就好似没有祝福和鲜花的婚礼，而父母的幸福就来自于她们的儿女，也许儿女们并没有她们说的那么出色，不过，就算是再平庸的孩子，只要在父母眼中就能找到他闪闪发光的地方。

小时候真的没有见过老妈这么事无巨细，自己所做的每一个细节，都会被她无限夸大，但长大离开家之后，却越来越需要寻找我的发光点了。想来她是因为寂寞吧，寂寞中才能感受到的淡淡的幸福。

而我们在慢慢长大之后，不再需要父母羽翼的遮风挡雨，总是以工作忙、没时间来拒绝回家看看，而陪着男女朋友去看电影、购物。

面对父母的埋怨，总觉得自己委屈。自己安分守己，不给父母惹事，也是一个孝顺的孩子了，怎么父母就是不知足呢！在外面努力打拼、挣钱，不也是想为她们提供更好的生活吗，在这几个老太太的聚会中我明白了，其实他们需要的可能没有我们设想的那么复杂，也许只是简单的陪伴而已吧。

在这群老太太的欢声笑语中，不知不觉两个小时过去了。我也由搂着老妈的肩膀到双臂环抱住她，也许这样，她会觉得更加底气十足吧。

一位阿姨的手机响了起来，接完电话的她立刻拿出来报备："我女儿打电话了，问我怎么还不回去，哈哈，我得走了啊，他们要睡了，我得赶紧回去给他们找些厚点的棉被。"她一边说着一边往门廊走。

回家的路上，老妈轻声地对我说，她今天很开心，在姐妹面前吹了几次牛，我都没有拆穿她，夸我懂得妈妈的心了。我没有说话，只是更用力地挽着她的胳膊，想着月亮啊月亮赶快躲到云里吧，让光线更暗一些，别让老妈看到我流泪的眼睛。

有时候很努力想要讨好父母，却总是不知道应该如何去做，原来父母需要的只是简单的快乐。幸福来得这般容易，却被我们慢慢复杂化了。

找个时间，陪父母去拜访一下他们的朋友吧，让他们有机会把有限的幸福扩大化，只因为有我们陪在他们身边，把一份简单的快乐寻找回来。

3.旧地重游,让父母感受曾经的美好

最近大伟的妈妈常常打电话来,抱怨他爸爸总是自己一个人跑出去,不知道在忙些什么。大伟微感诧异,他是家中的独生子,从小父母的感情就不错,从没有出现过这样的事情。想不到,大学毕业离开家到外地工作后,他的爸爸竟然有了这么大的变化。

听了妈妈的叙述后,大伟不禁疑神疑鬼,以为他爸爸在外面有了女人。毕竟,一大把年纪的人,一到周末就跑到外面去,确实很不正常。后来经过大伟的缜密调查才发现,是他的想法太过敏感了,爸爸原来是迷上了去那些著名的餐厅吃饭。

小时候大伟的爸爸就经常翻阅《天下美食》那类的杂志,对哪里有环境好味道好的餐厅如数家珍,还总是自称美食通。不过大伟的妈妈并不喜欢出远门吃饭,在大伟出生后,就更是只在市场和家之间来来回回。

大伟把事情的真相告诉妈妈,并劝她说这是爸爸的爱好,让她不必在意。谁知大伟的妈妈更加气愤:"真不知道是怎么想的,就顾着自己一个人奢侈。"大伟听后实在无奈,想起幼时妈妈偶尔会带他在外面吃饭,就下决心也要抽空带爸爸妈妈去那些他们曾经去过的地方,听他们聊聊当时的情景,好让他们的感情再回到原来的样子,看到他们笑容满面的样子。

大伟翻阅了很多父母年轻时候的照片,又回想了很多他们给大伟讲的年轻时候的故事,决定带他们去他们在恋爱时常去的地方,相信不爱出门的妈妈也一定会同意去的。

好不容易找到一个周末,大伟开车到老家去接爸爸妈妈,爸爸麻利地坐在了副驾驶的位置,妈妈则是一句话也没说,坐到了后排。他们两个人连句话都没有,气氛顿时显得很尴尬。

大伟一边开车一边从后视镜瞄着两人的表情,心里盘算着该怎样让他们

回到原来那样亲亲热热的样子。正在这时,大伟爸爸开口问道:"工作怎么样?"

大伟爸爸话音还没落,大伟妈妈急忙接着问:"每天能按时下班吗?吃得好不好?"一路上他们说的话都是围绕着大伟的,在这些有一搭没一搭的问题问完后,又开始沉默起来。大伟想着一会儿到了目的地就会有机会让他们好好相处了,心里暗暗高兴。

大伟把车开到一家在港口附近的餐厅,这是父母恋爱时常来吃饭的一家餐厅,他还听妈妈提起过,她喜欢看海,就像歌里唱的那样"海风吹,海浪涌",在这家可眺望大海的餐厅里,有她无限美好的回忆。

大伟爸爸妈妈看到目的地是这里,都惊喜万分,大伟一边停车一边说:"今天咱们就在你们怀念的餐厅吃饭吧。"大伟爸爸妈妈似乎已经沉浸在年轻的回忆里,回到了过去的甜蜜时光。大伟的妈妈充满眷恋地看着那家已经被包围在高楼大厦中的餐厅,有点失望地说:"这下没法在这里看海了。"大伟的爸爸率先下车,然后帮大伟妈妈拉开车门,然后说:"管他呢,进去看看再说。"

下车之后大伟才发现,港口周围建起了那么多的高楼大厦,从小小的餐厅落地窗旁能眺望大海的景致已经不复存在了。不过,能让爸爸妈妈再次回想起在这里度过的美好的时光,大伟的目的就已经达到了。

他们一起走进餐厅,找到了他们常坐的位置坐下。大伟的爸爸妈妈环顾着四周,似乎在为这餐厅里面没有大的变化而欣慰。而他们之间的谈话也自然了很多,恢复了从前的样子。大伟妈妈笑着说她当年来这里总是点苏打水,大伟爸爸则说要喝这里的可乐,虽然是这些平平淡淡的内容,却让大伟觉得很甜蜜,温馨。

"想到带我们来这里,真不愧是你爸爸的儿子。"大伟妈妈看出大伟是想要让他们回忆起当年的感觉,有些不好意思地调侃道。大伟爸爸喝着可乐,嘴角分明地笑着说"那是当然"。

一顿饭下来,听着爸爸妈妈细述当年的故事,看着他们脸上洋溢出来的幸福的笑容,大伟就知道这次故地重游是值得的。

曾经心动的声音已慢慢在爸爸妈妈耳边响起，浓郁纯美的岁月美酒将会映入他们脑海，风雨同济的百年温情就会升华到他们心里。岁月流逝，我们的爸爸妈妈日渐老去，只有当他们回首往事时，才能感知昔日斑斓的光影，才能想起自己也曾年轻过。

4.多照几张全家福，记录温暖的瞬间

搬新家时我把家里的全部照片翻了出来，五口之家的图片内存是超强的，那里记录了父母年轻时的青涩、初为人父人母的喜悦、全家出门旅游的欢乐和过年过节的幸福快乐。

正当我在父母旁边看着照片傻乐时，我的搞笑表情引来了哥哥姐姐的一起围观。爸爸和我们3个孩子一起趴在桌子上专心致志地看着相册，觉得这个好那个也不错，叽叽喳喳地评论着每一张照片。

母亲一边织毛衣，一边因为我们的嬉闹而不时地侧过头来看照片，她随口说："拍这张照片的时候，你们大姐因为晕车，吐了一天；这张是你们第一次坐船，还好都不晕船，还在船上到处跑，当时很担心你们几个小家伙掉江里，眼睛不敢从你们身上转移一秒；这是那次去云南的时候，你偷偷地去吃过桥米线还差点迷了路……"

母亲就这么不知不觉地参与到我们看照片的队伍中来，但不同的是，我们只能看到和回忆拍照时的点滴，而母亲则总能记忆起没有被照片记录的那些零星。这些在母亲心里的过去也像照片一样一张张的清晰起来，每一个从母亲口中道出的故事，我们几近遗忘。

第一次觉得母亲的记忆力好强大，以前总觉得母亲老了，很多事情向她叮嘱了许多次，她都记不住。可现在，母亲每看一张照片，几乎都能随口回忆起一个甚至几个故事,把我们不记得的事一点一点讲给我们听,清晰到当时穿的什么颜色的衣服都知道。

一直沉默不语的父亲突然提议说:"咱们为这些照片注解吧。"哥哥姐姐纷纷点头示好。于是我们分工行动,从母亲的絮叨中挑出一些有意思的小故事,写到小便条上,并将便条粘贴在对应的照片下面,这样每次翻开相册都能帮助我回忆照片上的情景。

对母亲而言,我们孩童时候的记忆是最为深刻的,有我们陪伴的日子总是那么难以忘却。每当母亲看着照片讲述昨天的故事时,脸上就露出神采奕奕的表情,她的眼睛里一直闪现着无比幸福和甜蜜满足的温柔,她的思绪一定回到了过去的好时光。不管我们长多大,在母亲的记忆里都永远是小孩。

对我们而言,这些照片串联的记忆正是父母抚育我们健康成长的过程。我头一次感觉到,小时候发生的许多故事,点点滴滴地积在一起后,才有今天的我们。

"咦,怎么没几张有老爸的身影的呢?"

听我说完这句话,大家突然安静了下来。

确实,父亲的身影别说在照片上了,就是在我们的成长过程中都那么稀少,父亲支吾着不知道说什么好。

母亲看了一眼父亲,最后温柔地说:"你们老爸一直都忙着工作,为了这个家一直忙碌,就连当年全家旅游都忙着在异地开拓业务,一直累着,哪有时间拍照啊。"

翻看着父亲仅有的几张照片,无非是过年过节,和一些必要的大合照外,基本没有他的单人照,与母亲的两人照都极少。其实小的时候很不能理解自己的父亲,一年到头在家的日子绝对不到在外的日子的一半,一天下来,我只能在早饭和晚上临睡前看到父亲,隐约中记得他的样貌。我从来不奢望父亲会在下雨的时候给我送伞,开家长会的时候坐在我的座位上,更不会奢望他在我生病的时候照料我,我的记忆里没有父亲的怀抱和宽阔的后背。连父亲的笑容在我的童年都是弥足珍贵的。

现在我们长大了,听着母亲那样平淡地为父亲开解,心里一阵阵地泛酸。试想:谁会愿意一天到晚在外奔波,而不愿和娇妻亲儿在一起呢?作为丈夫、作为父亲,有很多是他不得不承担的责任,而承担这些责任就需要额外的付出更多。三个孩子,一个家族,他所肩负的不是一个小家庭,而是他更为重视的家族。我们这个家,正因为母亲的无微不至和父亲的刚毅承担,才在风雨过后见到了彩虹。不禁感谢苍天,赐予我善良温贤的母亲和坚强刚毅的父亲。

一张张照片,一个个瞬间,温馨画面传递的是家庭的温暖,对每个人来说都有着特殊的含义。家,永远是温馨的港湾,给你继续前行的动力。

我家客厅正面挂着一张大大的彩色全家福,父亲我和并肩站在后面,母亲、我太太抱着刚出生不久的女儿坐在前排,五口之家很美满很幸福。每次走进家门看见这张照片就会想起那一天父亲酒后吐出的那件事,让我无法释怀。

那是我做父亲不久,为了庆祝女儿来到这个世界的一百天,我邀请父母来家里一同庆祝,我们家添了一口人父亲自然高兴得不得了,几杯酒下肚,父亲就变得异常活跃,话也多了起来,摇摇摆摆地拿出自己的记事本,翻出一张照片对我说:"我给你看过这张照片吗?这是你婴儿时照的。"

我接过照片,大吃一惊,那是一张已经泛黄的黑白全家福,母亲抱着还是婴儿的我坐在椅子上,父亲笔挺地站在母亲背后。这是一张很有历史的照片,算起来已经有三十多年了。这张照片我还是第一次看,我太太凑过来看了一眼尖叫起来。

母亲坐在一旁苦笑着说:"这么旧的照片竟然还带在身上。"

"就是因为这张照片,我才活到现在。"父亲因为喝了啤酒涨红了脸才吐出这样的话来。我看着照片没有说什么,接着听他磕磕巴巴地道出心里隐藏了很久的事。

这张全家福照片在父亲的笔记本里随身带了33年,这33年中伴随父亲经历了很多风风雨雨、艰难和挫折,对父亲来说非常珍贵。

我们家经营一家旧书店，多年来父亲为此付出了心血，他大半生的美好时光都是在这里渡过的。好几次因为经营不善接近倒闭的边缘，都是父亲一直顽强地坚持着，自从有了互联网，我开始来到店里帮助父亲，通过高科技手段利用了网上营销，终于把书店支撑下来，而且越来越好。

父亲说，他一个人经营这家店的时候很艰难，刚刚开始创业什么都不太懂，一个人边做边学，一步步开展起来，没多久就撑不下去了，走投无路时就会翻出照片，看着这张全家福他就会振作起来，经营这家店以来遇到好多次将要关门的危机。每次快要倒闭的时候，他都会拿出这张照片，对着它不停地念叨"再撑一撑，还得再撑一撑"。

这张全家福就会给他勇气和不断坚持的力量，就这样一次又一次地战胜困难，坚持再坚持，竟神奇地坚持了下来。听父亲道出这件事我很欣慰，更加敬佩父亲的伟大。父亲是一个有责任心的男人，他用男人的坚强给我和母亲撑起了一片天空，给妻子、儿子遮风挡雨，自己独自经历苦难。这张全家福对父亲来说无比珍贵，如同自己的生命，是它给父亲带来了无穷无尽的力量。听着父亲酒后道出的这件事，我意识到全家福对父亲、对我们家来说是有多么深远的意义。

看着父亲头上长出的白发，心里添了几分酸楚，是父亲的支撑和呵护让我们家才有了今天的其乐融融，如今我结了婚有了女儿，我也做了父亲，三代人的全家福会更有意义。

我建议我们全家再照一次全家福，父母、妻子，还有我刚出生不久的女儿，我们5口人一起照全家福。

父亲听了高兴得不得了，连声说："这个主意太好了。"母亲也赞许地点点头。

这张彩色的全家福里父亲穿着很整齐，和我并肩站在后排，看上去虽然比我矮了一头，却直着腰挺着胸，看上去很年轻、很精神，我真的为他自豪。

从那以后，我们家每年都会去照一次全家福，而我也经常会把全家福的照片带在身上。偶尔遇到不顺，看到照片上家人洋溢着幸福的笑容，整个人仿佛更加勇敢而坚定，或许这就是全家福的神奇力量吧。

5.举办家庭聚会,给父母补充能量

我们经常会参加各种各样的聚会,朋友之间、同学之间、亲人之间……我喜欢聚会,因为可以开怀畅饮,口若悬河,不用刻意地掩饰,没有矫揉造作,不但能分享快乐,还能排忧解难。每次参加这样的聚会都让我兴奋不已,这种喜悦不是来源于场面的热闹,而是聚会后的轻松快乐。

我们家每月定期办一次家庭聚会,那是姐姐定的。姐姐是我们家唯一的一个女孩,对父母对家里用的心思比较多。我们家有3个孩子,姐姐老大,我排行最小。我和哥哥工作后就没有和父母住在一块,各忙各的工作,大家见面的机会也很少。

姐姐结婚以后每天给父母打电话问候,经常抽空看看父亲母亲,对父亲母亲更加体贴和关心。姐姐说,父母年事已高,孩子们都不在身边很孤单,而且心里非常挂念儿女们,我们都在一个城市,很方便,她建议我们5口人每月聚一次。一来可以看望父母,陪他们聊聊天,还能联络一下家庭成员之间的亲情,这样的定期家庭聚会我们已经持续两年了。

我们3个孩子轮流负责主持聚会,因为父母的家里已经没有专门给我们住的房间,聚会的时候我们就提前在外面订好饭店,然后给每个人打电话约好地点。

在我第一次负责聚会的时候,前一天我就找好了一家环境很优雅的饭店,早早地先给父母打了电话,电话刚拨通就传来妈妈温暖而熟悉的声音:"是小儿子吗?我和你爸爸都想你了,你身体好吗?工作顺利吗?"没等我开口,一大串问候传入耳边,我心里很惭愧,想想真的有好多天没有问候老爸老妈了,今天要不是为了这个聚会也许……

父亲母亲早早就到了,笑呵呵地看着我们,关爱地询问每个子女近日的

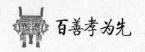

生活情况和工作情况，一家人围坐在一起有说有笑，非常温馨和幸福。母亲总是絮絮叨叨叮嘱我们注意身体，工作要努力，早上要吃饭，开车注意安全等。有很多说不完的话，真是意犹未尽。

一段时间里，我因为工作有些不顺利心里特别郁闷，不知不觉地就想和家人们聚聚，我迫不及待地拿起电话通知每个人，因为我们每月的家庭聚会没有规定是哪一天，到了想要聚会的时候就通知大家。

在聚会的时候，我把工作中遇到的问题和烦恼说给大家听。父亲拍着我的肩膀耐心地对我说："孩子，人的一生中会遇到很多挫折，关键是你面对挫折时的心态，只有学会在逆境中成长才能有进步，工作中只要你努力肯干，不怕吃苦，领导和同事都会看在眼里记在心上的。不要听那些负面的声音，要看阳光的一面，要学着接受，身边的人高兴你就会快乐。"

哥哥、姐姐也你一言我一语地把自己的经历讲给我听，从中我悟出一些道理，心里像开了窗一样光芒四射。我立即高举起酒杯一饮而尽，大声宣布从现在起一切的烦恼统统忘掉，努力工作，快乐生活。于是大家哈哈大笑起来。

接下来的两年里，我特别期待每个月大家聚会的日子，很放松，很踏实。家人们坐在一块谈天说地，无拘无束，心里的不快、工作的压力都能在家人面前发泄出来，父母每次都耐心地帮助我们、劝导我们，有了爸爸妈妈的支持心里就非常踏实。

家庭聚会让我们收获很多，在这里每个月累了、烦了都能得以小憩，然后加加油、打打气，精神饱满地投入工作。

家庭聚会也给父母带来了无限的快乐，在这里可以喋喋不休地把要叮嘱我们的话讲给我们听，在父母眼里不论你多大都是孩子，得时时刻刻牵挂着。他们不需要儿女们什么回报，只要平平安安就好，我们所能做的就是让父母了解我们的现状，耐心地竖起耳朵听他们一遍又一遍的叮嘱和说教，这就是他们最大的快乐。

6.世界这么大,带上爸妈去看看

按照很多人的想法,老年人一定喜欢安静,喜欢舒适,喜欢慢悠悠的生活。但事实上,现代的老年人时尚得很,不仅有着敏捷的思维,还有如火的热情,渴望有机会感受更多的精彩。举家同游,就是一次情感的大欢聚。

可是,父母毕竟上了年纪,如果与父母结伴踏上有些刺激的旅途,大多数家庭都会感到为难。怎么办?那父母的梦想,是不是就该破灭在儿女的牵挂中呢?

其实,如果子女不怕辛苦,也愿意牺牲一点自我时间,可单独为父母设计一条符合他们身体状态的路线,那也是皆大欢喜的选择。

带着父母出门,很累,因为你要随时关注他们的健康;带着父母出门,很美,因为你要为他们创造一片风景。

你们行走在路上,慢慢看,而你的孩子也早已将这一切看在眼里,变成他生命的一部分,也会在很多年以后,如同你一般,带着白发如雪的你慢慢游走。

五一,应朋友邀约,小林一家三口去青岛玩了几天。周末小林带着崂山桃回到父母家,眉飞色舞地讲着崂山的秀美,海边的夜景。外孙更是拿着跟猴子拍的照片在姥姥姥爷前面"炫耀"。

吃过晚饭,小林陪父亲一边喝茶,一边聊着。其实父亲年轻的时候,走的地方也很多,但是在黑白的照片中,唯一能证明的就是去过那里。用父亲的话讲:那不是旅游,是路过。如今退休在家,也曾有过与老伴出去走走的想法,但是因为小林母亲身体不好,几次提及都因为无法保障安全而撤销,最近几年,父母压根就不提旅游的事情。

电视上,报纸上都有着铺天盖地的旅游宣传,也有专门为老年人定制的旅游项目,小林在电话中跟父母提过几次,由她出资,他们出去玩几天,但是父亲还是担心"外人"照顾不好,怕有什么意外,都拒绝了。

小林也就没再有这样的打算,总想着等到自己有点时间的时候,带着他们出去玩几天。毕竟在小林记事起,父母就没离开这个城市。

最近几天,父亲告诉小林,母亲的身体不舒服,去医院看了几次都检查不出什么病来,按照父亲的话说:年纪大了,就这样。因为公司最近人员调动,全部心思落在了事业发展上,小林也就没把这件事情放在心上。等她这边工作算是踏实的时候,时间已经过去了三个多月。这期间父亲没再提过母亲的状况。

一天,午饭时间,几个同事坐在一起闲聊,话题最终落在了旅游上,其中一个同事提到目前正火爆的旅游胜地四川九寨沟,因为他去四川出差的时候,当地的客户为尽地主之谊,便请他去了一趟。也许是说者无心,听者有意,小林内心的确有一种此处非去不可的冲动。

为避开十一长假,小林提前打报告,提前将年假休了。不为别的,只为一次"旅游"。

出发前,她做好充分的准备,而将这一消息告之父母的时候,父亲半天没说出话,母亲更是兴奋地不知道旅游该带什么东西。父亲则在一旁神情自若地"指挥"着母亲,这个该带,那个不该带。小林跟丈夫只是站在一旁微笑地看着。看似一次非常普通的旅游,而在父母眼里却像节日一样。毕竟,自从有了孩子以后,他们已经不再懂得享受,全部心思都在儿女身上,可以说,儿女剥夺了父母很多的想法。

母亲心脏不好,不能坐飞机,小林一家人只能乘火车前往。到成都的时候已经是深夜了,安排好住宿,看父母准备睡下了,小林就关上门回到自己的房间。也许是换了地方睡不习惯,她跟丈夫站在宾馆的阳台上聊天。丈夫给她讲起他小时候的一段辛酸记忆。

小林的丈夫叫张波,他上小学的时候,家里并不富裕。张波的父亲是一个厂子的普通工人,而母亲却没有工作。日子算计着过还紧巴巴的。那年学校计划儿童节,带学生们免费参观北京植物园。之后,搞一个作文大赛,题目就是围绕着植物园游记或者描写一种植物。学生们都兴奋地期盼着六月一日的到来。张波是班长,而且爱好就是写作,他还是学校第二课堂作文组的组长。他比谁都期待这一天。

可就在前一天晚上,他为了给加班回来的父母热饭菜,不小心被打翻的油锅烫伤了脚。当天晚上,他被送进医院上药包扎。他要在家养伤,"六一"没有参加游园。他一天闷闷不乐。母亲晚上问他,是不是因为去不了植物园而郁闷。他说这不是重要的,最伤心的是他因此也无法参加他热衷的作文比赛。父母看到他沮丧的样子,想到儿子是因为他们而意外错过机会,父母商量要自费带儿子去植物园。可是,要知道,在当时;对于他的家庭,植物园的票很贵,是平日不可能有的奢侈消费。

第二天刚好是周日,父亲骑着自行车,带着张波,直奔植物园。为了节省,母亲没有一起去。到了植物园,父亲和看门的阿姨商量,说明孩子的来意,还让她看张波的脚,能不能推着自行车进。阿姨说:"说不好听点,你这要是轮椅,我们连门票都不收,自行车倒是没有先例,这样吧,我问问领导。"阿姨到办公室打电话去了。张波担心不能进去,白跑一趟。可父亲却坚定地说:"儿子,放心,今天我想什么法子,也得让你去。"一会那个阿姨走出来笑着对父亲说:"进去吧,领导还是很开明的。但是,你们一定要注意不要损坏里面的植物。领导说了,他会发通知下去,必要的时候,让管理员可以帮你抬抬车子什么的。"父亲和张波都十分高兴和感谢他们。

一个星期后,张波按时把参赛作文交给学校。也不知道是哪个同学反映上去,说张波作弊,因为他根本没有参观植物园。老师找他谈话,他对老师说:"您看看我写的内容,就知道我没有说谎。"张波写的就是他因伤父母自费带他去植物园,并受到那里的员工热情服务的感人情节。

几天后,作文大赛的表彰大会上,张波荣获一等奖。而那个月,他的父母过得格外紧张,后来才知道,父母两个人一天只吃一份午饭……

余下的几天,小林一家人始终陶醉在秀美的湖光山色之中。那时候感觉

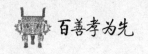

父母一下子年轻了许多,母亲的状态也格外地好,也许这种效果就是医学上所说的"环境疗法"吧。

我们的父母,为我们辛劳一生。当他们真正闲暇下来,我们又处于发展事业的关键阶段,别说亲自侍奉父母,就是陪在他们身边的时间都很少。我们不是不惦记父母,而是我们还没有学会去协调我们的现在与父母的现在,别以忙为借口,多抽出时间与父母在一起。花些心思去让他们的生活更精彩,做到这一点并不难。

父亲的葬礼结束的那天晚上,肖峰和母亲回家整理父亲的遗物。母亲给肖峰看了父亲的护照,他打开一看,看见父亲护照的有效期还有三年。顿时,心里一阵颤抖,肖峰忍不住责备自己。因为他让父母去办护照,却没有带他们出国旅行。

今年春节放假回家陪父亲,肖峰发现父亲真的已经年老了,于是拉着父亲的手说,让父亲关了生意好好安享晚年,并提议十月的时候带着爸妈去国外旅游。

老人欣喜万分,第二天就赶紧去办了护照。

肖峰的父亲是工程师,早年曾经留学莫斯科,因此肖峰想就带父母去俄罗斯看看红场,看看克林姆林宫,回忆他们那段意气风发的岁月。正当他准备着手安排行程的时候,父亲却在这个时候突然病倒了。刚住院时检查的结果是肺气肿,不久却被确诊是肺癌。

这个病让肖峰简直难以置信,之前如此健朗的父亲竟然得了肺癌。之后,他带着父亲到多家医院做了详细的检查,最终还是被确诊为肺癌。

肖峰一时感到六神无主,不知道该怎么办。自己的事业才刚刚起步,刚想让父母安享晚年时,父亲却病倒了。

父亲住院期间,肖峰经常往返医院、家和公司之间,不停地对父亲说一定要尽早康复起来,还要实施一家人的旅游大计呢。肖峰希望在病魔前,儿子能给父亲带来力量。然而,事实并不能如愿,病魔无情,虽然怀着对出国旅游的满心期待,但父亲的身体依然是每况愈下。3个月后,父亲就去世了。

此刻,肖峰翻看父亲的护照,泪眼模糊。如此简单的愿望却没有达成,为什么一定要在父亲年老体衰时才会想带他们出国去看看。这个遗憾让他久久不能释怀,只期望父亲在天国能够听到儿子的一声叹息。

有多久,没和父母聊聊天了?有多久,没有和父母出去了,哪怕是逛个街去个超市?小时候,父母总是牵着我们的手带着我们游山玩水。妈妈爸爸已经慢慢老去,是时候让我们牵着他们的手,带他们去看看外面的世界了。

7.世间有一种爱叫隔代亲

世间有一种爱叫隔代亲,老人总会对儿女的孩子有一种特殊的感情,有时候甚至会胜过对待自己的孩子。可作为儿女,却并不希望自己的孩子受老人思想熏陶过深,认为思想保守老旧并不适合在现在这种社会生存打拼,加上担心孩子会被老人宠坏,所以大多数年轻父母都宁愿自己带着孩子,也不愿意把孩子交到想念孙子孙女的父母手中。

梁英是个不幸的孩子,她8岁那年就没了妈,可她又是一个幸运的孩子,因为爸爸几乎把所有的爱都给了她,连同母爱,使她没有像大多数没妈的孩子那样邋遢脏乱。梁爸爸那时候在县城工作,单位安排了职工宿舍,不过想到女儿,还是宁愿每天骑上4个小时的自行车上下班。梁英小时候就特别喜欢吃棉花糖,她喜欢大大的它在自己的口中一点点变小,吃完之后有着说不出来的成就感。所以到了爸爸下班的时候,梁英总会守在村子口等着父亲,因为父亲总会带回来一朵大大的棉花糖。

梁英长大成人有了自己的三口之家之后便搬出了和父亲一同生活了二十多年的老屋。虽然她也知道爸爸对自己的儿子特别喜爱,但是也义无反顾地走了,独留老人一个人守着老屋子。

梁爸爸见不到外孙子之后,挨不住想念,便每天都往梁英家跑,而且每次都会带上两大朵棉花糖,一个给外孙子,一个给女儿。对于爸爸的勤快,梁英却渐渐产生了厌烦心理,觉得他来得太频繁了,一待就是几个小时,抱着孩子就不放手,影响了孩子的正常休息,而且还对孩子有求必应地宠着,担心总有一天会惯坏了他。渐渐梁英对爸爸的来访显得漫不经心,一开始还能敷衍着和爸爸说几句,后来便是避而不答了,有时候甚至在爸爸和儿子玩得正开心的时候把儿子领走。

老人也看出了女儿不是特别欢迎自己,更不喜欢自己碰外孙子,伤心之余努力克制着自己对外孙子的思念不去打扰她们。梁爸爸整天一个人守在老房子里,有时太闷了,会在附近溜达溜达,不敢远走,怕女儿回家找不到自己。老人总是嫌屋子太大,静静地,连自己的呼吸声都听得见。待着待着还能出现幻觉,总觉得走了将近20年的老伴还活着,在屋子里默默地打扫着卫生。老人心里知道这不是好现象,于是会去邻居家坐坐,可看到人家儿孙满堂热热闹闹的就更觉得自己凄楚,坐不到5分钟又礼貌地退了出来,但也不进自己屋,就坐在大门口望着前面的拐角处,希望能看到女儿带着外孙子归来的身影。

在爸爸忍受寂寞的时候,梁英的日子过得很滋润。儿子被她送进了幼儿园,自己在家的时候也闲不着,约几个姐妹玩玩扑克牌来打发时间,日子过得逍遥自在,几乎忘了爸爸的存在。

直到有一天,丈夫无意中说道:"爸怎么好几天没来了,你带着儿子去看看吧!"梁英才选了个天好的日子回了趟娘家,这时候才知道父亲病了,病得很重。家里很暗、很冷,爸爸就躺在冰凉的炕上闭着眼睛气息不稳地吐着热气。梁英赶忙把爸爸送到了医院，经过检查是由于感冒引起的肺部感染，除此之外还有精神抑郁、营养不良的症状。等爸爸醒来之后，梁英生气地埋怨爸爸生病了为什么不告诉自己，而爸爸也只是看着女儿笑笑，接着抱着自己脖子撒娇的外孙子，嘴上说着没什么大事，就是想外孙子了。

病情好转之后，日子还是这么过着。梁英看到消瘦的爸爸，隔上四五天会带着儿子去给他送一些吃的，不过每次都是以孩子还要读书为理由送了就走，而爸爸对于女儿每次送来的东西都会很快吃完，盼望着女儿能带着外孙子快些来，并希望他们能多待一会儿，让邻居看看他也是有外孙子的人。

自那场大病之后，梁爸爸一直没有彻底好起来，反而病情越来越重了，不幸的事情终于发生了。在爸爸又一次病倒时，梁英是真的害怕了，她没想到人会是这样的脆弱，年纪也不是很大的爸爸就这样倒下了，在爸爸陷入弥留之前，并没有把唯一的女儿叫到身边，而是有话要留给外孙子。梁英站在病房门外，看着祖孙两个耳语。孩子对外公很有感情，抽着气嘤嘤地哭着，还不时地点着头。

安排完爸爸的后事之后，梁英问儿子外公最后说的到底是什么。儿子告诉她，外公给自己买了几个玩具放在家中的柜子中，又叮嘱他，长大以后就算参加工作了也不要走得太远，独留父母在家中，他们年纪大的时候，会越发感到孤单，不要让妈妈和外公一样孤单一人活受罪。梁英抱着孩子静静地哭了起来，追悔莫及。

谈到孝敬父母，常常有年轻人显得甚是为难，给父母找了保姆伺候着，每月汇钱孝敬着，难道这样还不叫孝顺么？隔三差五就会通电话，怎么还是不满足呢？想孙子孙女，难道孩子的教育就比不上给老人家解闷重要么？孝子怎么就这么难当。如果能换一个角度想的话，就能理解父母的感受了。想想自己的爷爷奶奶、姥姥姥爷是怎样疼爱自己的，每次看望他们的时候都是翻箱倒柜给自己找好吃的，又有哪次离别的时候不是恋恋不舍、眼泪汪汪的，没等到走出家门口，就追问着下次来是什么时候。

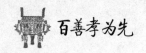

人老易孤独，也许自己没有时间，那么就让孩子们陪陪他们吧，小孩的童真童趣是中和老人们陈朽气息的最佳良药。父母快乐的时候，才会发现他们脸上的笑容是世间最可贵的东西，但又是最不难得来的东西。所以不要让老人们孤单地离去，空留自己的一片悔恨。

8.节假日不要让爸妈留下苍老的期盼

有人说，人类的最高欲求是时时刻刻创造新生活。因此，人生最有趣的事情就是辞旧迎新，希望自己的未来比过去更好，希望生活的一切越来越好。人们看重新年，是因为新年意味着新的起点，一切都是进步的开始。父母看重新年，因为漂泊在外的子女会回来，这就是父母的期待。

那首《常回家看看》的MTV，唱出了多少父母的心声；那则《常回家看看》的公益广告，再现了多少儿女看不到的父母的孤单。如果，你与父母同住一城，每周末最少要用一天，来与父母团聚。如果，你远离父母，在节假日的时候，一定要回家看看。

每当秦月看到那则公益广告，她就充满了对父母的愧疚。因为，她过着"北漂一族"的生活，远离家乡，远离父母。她不知道，那些与父母同住一城的儿女，是否都能做到经常回家看望他们的父母，如果是她，在那样便利的条件下，她一定会经常回去，哪怕只是吃顿饭。

今年的天气，所有人都以为是个暖冬。虽然暖冬，未必是什么好事，可想着，回东北过春节，对秦月和丈夫这样在外面漂泊多年，已经不太适应老家寒冷天气的人来说，希望如此。可北京连续几天气温的骤降，刮起的五六级北风，让他们觉得快和东北差不多冷了。通过电视新闻，他们知道老家已经下了厚厚的大雪，气温已经冷到零下三十多度。听着，就觉得害怕。丈夫和她商量着：要不今年春节不回去了，不如"五一"再回去。

一夜，他们挤在一个被窝里看电视，是一则纪实节目。讲述一对父母到监狱看望儿子的故事：儿子因为感情问题，一时冲动，犯了法，在郊区的监狱服刑。父母希望儿子好好接受改造，早日出来。只要是探监的日子，不管风雨，都会早上六点就起床，准备给孩子带去的物品，总是提前就到监狱的门口，等着见面的一刻。几年如一日。探监，在无形中，已经成为他们生活的一部分。狱警们，没有一个不认识二老的，总是亲切地招呼："你们又来了！"

父母对孩子心理和生活上，只要是能关心到的，都做到无微不至。儿子在监狱的表现非常好，传来减刑的好消息。父母和孩子都很高兴，他们分离的时间缩短了。但是不久，又传来一个坏消息，儿子要转狱了，地点比现在的地方远了两倍，而且交通十分不便。时间缩短了，距离却拉长了。给父母看儿子带来很大的阻碍。儿子给父母的信中说道："爸妈，现在地方远了，路不好走，你们不用老来看我。天气冷了，你们多保重身体……"又一次探监的日子，下着入冬以来的第一场大雪。儿子以为，这次父母不会来了。可是出乎意外，父母依然准时出现在他的面前。可以知道，在同样的时间，到达现在的监狱，父母至少要早起三个小时，中间还要倒两趟车，再步行两公里。儿子看着父母依然慈爱的笑容，感动得流下热泪……

片子在结尾时，有几行字：不久，儿子又一次减刑，家人团聚的时候不远了。

"可怜天下父母心啊！"秦月感叹着，丈夫对她说："今年，还是回家过春节吧。"她默默地点点头。

秦月因为工作忙，平时就不常回家，父母也不曾来他们这里住过。去年国庆，秦月打电话叫父母到他们这里，好陪二老玩几天。可父母就是不来，无奈秦月只好回家探望父母。她嗔怪父母说："想我们就到我们那里住上一段时间嘛！我们工作在那边，没办法经常回来。"母亲叹了一口气说："我不是不想去，去了怕给你们添麻烦。从小你姥姥就说：只要还能走出大门，就不要去麻烦别人。我要是身体好，腿脚灵便，肯定去你们那里住。还能给你们做做

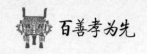

饭、洗洗衣服，家务活不让你们操心。唉！可现在妈的身体不行了，你们每天那么忙，我去了就是个累赘。"秦月看着母亲，心里不是滋味。

母亲年轻的时候，父亲经常出差，家务都是母亲一个人做。她怕影响孩子们学习，几乎没让秦月做过家务，秦月上大学前连自己的衣服都没洗过几回。如今母亲有关节炎，一变天就会疼，糖尿病也让她行动起来浑身不舒服。可一听说秦月他们要回家，她就会去远处的大市场，买很多秦月爱吃的东西，做一大桌的饭菜。

而现在，自己却因为害怕天气的寒冷，推迟了回家探亲的时间，想到这些秦月惭愧不已："只要还能走出大门，就不要去麻烦别人。"可我们却麻烦了父母一辈子！

然而生活中，多少人甘愿为了一份或许不能长久的爱情赴汤蹈火，也不愿意将那些明媚的阳光播洒在坚若磐石的亲情上，腾出那么一丁点的时间回家探望父母。在日夜忙碌的生活中，人们熬出了事业的风采，熬出了爱情的甜蜜，熬出了各种慢性疾病，还熬出了情感上的麻木不仁。

活得太久，放弃的东西也越多，对父母的辜负也越来越多。一句"你忙你的，不用担心我们"就让子女们心安理得地享受空洞而浮躁的物质生活，遮盖了父母的殷切期盼。

其实，无论世界在发生什么样的变化，父母就在那里，他们永远在我们看得到的地方等待，或许在我们看不见的电话那头守候。一年到头，新年之始，他们无时无刻不在关注你的一切信息，哪怕几秒钟的通话也让他们安心欣慰。

刘莹大学毕业的时候，老师对他们说："从20岁到30岁这十年是过得非常快的，所以你们要用好每一分钟。"这句话当时在刘莹心中并没有引起多大的重视，但是毕业后经历的一切，让她明白老师当时提醒的那句话意义多么重大。

毕业后，刘莹选择留在北京工作，距离老家东北并不算远，但是工作的繁忙和生活上的琐事让她总是无法顾及家中父母。旧的一年过去，新的一年来临，她还没做好这一年的计划和打算，春节就已将至。每到此时，刘莹都会在回老家和不回老家之间犹豫。

　　想起去年回老家时，父母看自己的眼神，还有父母在日历上标记出来的特殊符号，刘莹一阵心酸。那个崭新的日历上，父母小心翼翼地标出了刘莹的生日，与女儿通电话的时间，各种节假日，还有刘莹回家的日子。母亲有些期盼又略带迟疑地问女儿："云云，明年春节能不能早点回来啊？"那一刻，刘莹心里泛起了满心的愧疚，只好轻轻地点点头。

　　在父母的眼中，女儿一直是优秀的，虽然还没有达到所谓的事业有成，但是从上小学到大学毕业，刘莹在学习上一直名列前茅，并且有主见，从来不让家里人担心。如今，女儿毕业刚几年，就在北京扎稳了脚跟，在邻居和亲朋好友看来，他们的女儿是好榜样。父母表面上说女儿的事情要紧，女儿忙的事情比较重要，但心里却十分想念女儿，希望女儿能够回家里看看。

　　想到这些，刘莹便马不停蹄地赶回老家。父母的脸上写满了惊喜，眼中却流露出藏不住的忧伤。一年没有见到父母了，他们衰老的痕迹印在了脸上，白发和皱纹无不在提醒刘莹，看着他们日渐老去，刘莹知道自己应该抓紧时间多陪陪父母了。

　　除夕夜里，与父母一起守岁，一起聊聊家长里短。父母也乐意与女儿谈谈生活上的琐屑，也听听女儿工作上的事情。刘莹对父母说："等我事业有了起色，挣了钱，在北京买了房子，就把你们接过去一起住吧。"父母却坚定地拒绝了，父亲说："北京不适合我们，你过得好，过年过节回来看看，我们就很满足了。"

　　刘莹惊奇地发现，其实父母想要的就是女儿与他们相处的这么几天。小的时候，过年时会兴奋地捧着父母给的红包，在新年的钟声敲响之后，穿着过年的新衣，看着漫天绽放的烟火，恋恋不舍地躲进被窝。等到第二天睁开眼，盘算着怀里的红包，身边还有挚爱的父母，一切都是幸福美满的样子。伴随着时间的流逝，这些儿时的美好时光已经成为记忆，在角色的转换下，父母成了最期待过新年的人。刘莹摸摸口袋里为父母预备的红包，有些不好意思地拿出来递给父母，对父母郑重地说："爸、妈，新年快乐！"父母接过红包后，交换了一下眼神，父亲慢吞吞地掏出自己为女儿准备的红包，有些不好意思地说："女儿啊，我和你妈也给你留着呢。"新年的钟声响起时，刘莹的眼里噙满了泪水。

新年，父母曾经为子女带去了无限的欢乐，即使时光流逝，他们也从来不会缺席，他们总会陪在子女身边。我们怀念过去的同时，也应该看重未来。我们的父母已经不再年轻，在未来的时光中，把他们当成小孩宠一宠，陪他们一起包饺子，一起看春晚，一起聆听新年的钟声。在初一的早上，对父母说一声"过年好"，一起上街逛一逛，感受新年的气氛。

无论有多么重要的事情，都要坚持原则，把春节的时间留给父母。因为这是父母一年中唯一重要的日子，不要让父母的期盼变成苍白无力的电话筒。

第八章

善待生命

——珍惜健康是孝心的体现

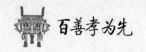

1.好好爱自己的身体,勿让父母牵挂

《诗经》云:身体发肤,受之父母,不敢毁伤,孝之始也。

孔子在跟曾子论孝的时候,告诉他"身体发肤,受之父母,不敢毁伤,孝之始也"。曾子一直牢记着这一点,很注意保护自己的身体。在他重病弥留之际,他叫自己的弟子小心地掀开被子,看看自己的身体可有什么毁伤,然后他引用《诗经》中的话,对弟子说为了保护自己的身体,不让父母忧虑,自己可真是特别小心谨慎啊。

"可怜天下父母心",年少的你可能并没有深刻的体会;"儿行千里母担忧",无畏的你也许不以为然。母亲十月怀胎让我们来到这个世界上,是她给了我们生存的权利,我们是否更应珍惜自己的生命呢?

陈新宇以前从来都认为父母最大的愿望就是他能学有所成、功成名就,不过经历了一件事之后他推翻了这一认识,原来还有一样东西在父母心中是凌驾于一切事物之上的,那就是他的健康。

陈新宇带着全家人的无限期望迈进了重点高中的那扇大门。不过,三个月后他却又原路返回了,他从来没有想到,高中紧张的学习生活是那么的残酷,每次测试都像是一场战争。他是一个学习的好手、却不是一个好战士,厮杀中总是免不了节节后退,和"战友"总是不能打成一片,以至于被同学们排斥在外。封闭寄宿学校封堵他回家向父亲倾诉发泄的道路,"战斗"才刚刚开始陈新宇就得了令人闻之生畏的病——抑郁症。

陈新宇的父母不曾想到,将来前途会是一片光明的健康的儿子会在短短的3个月时间患上抑郁症,这对已到中年的夫妇永远都忘不了阴霾的午后,在接到老师打来的电话后急忙赶到学校后看到的情景:灰头垢面、头发油腻凌乱的儿子瑟缩地蹲在宿舍厕所的一角,见到自己爸爸妈妈时,空洞的双眼涂上了委屈的颜色，伸出双手向他们张着，大张的口却哭也哭不出来。

跟父母回家之后的陈新宇，也依然精神异常萎靡、身体极度衰弱，常常看着某一处一动不动就是一整天。面对着呆呆的陈新宇，朱妈妈时常失控地痛哭出声，抱着儿子哭诉："儿子，快好起来吧，妈妈爸爸总有离你而去的一天，在的时候能够照顾你，一旦去了，你这个样子，可怎么办啊！"

陈新宇的父母不敢放他一个人在家，妈妈干脆辞去了工作，朱爸爸也放弃了晋升的大好机会，申请休假半年陪着陈新宇看病。

父母详细了解了陈新宇在学校的情况之后，毅然决然帮儿子做了一个决定——退学。好不容易考上的重点高中，就这样被朱爸爸朱妈妈毫不犹豫地舍弃了。在详细的咨询之后，陈新宇的爸妈给他找到了一家有名的治疗抑郁症的医院，治疗还算顺利，只不过陈新宇对医生开的药有很大的排斥感。每当吃药时，他都异常排斥。父母为了他不受刺激，只能苦思冥想地找办法，或者把药放进牛奶里或者等到陈新宇睡着了把药用水溶解，用吸管倒进儿子的口中。

谨遵医嘱要给陈新宇营造一个温馨的氛围，夫妻俩会到处搜集笑话，装作不经意地在儿子的面前讲给他听，还会强颜欢笑地故作好笑乐上一乐，有时候陈新宇会给点儿被逗乐的反应，这时候老两口会发自内心地笑出来；有时候陈新宇一点儿反应都没有，那强颜的笑会变得更加苦涩。

经过一段时间的药物治疗之后，病情有了起色，医生建议最好能带着陈新宇出去旅游，看看山河开阔一下视野和心胸，这样有利于治愈。夫妻俩一听，二话不说赶紧收拾行囊，带着儿子外出旅游去了，哪景儿好去哪儿，什么好吃吃什么。全国各地的名胜景点都玩了个遍，果然对陈新宇的病情很有帮助，这些都是他从来没有接触到的新鲜事物，看着蓝天、青山、绿水、红花，人也仿佛重生了一般，心灵接受了一次洗礼与净化。

几个月以后陈家花掉了大半积蓄，不过换来的结果是让人欣慰的，陈新宇经医生确诊已经从抑郁症中走出来了，而且性格变得活泼开朗多了。此时的父母，终于展开了愁眉，长长地舒了一口气。

后来，陈新宇问父母，怎么能这么痛快地就给他办理了退学，不觉得可惜么？父母的话让陈新宇永生难忘，他们说："有什么是比儿子健康更重要的呢？！"

人的生命只有一次，是父母给予我们的，无论我们是否能与父母一直走下去，父母的愿望就是让自己的孩子健康的成长，我们也需要更加爱惜自己的身体，不让父母担惊受怕。

有个老人一生十分坎坷，年轻时由于战乱几乎失去了所有的亲人，一条腿也在一次空袭中被炸断；中年时，妻子因病去世；不久，和他相依为命的儿子又在车祸中丧生。可在别人的印象之中，老人一直爽朗而随和。有一次，某个人按捺不住好奇，冒昧地问："您经受了那么多苦难和不幸，可为什么看不出一点伤感？"

老人默默地看了此人很久，然后，将一片树叶举到那个人的眼前。

"你瞧，它像什么？"

那是一片黄中透绿的叶子。那个人想，这也许是白杨树叶，可是，它到底像什么呢？

"你能说它不像一颗心吗？或者说就是一颗心？"

那个人仔细一看，真的十分像心脏的形状，心中不禁轻轻一颤。

"再看看它上面都有些什么？"

老人将树叶更近地向那个人凑去。那个人清楚地看到，那上面有许多大小不等的孔洞。老人收回树叶，放到了掌中，用厚重的声音缓缓地说："它曾遭受过狂风的摧残，它也在春风中绽出，它被雨无情地拍打过，但它也在阳光中长大。从冰雪消融到寒冷的深秋，它走过了自己的一生。这期间，它经受了虫咬石击，以致千疮百孔，可是它并没有凋零。因为它要为自己的母亲而活，那就是树。无论世间对它再怎么摧残，它都爱惜自己的生命，因为树给了它生命。我虽然失去了很多，但是我一定要好好地活下去，珍惜父母赐予我的生命。"

对于父母来说，没有什么会比儿女的健康更重要，金钱、权力、甚至是父母自己的健康在儿女的健康面前都是微不足道的。工作在外的儿女们啊，当给父母打电话的时候是否注意到：他们关心的不是有没有升职、涨工资，而是有没有好好吃饭、有没有仔细地照顾自己。有钱有势的时候是他们的好儿女，贫困潦倒的时候依然是他们捧在手上的宝贝。名利不是他们目光的焦点，只有在孩子不珍惜自己身体的时候，总是和蔼可亲的爸爸妈妈才会发脾气、训斥、警告。可能这些年过半百的父母们还会恨自己，恨自己不能每天跟在孩子身边，恨自己终有一天会离自己的宝贝而去，不能看护一辈子。这就是天下父母心，所以，照顾好自己的身体，别让他们担心。

2.生命是父母赐予我们最好的财富

明代的朱柏庐在《劝孝歌》中写道：十月胎恩重，三生报答轻。这句话的是意思是，母亲怀儿十个月的恩情，就算用三生三世来报答，也偿还不完。

据说古代宋国有个人特别孝顺，在父母生前，他每日都尽心尽力地奉养父母；父母仙逝之后，他因为过于哀伤，导致形销骨立。大家看到他憔悴的模样，纷纷称赞他的孝心。这件事传到宋国国君的耳朵里，国君被这个人的孝行感动，于是赏赐了他很多财物银两。

这件事情被传开之后，许多人也想得到国君的赏赐，于是纷纷仿效那位孝子的样子，故意毁伤自己的身体，有很多人竟然因此而死。

这些效仿者的行为实在是大错特错：一则皇帝犒赏孝子，是因为他拥有真诚的孝心，如果众人想要模仿，也应该模仿孝子的孝心才是；二则"身体发肤受之父母"，为了财物而毁伤自己的身体，违背了孝的本意，与孝子的行为南辕北辙。自然，他们这样的做法得不偿失。

人的生命只有一次，是父母给予我们活着的机会，面对"生"和"死"的选择，只要良心不亏，便要活下去。活着便是一种幸福，一种资本，一种最大的享受。因为只有活人，才有资格谈论将来，谈论梦想，谈论虽然短暂但可以变得充实的人生，才更有机会孝顺父母。

每一天，都有人在毁灭自己年轻、宝贵的生命。在自以为得到解脱的时候，他们非常自私地把痛苦留给了年迈的父亲、母亲。他们在学校里学到了知识，却忘却了自己，忘却了父母，忘却了亲人，忘却了感恩。

他们永远不会再体会到做父母的辛苦了，也永远想不到母亲伤痛欲绝的样子，他们只是为自己活着，方式已经并不重要了。不会对亲人感恩的人，幸福将远远地离他而去。

不知为什么，小洛近日情绪低落，学习成绩让她很不顺心，她消极的情绪又直接地影响了她努力的积极性，以至于她甚至丧失了生活的愿望。每一次她拿到成绩单，心情都不好。成绩上不去，给父母丢脸，她只想赶快离开这个让她痛苦的世界。

有一天，小洛在路上碰到好朋友。好朋友见她神情格外沮丧，多次询问缘故，才知道她因学习不好而感到伤心。

"唉！活着真的一点意思都没有，我学习不好，给父母丢脸，我很自卑，我怎么努力也取不了好成绩，我真不想活了……"小洛幽怨地叹息着。

朋友感到一种莫名的不安，于是问她："如果你真的选择自杀，我不拦你。不过，我有一个小小请求，请你答应我先等一个月再自杀。"

小洛感到很奇怪："为什么要等这么久……哦，我明白了——你这是'缓兵之计'，是想让我降下火气，等到心平气和时就会打消自杀的念头。可是，我确实已经过够了,你就不要再劝我了!"

"不,你说错了,我不是这个意思。这一个月时间不是留给你的,而是留给我的。我需要用一个月时间给你准备后事!既然你想死,就要为你的父母做些事情,因为是他们把你带到这个世界上的,我想,从现在开始,我就要四处打听帮你找买家了。"朋友很认真地说。

小洛更加疑惑了:"买家?什么买家?"朋友说:"一定有买家的。你的视力一向很好,可以把眼角膜移植给失明的人;你的皮肤十分细腻,可以卖给那些需要植皮的人;你的身体非常健康,内脏器官都可以卖给那些需要它们的人。既然你一定要寻死,你身上的东西就不要浪费,这些都是父母给你的,但是现在对于你来说似乎没有什么用处了,你无法报答你的父母,那就把你的身体还给他们吧!你把你身上的这些东西卖给别人,就当是给父母造福吧,这样你也可以去得无牵无挂了。"

小洛对朋友的这番话闻所未闻,竟然呆住了。良久,她才恍然大悟,继而痛哭流涕:"是啊!我有这么宝贵的身体,为什么不好好珍惜呢?我的身体是父母给的,我却要结束自己的生命,我真是不孝啊!谢谢你让我明白这一切。以后,我要努力地学习,不管怎样,我都会好好地活着来回报父母!"

生命一旦失去了,就再也回不来了;生命没有了,就再也看不到我们的父母了。所以说活着是最好的,对于父母来讲也是最幸福的。

有位青年,厌倦了日复一日、平淡无奇的生活,感到生命尽是无聊和痛苦。为寻求刺激,青年参加了挑战极限的活动。主办者把他关在山洞里,无光无火亦无粮,每天只供应五千克的水,时间为一百二十小时,整整五个昼夜。

第一天,青年还心怀好奇,颇觉刺激。

第二天,饥饿、孤独、恐惧一齐袭来,四周漆黑一片,听不到任何声响。于是他向往起平日里的无忧无虑来。他想起了乡下的老母亲千里迢迢风尘仆仆地赶来,只为送一坛韭菜花酱以及小孙子的一双虎头鞋。他想起了父亲在

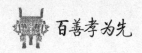
地里干活的情景,他想起了父母供自己上学、读书、娶妻而劳动的双手……

渐渐的,他后悔起平日里对生活的态度来:懒懒散散,敷衍了事,冷漠虚伪,无所作为。第三天,他饿得几乎挺不住了。可是一想到人世间的种种美好,便坚持了下来。

第四天、第五天,他仍然在饥饿、孤独、极大的恐惧中反思过去,向往未来。

他痛恨自己竟然忘记了母亲的生日;忘记了父亲还有胃病;忘记了父母那间小破屋子……他这才觉出生活原来那么的美好。可是,连他自己也不知道,他能不能挺过最后一关。

就在他涕泪齐下、百感交集之时,洞门开了。阳光照射进来,白云就在眼前,淡淡的花香,悦耳的鸟鸣——他又迎来了一个美好的人间。

青年摇摇晃晃地走出山洞,脸上浮现出了一丝难得的笑容。五天来,他一直用心在说一句话,那就是:活着,就是幸福。

是的,活着就是莫大的幸福,为了父母我们也要好好地活下去,其实我们根本没有资格谈论死亡,但凡一个孝顺的人都不会拿自己的安危来开玩笑。父母在时,我们是他们梦想的延续;当他们百年之后,我们是他们生命的延续。我们要积极地对待生活中的每一天,这样才不枉此生,不枉父母的养育之恩。

3.出门在外,记得给父母报个平安

那年他18岁,在一家饭店里打工。

放假那天,火车接到有暴雪的预报,早已停开,而回家的最后一班汽车也提前开走。无奈之下,他抱着在半路截车的侥幸心理,决定徒步走回家去。

从火车站到家，大约有一个半小时的车程。走之前，看见有人在电话亭旁排队给家人打电话，他也想打一个回去，可一想打了也无济于事，便又转身上了路。走了半个小时后，雪变得铺天盖地。起初他还想，要不要原路返回，可后来，风雪麻木了他的思维，他只知道机械地挪动双脚朝家的方向一直走下去。

而此时，他的父母已从老乡那里得知他回来的消息。父亲立刻打电话给饭店，问他有没有返回去。打听来的消息，是他正在回来的路上。

父亲找到认识的所有有车的人，求他们为了自己的儿子，出行一次。大家都知道希望渺茫，但还是有几个车主，在父亲的眼泪里，答应在暴雪里出行。

他的母亲，则每隔十几分钟便会打电话给饭店，问儿子是否返回。尽管店主答应如果他回来，第一时间便通知他们。但做母亲的还是很不安。而此时的父亲，正在寻找他的路上。

汽车开出去半个小时后，司机说不能再开了。他的父亲一次次哭着恳求唯一肯留下来的司机，再多走一段好不好，或许他的儿子正在不远处等着救助。但最终，这最后的一辆，也被横拦在路上的一棵大树前。

那一夜，他的父母，烧着香跪在佛前求了许久。快天亮时，父亲再也忍不住，拿起伞冲出去继续找他。

第二天临近上午10点，他打了迟来的电话，说自己走错了路，被困在一个小镇上，但住宿的那家又恰恰没有电话。而母亲只哽咽着说了一句话："那你怎么不在动身回来时，就给家里挂个平安的电话？"

最终，母亲找人将父亲找了回来。这个头发花白的男人，已经在没过膝盖的雪地里走了几个小时。在听到儿子平安的消息后，他一下昏了过去。

父母的牵挂和关爱像看不见的空气，每时每刻淹没着我们年轻的脚步。不要跺脚，因为你在不经意间就踏伤了那颗爱着你的心。

秋风起了，秋意浓了，打个电话给家里，就说一句："妈，这里的秋天不太凉，我很好"，或者，"爸，今天我去同学家。"就足以安慰两双盛满思念和担忧

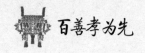

的眼睛。

打个电话，一个再简单不过的动作，却是我们的父母一生的等待的内容。

十多年前，李燕在一所民族学院读书。班上大部分同学来自偏远贫困的山区。也许是家乡偏僻且贫穷的缘故，他们几乎都很少与家人通电话，信件往来倒是很常见。

作为班长，她的一项工作就是每天午休前站在讲台上发信。念到哪个同学的名字，哪个同学就上来取回自己的信。她留意过，"多吉"这个名字从她口中吐出的次数最多，每周必有。多吉是布依族，来自贵州黔南自治州。那些信正是从黔南寄来的，估计就是家书了。

那一日，李燕又在讲台上分发信件，多吉听到名字后喜滋滋地上讲台来取信。大概是信封边沿破损了，李燕的手刚抬起，里面的"信"飘了出来——竟是一片树叶，只见那片叶子在空中翻转几个来回，缓缓地落到了地面上。

大家惊异地看着多吉，他的脸腾地一下便红了。

"……我爹不在了，只有娘，但她是个瞎子，我家就我一个儿子，娘很想我，我也想娘，我用勤工俭学的钱，给她准备了上百个写好了地址的空白信封。我对娘说，如果她平安，就寄一片桉树叶给我。我收到信后，又将桉树叶寄回去，但不是一片，而是两片。干枯的桉树叶在水中浸泡湿润后，两片合在一起，娘就能吹出很清脆的声音。我娘说，那样的话，她就知道我平安了。她还说，桉树叶发出的声音像我呼喊她的声音……"

家是温暖的港湾，出门在外的游子，多给家人打电话吧，因为你的平安和幸福，是亲人永远的牵挂。

4.德行不要有亏,别让父母蒙羞

有一个人很孝顺,但是他没有钱,没有钱给母亲治病。于是,他决定抢银行,在抢劫时被警察包围,无路可退。情急之下,劫犯从人群中拉过一个人当人质。他用枪顶着人质的头部,威胁警察不要走近,并且喝令人质听从他的命令。警察四散包围,劫犯挟持人质向外突围。

突然,人质大声呻吟起来。劫犯忙喝令人质住口,但人质的呻吟声越来越大,最后竟然成了痛苦的喊叫。劫犯慌乱之中才注意到人质原来是一个孕妇,她痛苦的声音和表情证明她在极度惊吓之下马上要生产了。鲜血已经染红了孕妇的衣服,情况十分危急。

犹豫片刻后,他将枪扔在地上,随即举起了双手,警察一拥而上将其制伏,围观者中响起了掌声。此时,孕妇已不能自持,众人要送她去医院。已戴上手铐的劫犯忽然说:"请等一等好吗?我是医生!"警察迟疑了一下,劫犯继续说:"孕妇已无法坚持到医院,随时会有生命危险,请相信我!"警察终于打开了劫犯的手铐。

一声洪亮的啼哭声惊动了所有的人,人们情绪激动,相互拥抱。劫犯双手沾满鲜血——是一个崭新生命的鲜血,而不是罪恶的鲜血。他的脸上挂着满足和微笑。人们向他致意,忘了他是一个劫犯。

警察将手铐戴在他手上,他说:"谢谢你们让我尽了一个医生的职责。这个小生命让我想起了我的父母,我也是在父母的期待中来到这个世界的。但是,我辜负了他们对我的期望。我现在多么希望自己不是劫犯,而是一名救死扶伤的医生。"

没有钱,可以用双手去创造,如果没钱就去抢劫,那才是真正的不孝顺。如果真的想好好孝顺父母,就通过自己的双手给父母一个幸福的晚年。

王明因为一时失足而成了一个犯人,在监狱待了一年,从没有人来看过他。眼看别的犯人隔三岔五就有人来探监,送来各种好吃的,王明眼馋,就给父母写信,让他们来,也不为好吃的,就是想看看他们。

无数封信发出去之后一点回音也没有,王明突然感觉,父母抛弃了他。在伤心和绝望之余,他又写了一封信,说如果父母再不来,他们将永远失去他这个儿子。

有一天,王明正在劳动,有人喊道:"王明,有人来看你!"会是谁呢?进探监室一看,王明呆了,是妈妈!一年不见,妈妈变得都认不出来了。才五十岁的人,头发全白了,腰弯得像虾米,人瘦得不成形,衣裳破破烂烂,一双脚竟然光着,满是污垢和血迹,身旁还放着两只破麻布口袋。

母子俩对视着,可还没等王明开口,妈妈浑浊的眼泪就流出来了,她边抹眼泪边说:"明,信我收到了,别怪爸妈狠心,实在是抽不开身啊,你爸……又病了,我要服侍他,再说路又远……"

王明看着妈妈那双又红又肿、裂了许多血口的脚,忍不住问:"妈,你的脚怎么了?鞋呢?"还没等妈妈回答,指导员冷冷地接过话:"你妈是步行来的,鞋早磨破了。"

步行?从家到这儿是一段很远的路,而且其中很长一段是山路!王明慢慢蹲下身,轻轻抚着那双不成形的脚:"妈,你怎么不坐车啊?怎么不买双鞋啊?"

妈妈缩起脚,装着不在意地说:"坐什么车啊,走路挺好的,唉,今年闹猪瘟,家里的几头猪全死了,天又干,庄稼收成不好,还有你爸……看病……花了好多钱……你爸身子好的话,我们早来看你了,你别怪爸妈。"

王明低着头问:"爸的身子好些了吗?"

王明等了半天不见回答,头一抬,妈妈正在擦眼泪,嘴里却说:"沙子迷眼了,你问你爸?噢,他快好了……他让我告诉你,别牵挂他,好好改造。"

王明撑不住了,声音嘶哑地喊了一声"妈",就再也发不出声了。

王明看到妈妈拿了两个麻袋,想着是不是妈妈给自己带的东西。这时,他拎起麻袋就倒,妈妈来不及阻挡,口袋里的东西全倒了出来。顿时,他愣了。

第一个麻袋倒出的,全是馒头、面饼什么的,四分五裂,硬如石头,而且个个不同。不用说,这是妈妈一路乞讨来的。她窘极了,双手揪着衣角,喃喃地说:"明,别怪妈做这种事,家里实在拿不出什么东西……"

这时的王明直勾勾地盯住第二个麻袋里倒出的东西,那是——一个骨灰盒!王明呆呆地问:"妈,这是什么?"王明妈神色慌张起来,伸手要抱那个骨灰盒:"没……没什么……"王明发疯般抢了过来,浑身颤抖:"妈,这是什么?"

王明妈无力地坐了下去,花白的头发剧烈地抖动着。好半天,她才吃力地说:"那是……你爸!为了攒钱来看你,他没日没夜地打工,身子给累垮了。临死前,他说他生前没来看你,心里难受,死后一定要我带他来,看你最后一眼……"

王明发出撕心裂肺的一声长嚎:"爸,我改……"接着"扑通"一声跪了下去,一个劲儿地叩头,痛哭声响彻天空……

在父母的眼里,无论你是平凡人,还是犯人,你都是父母的心头肉,他们不会因为你犯了法而不爱你。但是,我们也不要因为自己的欲望而失去道德的底线,这样做毁掉的是自己,更是深爱着我们的父母。独立自重是孝顺父母的最佳方式,我们要做一个守法的公民、孝顺的子女,让社会放心,更让父母安心。

5.善待自己,就是善待父母

我们的身体是父母给我们的,我们必须珍惜它,爱护它,因为健康的身心是做人做事的最基本条件,所以珍惜它,爱护它就是行孝尽孝的开始。

在美国历史上,伊东·布拉格是第一位获得普利策奖的黑人记者,当同

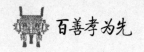
行采访布拉格,询问他的获奖感受时,他在麦克风面前讲述了一段令人感慨的经历:"我小时候,家里非常穷,我父亲是个水手,他每年都来来回回地穿梭于大西洋的各个港口,尽管如此,挣的钱依然不够维持全家人的生活。面对这种处境,我非常沮丧,因为我一直认为,像我们这样地位卑微、贫穷的黑人不可能有出息。

"抱着这种想法,我浑浑噩噩地上学,可想而知,成绩也好不到哪儿去,就这样,我在自己设定的围墙下过了十多年。有一天,父亲突然对我说:'现在你长大了,应该带你出去见见世面,我希望你的生活能和父母不同,能摆脱从前的贫穷而有所成就。'听了父亲的话,我暗想:'有成就?怎么可能呢?我不过一直都是个穷黑人的儿子。'

"尽管如此,我依然听从父亲的安排,随他一起去参观了大画家凡·高的故居。在这间狭小、几乎空空如也的屋子里,我看见了一张小木床,还有一双裂了口的皮鞋,我很惊讶,这位著名画家的生活居然如此简陋!

"我问父亲:'凡·高不是个百万富翁吗?他怎么会住在这种地方?'

"父亲说:'儿子,你错了,凡·高曾经是个穷人,是个比我们还要穷的穷人,他甚至穷得娶不上妻子,可是他没有向昨日的贫困屈服。'

"这段经历让我对以前的看法产生了疑惑,我想:我是否也可以从我过去的碌碌无为中摆脱出来,而有些出息呢?凡·高不也是个穷人吗?他为何知道自己只不过是昨日的穷人而非现在、将来的穷人呢?

"第二年,父亲又带着我到了丹麦,我们游走于安徒生的故居内,这里的环境比凡·高强不了多少,我更惊讶了,因为在安徒生的童话中,到处都是金碧辉煌的皇宫,我一直以为他也和书中的人物一样,住在皇宫里。

"我向父亲提出了自己的疑问:'爸爸,难道安徒生不是生活在皇宫里吗?'父亲看着我意味深长地说:'不,孩子,安徒生是个鞋匠的儿子,你喜欢的那些童话就是他在这栋阁楼里写出来的。'

"直到这时,我才终于明白,父亲为什么会带我参观凡·高和安徒生的故居。其实他想告诉我:不要在乎过去所过的生活如何贫穷,尽管我们是穷人,身份很卑微,但这丝毫不影响我们往后成为一个有出息的人。"

面对人生的繁杂,只有独立自重、爱惜自己才能使自己走向好的生活,才能让父母放心,才能有更多的机会来孝顺父母、报答父母的养育之恩。

所以,从现在开始爱惜自己吧,因为对于父母而言,爱惜自己就等于爱惜父母。

在一个小镇上,一个小女孩像如今的许多年轻人一样,厌倦了枯燥的家庭生活和父母的管制。她觉得自己已经到了独立自主的年纪,所以离开了家,决心要过自己的生活。可不久,在经历多次挫折后,她日渐沉沦。最后,只能走上街头,开始出卖肉体。

当母亲听说女儿的情况后,就开始不辞辛苦地查找全城的每个街区、每条街道。母亲每到一个收容所,都哀求道:"请让我把这幅画贴在这儿,好吗?"

画上是一位面带微笑、满头白发的母亲,下面有一行手写的字:我仍然爱着你,快回家吧!

几个月后,女孩懒洋洋地晃进一家收容所,正等着一份免费午餐。她排着队,心不在焉,双眼漫无目的地从告示栏里扫过。就在那一瞬,她看到一张熟悉的面孔,那会是我的母亲吗?

她挤出人群,上前观看。没错!那就是她的母亲,底下有行字:我仍然爱着你,快回家吧!她站在画前,泣不成声。

这时,天已黑了下来,她不顾一切地向家奔去。当她赶到家的时候,已经是凌晨了。站在门口,任性的女儿迟疑了一下,该不该进去?她终于敲响了门。奇怪!门自己开了,怎么没锁?不好!一定有贼闯了进去。记挂着母亲的安危,她三步并作两步冲进卧室,却发现母亲正在睡觉。她把母亲摇醒,喊道:"是我,是我!女儿回来了。"

母亲不敢相信自己的眼睛。她擦干眼泪,果真是女儿。娘儿俩紧紧抱在一起,女儿问:"门怎么没有锁?我还以为有贼闯进来了。"

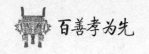

母亲说:"自打你离家后,这扇门就再也没有上锁。"

我们的身体是我们敬爱的父母亲的一部分,是父母亲的精血经过十月怀胎孕育而成的,经过"一朝分娩"我们脱离了母体,成了一个个体,成了一个独立的人。

尤其是母亲,在孕育我们的过程中,忍受了巨大的痛苦,而在生产我们的时刻,不仅忍受了巨大的痛苦,而且还经受了生与死的考验,所以说母亲是伟大的。

从这个意义上讲,我们更应该珍惜自己的身体,珍惜身体,就是对母亲的爱,就是对母亲的报答,就是对母亲的纪念。

父母对子女的爱是最伟大的,它没有任何条件。无论你优秀还是普通。父母是那个永远珍爱你如宝贝的人,父母是那个为你的一点点进步无比自豪的人,父母是那个能大度地原谅你的无知的人,父母是那个永远不会抛弃你的人。

6.别吝啬向父母分享你的生活

我们生命的头一二十年,几乎每天都是在父母的庇护下成长。随着时间的推移,我们终将离开父母,前往社会这个大染缸里奋斗。这时,我们不可避免地会离开父母的怀抱,走进陌生的环境中。

每个人对于陌生未知的事物都会本能地产生恐惧与不安,尤其是在周围缺少了父母的情况下,与此同时,父母们看着在他们羽翼的庇护下成长了一二十年的孩子们不在身边了,也会十分牵挂和担心我们。即使我们已经不再年幼,但在他们眼中我们依然还是个孩子,那个需要他们担心的孩子。在他们看不见我们的地方，在他们再也不能时刻陪伴着我们的地方，在他们不在时他们的孩子依然要努力奋斗的地方，他们想要确定我们是怎样生活的，是否能好好地照顾自己。

　　一次老同学聚会闲聊，一位朋友讲了一件他亲眼所见的事。一天，他和几个生意伙伴正在一家茶楼里谈生意，一位衣着朴素、布鞋上沾满了泥的中年人突然出现在他们桌前问："您好，请问您认识在餐馆里端菜的王娟吗？她是我女儿。"他眼神很是恳切认真。而这桌人根本就没有听过王娟这个名字，摇头回应。其中一个人多问了一句："你知道她在哪家餐馆吗？"这个中年人摇摇头，朋友也只好表示无能为力。中年人难掩失望地离开，但眼神依然坚定有神。他走到隔壁的桌子边，又问了同样的话，也只得到同样的回答，甚至有人还开玩笑说："莫非王娟是什么名人，哈哈……"

　　王娟只是一个普通服务员的名字，在一家不知名的餐馆工作，中年人盲目地寻找无异于大海捞针，但是这位执著的父亲依然不知疲倦地躬身打听女儿的下落。或许他会这样一路问下去，不知道还要走多少路才能找到他的女儿。

　　过了几天，差不多快将这位父亲忘掉的朋友，居然在街上的一家小吃店里又看见了他。跟前几天相比，这位父亲显得更加疲惫、憔悴，但坚定的眼神里透露出丝丝难以抑制的喜悦，他开心地和身边一位穿着工作服的女孩说着话。看样子经过这几天的辛苦，他终于找到了女儿。

　　这位父亲一边高兴地与女儿说着话，一边从他背着的麻袋里拿出许多土特产，有香肠、腊肉、腌菜干等。女孩看着，眼泪不住地流，哽咽道："爸，你怎么直接来了啊？也不跟我提前打声招呼，我也好去接您啊。"

　　这位父亲略带腼腆地笑了笑说："我这不是想给你一个惊喜嘛，也想先好好看看你工作的环境。不过路上不小心把你的电话号码弄丢了，又不记得你这店的名字，可有些不好找，呵呵。"

　　这时，店主端来了一碗热腾腾的面，老父亲抬头看了看墙上的价目表，轻轻地摸了摸口袋，店主刚好看到这一动作，连忙笑着说："老哥，这碗面我

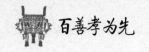

请客,您饿了吧,赶紧吃吧!"

老父亲很是感动,说了好几句"真是个好老板",然后三两下就把面吃完了。

刚放下筷子,老父亲就起身对女儿说自己要回家去了。

"啊!这么快啊?多留一阵子吧,好不容易来一趟呀!"女孩急忙劝道,店主也在一旁劝说老父亲多留几天,连我的朋友也都有些不解了。老人有些羞涩地说:"我就是担心我家闺女工作怎么样,环境好不好。我和她娘这几天都没怎么睡好觉,不过这下放心了,有个这么好的老板,想来娃儿也能照顾好自己。我就趁着天还早,现在走晚上就能到家了,家里还有很多活儿等着我,我要赶紧回去了!"就这样这位父亲风尘仆仆地走了,脚上那双布鞋已经破开了一个口,隐约可以看到里面的脚趾,可见他已经走了很远的路。

朋友讲完这个故事,在场的人都唏嘘不已。父亲走了不知多远的路,只为了看一看孩子的工作环境,害怕自己的孩子受委屈。就算历经多大的磨难,也要确定自己的孩子在陌生的环境里能好好生活。

人与人之间贵乎坦诚,父母与子女之间更是没有必要隐瞒。对父母如实地说出自己所有的一切,带父母参观自己所在的生活环境,让父母了解我们现在的生活,让他们对我们的生活心里有数。不管我们的生活好坏与否,只要父母能切实地感受到我们这一举动带给他们的体贴感,让他们觉得并没有因为空间距离的原因而疏远,心与心之间互相靠近,我们就能更加互相温暖与包容。

赵宇比魏芳大两岁,但是魏芳喜欢叫他老赵。他们结婚半年,最初的幸福甜蜜过去了,日子渐渐变得平淡琐碎。每天繁重的家务活充斥着魏芳的生活,让她觉得根本喘不过气来。赵宇很少帮她的忙,这让她更加窝火,现在这个时代夫妻都应该负担家务,怎么能都丢给她一个人呢?为此,两个人经常争吵,哪怕一点儿鸡毛蒜皮的小事都能成为导火索。

很快魏芳就觉得身心疲惫,她白天也要上班,好不容易下了班还要洗衣服、做饭、刷碗、打扫卫生，有时候忙得连睡觉的时间都没有，就更别提干点儿自己想干的事情了。她跟老赵提过几次，说自己连去美容院和健身房的时间都没有了。老赵却有些大男子主义，除了偶尔心血来潮帮帮她外，大部分时间都是个甩手先生。魏芳厌倦这种生活，开始怀疑自己是不是做错了，是不是不该选择这个男人结婚，在父母身边无忧无虑的单身生活多么快乐。其实老赵还是挺体谅她，也在尽力改掉自己的懒惰，只是有时做了又做不好，更让魏芳觉得心烦。

转眼到了元宵节，他们决定回魏芳的父母家，跟老两口一起过节。小两口难得回来，父母高兴得合不拢嘴。一家人一边吃着热乎乎的元宵一边聊些家常，父亲突然问道："结婚大半年了，小日子过得不错吧？"

父亲的话还没说完，赵宇就在桌子底下踢了魏芳一脚，抢着说："哪能过得不好呢，您就别操心了。"魏芳瞪了赵宇一眼，也不好在父母面前让他没面子，只能强装笑脸跟着说："好，当然好了。"这小插曲很快就过去了，父亲没察觉到他们有什么异样，细心的母亲却发现了。

饭后魏芳跟母亲一起在厨房刷碗，母亲趁着赵宇和父亲都在客厅看电视，小声问魏芳："你们俩是不是吵架了啊？"

"没什么大事，谁家过日子还不吵吵闹闹啊。"魏芳也不想让母亲为了她的事再操心，就心不在焉地敷衍了母亲一句。可是母亲听了她的话，严肃了起来，放下了手中的活，严肃地说："可不能觉得是小事就不在意，很多大问题都是从小事积累起来的。"

魏芳眼看瞒不过去了，索性跟母亲诉起苦来，最后还不忘问问母亲这些年围着锅台转，就没觉得疲惫和厌倦吗？母亲听后笑了起来，说："你觉得我一直负责做饭和家务，看着累，可是这20年我从来都没自己去买过柴米油盐。两个完全不同的人生活在一起，有很多摩擦是难以避免的，但是你不能放任不管。每个人都有自己喜欢做的和不喜欢做的，两个人应该沟通协调好，每个人都做自己喜欢和擅长做的。还有一些事情，你应该问问自己，为了你爱的那个人，你愿不愿意做？婚姻生活里完全的平等是不可能做到的，我

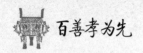

们只能尽力多做一些,让我们的生活更舒适一些。在做那些事情的时候,你要想着,这是为了你最爱的人,你就不会觉得事情有什么麻烦的了。或许你还能从中找到快乐呢。"

听到母亲的这番话,魏芳突然觉得心境开阔了很多,原先的那些不甘和烦躁都没有了。回家的路上她和老赵好好地谈了谈,决定以后两个人分工合作,把小日子过得更有滋味。很快他们之间的问题就解决了,魏芳这才体会到母亲这些年积累下来的生活智慧,对于他们来说真是宝贵的经验。

其实家永远是我们的港湾,不管受了什么样的委屈,都可以回到父母身边,跟他们说说。生活中有什么烦恼,事业上受了什么挫折,跟父母念叨念叨,听听父母的意见,会让父母觉得我们还需要他们,让父母感受到我们的依赖。

很多人因为学业或工作繁忙,和父母联系时,往往长话短说,只提学业和工作上的大事,很少提及自己的生活。其实,多和父母聊一些生活琐事,比起向父母报备近况更能让他们安心。如:经常向父母请教一些生活上的常识性问题,例如,"这道菜要怎么做更好吃"、"养某种植物需要注意的问题"等;或者经常和父母聊一聊身边的朋友;也可以说一些周围发生的趣事,你所在城市发生的某些趣闻;甚至可以聊聊天气。无论什么话题都好,只要能将自己的心从繁忙中抽出来,就能用平淡闲适的心情和父母拉家常,让父母从这种亲切的家常话中看到你的生活状况,让他们安心。

7.放低底线,幸福其实很简单

幸福其实很简单,构成它的要素,不是宏大的愿望,也不是纷繁的生活,而是每天发生在生活中的一些小事。只希望平淡安适的生活;只希望父母都健康快乐,住得很近,天天见面;只希望有个可紧握彼此双手,一生相随的人。

天下本没有持久的幸福,如果说幸福也有一定的形状,那它绝对不会是一根玻璃棒,而是一条珠链,由大大小小的瞬间的快乐连接而成的——每一颗珠子都很简单,但也很重要。因此,追求幸福,首先就要从简单做起。

那么,幸福都有些什么样的条件呢?我们先来看看下面这个小故事吧!

在儿子读小学二年级的上学期期末时,老师留了一项作业,要他们当小记者访问爸爸。共有六个问题,有一大半是资料性的:在哪里工作?负责哪一方面的事?等等。其中的第五题是:"爸爸的梦想是什么?怎么实现?"

爸爸说:"我有三个愿望,第一个愿望是吃得下饭;第二个愿望是睡得着觉;第三个愿望是笑得出来。"

儿子看了看爸爸,说:"别人的爸爸都有着伟大的愿望,做科学家、航天员什么的。你这愿望,存心就是害小孩。"

爸爸说:"要不然你照我的话写完之后,再写一篇《我眼中的爸爸》附在后面让老师了解这不是你随便写的,而是你爸爸的本性就是如此。"

儿子觉得有道理,于是很快地写了一篇没分段的作文。

第二天,爸爸问儿子,老师怎么说?

儿子挠了挠头,有点不好意思地说:"老师上课时叫我到前面,说我的访问和作文写得非常好,给我98分,是全班最高的,比班上的模范生还高,还把我的作文念给全班听。"

"那她有没有说为什么?"

"她说她先生的工作最近不太顺利,已经有好几天睡不着觉,也只吃得下一点东西。你爸爸的三个愿望很有意思。"

幸福没有多高的条件,吃得下饭、睡得着觉、笑得出来的人,就是幸福的。

放低幸福的底线,人们就会发现,幸福不是完美或永恒,它只是内心对生命流转的感受和领悟;幸福很简单,它不仅留存于他人给自己的关爱与恩

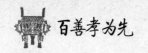

惠中,同样也积存在我们自己的爱心与真诚里;幸福很简单,简单得在它来到我们身边的时候,或许我们根本没有察觉。

上帝派天使甲和天使乙在人间巡游,于是两位天使便看到这样有趣的一幕:

一个衣衫褴褛的乞丐看到一个男孩左手拿着面包,右手拿着牛奶,边走边吃。乞丐摸了摸饥肠辘辘的肚皮,咽下一团又一团口水,羡慕地自言自语:"哎,能吃饱饭,真幸福呀!"

那位小男孩刚走了几步,就看到一个女孩坐在爸爸的摩托车后座上来到了肯德基,买了一个大号的外带全家桶,开心地啃着汉堡包,吸着可乐!小男孩于是看了看自己手中的面包和牛奶,羡慕地自言自语:"唉!能吃这么多美味,真幸福呀!"

啃着汉堡包的小女孩坐在爸爸的摩托车后座上,忽然看到一辆漂亮的黑色小轿车从身旁驶过,绝尘而去!小女孩想:"能开这么漂亮的车子,真幸福呀!"

而小轿车里坐着的却是一个逃犯,他正在逃避警察的追捕,可他终究还是被警方逮到了,警察给他戴上了冰凉的手铐,坐在警灯闪烁的警车里。他透过车窗看到一个乞丐在路上漫无目的地走着,于是他羡慕地朝乞丐喊了一声:"唉,可以自由自在不受束缚,多幸福呀!"

乞丐听到那人的话,心里一下高兴起来了,原来,自己也是幸福的,以前怎么没有发现啊!于是,他手舞足蹈地一路唱着歌去了。

两位天使回去后,他们向上帝汇报了在人间所见到的这一切,并述说了心中的困惑:"为什么乞丐也是幸福的呢?"

上帝微笑着说:"人生来就拥有活得幸福的权利,只是一些人没有去主动发现幸福而已。但不管怎么说,简单,最容易获得幸福。"

要得到幸福与快乐,其实很简单。少一些欲望与杂念,多一份淡泊与从容,人生就会变得亮丽起来。

一个神情沮丧的小伙子在公园里的靠椅上目光呆滞地看着一群老年人在慢悠悠地打太极拳。小伙子感叹道:"唉,现在的老人多幸福啊!"

坐在他旁边的,正是一个头发雪白的老者。老者听到年轻人的感慨便问道:"年轻人,你难道不幸福吗?"

小伙愁眉苦脸地说:"别提了,我的生活简直一团糟。今天在公司竞争一个经理的职位,我落败了;家里的房子还是十年前的老窝,原本想这次竞选成功便可以去购置一套大房子,现在只能望楼兴叹。最糟糕的是,我每天都为了这个家在努力拼搏,但我的妻子却一点都不理解我的苦心,老是因为我不能回家吃饭而和我吵架。我简直烦透了!"

老者微笑着问道:"那么你认为怎么样你才能幸福快乐呢?"

小伙子眼神里充满了憧憬,他指着远处一座高楼说:"要是能够搬进那栋大厦我就心满意足了。"

老者摇摇头,很淡然地说道:"这个愿望我没有能力帮你实现,但我现在有一种办法让你感到快乐幸福,你愿意尝试吗?"

小伙子用十分质疑的目光打量着老者说:"你,真的有办法吗?"

老者说:"你现在去花店买一束鲜花,然后回家吃饭。"

小伙子说:"就这样吗?"

老者轻轻地点点头,起身说道:"就看你愿不愿意尝试了。"说完便转身离去。

小伙子目送着老者远去的身影,心想着:这叫什么办法,我还以为他会教我一套赚大钱的秘籍呢。于是他闷闷不乐地离开了公园。天色渐渐暗淡,小伙子在回家的路上经过一家花店。他虽然不太相信老者的话,却鬼使神差地走了进去。他随便选了一束雪白的百合便回家了。

回到家里,妻子看见他捧着一束百合便很兴奋地说:"这是送给我的吗?"小伙子点点头。妻子开心地在他脸颊吻了一下说:"我去做饭。"饭菜很

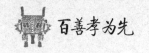
快做好了,夫妻俩静静地坐着吃饭。妻子不时地闻闻百合的香味,脸上洋溢着甜蜜的微笑。小伙子突然觉得有些内疚,便说:"对不起,我当经理的事泡汤了,我们住不了大房子。"妻子却说:"住在这里不好吗?只要你经常回家陪我吃饭这就够了。"小伙子顿时觉得心头暖暖的,嘴角不知何时也露出了自然的微笑。他这才意识到,原来自己已经陷入幸福之中。

第二天他想去感谢那位老者,等了很久却迟迟未见其到来。他去问那边打太极的老头,老头说:"哦,你说的是他啊?他昨天晚上就去世了,但走得很安详。"

幸福,不是任何物质所能取代的。他只是一种感觉,一种让我们快乐、温暖、感动的感觉。幸福并不需要那些物质上的满足才能艰难的得到,有时候仅仅是在一念之间。如果你只为心中的欲望不能实现而烦恼不堪,如果老人感叹将不久于人世而心灰意冷,又怎么去体会当下的幸福呢?

放下沉重的负累,过好你的每一天,其实在爸妈的幸福字典里永远只有一条:你的平安,就是他们的幸福。所以,为了爸妈,请降低你的欲望,爱惜自己,别让爸妈担心。

8.别做工作上的拼命三郎

如果问一个人什么最重要,他可能会说财富、名誉、知识、机遇……但是细想来,健康比财富和名誉更重要。如果人没有了健康,就失去了享受财富与名誉的资本。

年轻人总是以为自己正是身强体壮的好时候,就不用注意健康了,殊不知,年老以后所患的疾病都是年轻时不注意导致的。所以,我们一定要对自己的健康进行投资。因为,你的身体不仅仅属于你,还属于你的父母,孝经有云:身体发肤,受之父母,不敢毁伤,孝之始也。立身行道,扬名于后世,以显父母,孝之终也。因此,别做工作上的拼命三郎,别让父母心痛。

　　数年前,美国IMG公司聘用了一位精力充沛的女业务代表,负责在高尔夫球场及网球场上的新人当中发掘明日之星。美国西岸有位网球选手特别受她赏识,她决定招揽对方加盟IMG公司。从此,纵使每天在纽约的办公室忙上12小时,她也不忘时时打电话到加州,关心这个选手的受训情况。他到欧洲比赛时,她也会趁出差之际抽空去探望他,为他打点。有好几次,她居然连续三天都未合眼,忙着飞来飞去,追踪这个选手的进步状况,尽管手边还有一大堆积压已久的报告。

　　可悲的事终于在法国公开赛上发生了。照原定日程,这位女业务代表不必出席这项比赛,但是她说服主管,为了维持与那位年轻选手的关系,她要求到场。主管勉强应允,但要求她得在出发前把一些紧急公务处理完毕,结果她又几个晚上没合眼。

　　最后,她终于登上了飞往巴黎的飞机,但时差及重大赛事压力让积极能干的她到最后大脑空空。抵达巴黎当天,在一个为选手、新闻界与特别来宾举行的宴会上,她依旧盯着那位选手,并且时时为他引见一些要人。当时是瑞典名将柏格独领风骚的年代,他刚好又是IMG公司的客户,也是那位年轻选手的偶像,她介绍他俩认识,然而,令人难堪的事发生了。柏格正在房间与一些欧洲体育记者闲聊,她与年轻选手迎上前去。

　　对方望向这边时,她说:"柏格,容我介绍这位……"天哪!她居然忘了自己最得意的球员的姓名!她实在是精疲力竭,过度疲劳使她脑子一片空白。好在柏格有风度,尽力打圆场,消除了尴尬,可是这位年轻选手却面红耳赤、张口结舌,心中更是难过得不得了,从此,他再也不相信IMG的业务代表是真心对他了。

　　可悲的是,她一片苦心,却由于疲劳过度这一单纯因素而造成无可挽回的失误。她发掘的这位选手后来果真进入世界前十名,却不再是IMG公司的客户。

只有保证身体的健康,才能保证工作的效率与质量。充沛的体力和精力是成就伟大事业的先决条件,这是一条铁的法则。虚弱无力、没精打采、犹豫不决、优柔寡断的年轻人,虽有可能过上一种令人尊敬和令人羡慕的高雅生活,但是他很难往上爬,很难成为一个领导者,也几乎不可能在任何重大事件中走在前列。

身体和精神是息息相关的。一个有一分天才的身强体壮者所取得的成就,可以超过一个有十分天才的体弱者所取得的成就。所以说,生命中最重要的奖赏是健康、坚强和健壮。人不一定非得具有很大的块头和威武的外表,但一定要具有旺盛的生命力和巨大的精神力量。这种力量体现在布瑞汉姆领主连续工作176个小时的狂热中,体现在拿破仑24小时不离马鞍的精神中,体现在富兰克林70岁高龄还露营野外的执著中;体现在格莱斯顿以84岁的高龄还能紧握船舵,每天行走数公里,到了85岁时还能砍倒大树的状态中。上述种种,成就了生命中最重要的部分。

可是现在,由于都市生活的高压与紧张,很多人的身体都处于亚健康状态。他们大都有一种错误的观念,就是认为等有了病再去医院治疗。其实很多的疾病在早期是很难被发现的,比如,脑血检、肾脏疾病、肝脏疾病、糖尿病、肿瘤、癌症等。

当人的生命受到威胁时,花钱就不会心痛。因为这时候我们才会发现自己已经没有资格与健康讨价还价了。很多人终其一生都在给医院打工,透支自己的健康来换取金钱、权势,前半生拿命换钱,后半生拿钱换命。这样看来,我们不如在年轻的时候就注意拥有健康的身体。只有健康的身体,才是我们享受幸福的最基本保障。

我们的身体四肢、毛发皮肤是父母给我们的,我们必须珍惜它,爱护它,这是行孝的开始。一个人要建功立业,遵循天道,扬名后世,光宗耀祖,这是孝的终了,是完满的、理想的孝行。

第九章

让爱成长

——好好修养爱

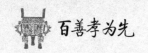

1.有爱就要说出来

　　传统的中国家庭,父母与子女的情感表达,通常都被深深藏在心中。但到了飞速发展的今天, 并不是所有老人都喜欢默默无闻地去自我消化和理解子女的爱,他们开始向往那种最真诚最坦荡的表白。

　　当年迈的老人有了渴求,那么,你是否愿意停下来,像个孩子似的坐在他身边说话、欢笑,或者握着他的手,听他讲很多年前你的故事、他的故事、他缔造出的这个家庭的全部故事……然后,再给他一个俏皮的温馨的拥抱呢?

　　衰老的父亲、年迈的母亲,需要的是子女的亲热依偎,以及当年如他们一般深情看着孩子成长的专注。这样的表达说起来很简单,却又是多么难,多么难。

　　丢掉羞涩与含蓄,不仅父母要迈出这一步,子女更需要。

　　请把儿时的娇嗔找回来,送给我们的老父母。他们最需要的,就是一颗你想要去呵护他们、让他们欢欣的心,那是温暖的爱。

　　老爹四十五岁时才有了我,疼得不知道怎么样才好。

　　与老爹在一起,我总是赢,也总是可以找到快乐。他似乎也很满足自己的处境,从不与我发生激烈冲突。当然,我在大冬天吃了脏水池子里结的冰凌,他还是狠狠地冲我咆哮一阵子,但很快就会烟消云散。

　　所以,在很长一段时间里,当别人家的孩子热热闹闹地谈论着要找母亲满足这样那样的要求时,我会毫不犹豫地一扭头,朝着爹的方向跑去。我抱着爹的腰,他举起我,满足我那小小的俨然想要赢得全世界祝福的心愿。

　　那时候,我爱我的爹,信任我的爹,胜过世间任何人。

　　可我和老爹的亲密似乎并不是一直都持续着。也不知道是从哪一天开始,我不再对他讲自己的秘密,也不再抱着他傻傻地亲个不停,更不会和他躺在凉席上数窗外夜空里的星星。

老爹在我心里，变成了一个可以感受但是不需要再去触摸的符号。我甚至有点怕他，不喜欢他离我很近，更不喜欢他用手拉着我的手。

我以为，这样的隔膜是天经地义的。

你说，有哪一个女孩在长大以后还需要腻在老爹的身边，还需要老爹陪着她说那些不着调的老话？除了偶尔带着讨好的预谋喊上一声"爹"，我几乎不再冲着他撒娇。我不屑也懒于运用这样的表达。我很聪明地找到了一个貌似不伤人的借口——我们是中国人，中国家庭的女孩长大了，就要远离父亲，就不会再那么恋恋不舍。

很久很久了，我没有拥抱过自己的老爹。

转眼就是二十岁了，我身边开始出现热烈地追求我的男孩。老爹看我的眼睛也愈发严厉，夹杂着几丝冷淡和愤怒。我也刻意躲避他的关注，并固执地发出宣言："你既然不在意我了，我也没有必要来争取什么怜爱，我自己有能力获得爱！"

我越来越活泼，老爹越来越冷漠。

我开始工作的时候，用赚来的钱给老爹买了礼物，帮着家里置办了电器，当着众人的面说了无数动情的话……他只是看一看就收下，礼貌地说一声"谢谢"。

可怕的是，我没有一点点的伤心。我完全不在乎老爹在想什么。

直到，直到我被一个男孩娶走。我的老爹再也撑不住了，独自一人坐在房间的阴暗处流下了泪。母亲悄悄告诉我："这一辈子，我第一次见你父亲哭。他说，他不知道将来你会不会一直被人疼，会不会一直被人爱！"

我那任性而自私的心，在瞬间迸裂，碎得不成形。

我开始牵挂那个一直在看着我、想着我、爱着我的人，他是我的老爹。不需要任何理由，我与老公开始频繁地回家，去找老爹聊天，说那些陈谷子烂芝麻的旧事……尽管他一点点开心欢愉起来，但还是保持着淡淡的镇定，全无我幼年时记忆中的朗声大笑。

很显然，我们之间的隔膜还在那里。

终于有一天，我成了一个辛劳而幸福的母亲，我与老爹之间的爱才算重新点燃。而这一次撞击之后，我们的关爱才一如我刚降生时那么毫无间隙。

在一次带着女儿回家探望老爹老妈准备离开时，我突然兴起，不仅亲吻拥抱了我的老妈，还破天荒使劲地抱了抱我那走路开始略微蹒跚的老爹，然后在他皮肤早已疏松的额头上吻了一下。

一切神奇的变化由此开始。

老爹什么都没有说，眼睛里发出惊喜的光，然后就是一行清泪。也就是在那一刹那，我觉得我与老爹迈过了一道鸿沟。

毫无疑问，我欠老爹的，是一个大大的拥抱，和一个女儿的亲吻。从那以后，任何一次回家，我都要紧紧地抱住两个老人，让他们在我的无间隙的拥抱中感受到一颗跳动的心，在我湿润的唇迹中读到醇醇关怀。

爱我们的父母吧，不要因为他们老了或者他们不再是我们的靠山就不再奉献亲昵和细腻。他们和我们一样，除了期待物质上的照顾，更渴望得到一个真诚的拥抱和亲吻——这是我们欠他们的！

有一个励志家在为成年人上的一堂课上，曾给全班出过一道家庭作业。作业内容是：去找你所爱的人，告诉他们你爱他。那些人必须是从没听过你这句话的人，或者是很久没有听到你说这句话的人。

在下一堂课上，励志家问他的学生们是否愿意把他们对别人说爱而发生的事和大家一同分享。这时，一个男人举起了手，他看来有些激动。

男人从椅子上站起身，开始说话了："上礼拜你布置给我们这个家庭作业时，我非常不满。我并不感觉有什么人需要我对他说那些话。但当我开车回家时，我想到，自从五年前父亲和我争吵过后，我们就开始避免遇见对方，除非在圣诞节或其他家庭聚会中非见面不可。然而，这些年来我一直很想念父亲，只是没有勇气开口。所以，回到家时，我告诉我自己，我要告诉父亲我爱他。当做了这决定时，我心里的负担似乎减轻了。第二天，我一大早就起床了。我太兴奋了，几乎一夜没睡着，很早就赶到办公室，两小时内做的事比从前一天做的还要多。

"九点钟时，我打电话给我爸爸，我说：'爸爸，今天我可以过去吗？有些事我想告诉您。'爸爸迟疑了一会儿，然后同意了。

"我没有浪费一丁点儿的时间，踏进门就说：'爸爸，我只是来告诉你，我爱你。'

"我爸爸听了我的话，不禁哭了，他伸手拥抱我说：'我也爱你，儿子，原谅我一直没能对你这么说。'

"这一刻如此珍贵，长久以来我很少感觉这么好，我希望时间就这样停止。

"两天后，爸爸的心脏病突然病发，在医院里结束了他的一生。

"如果当时我迟疑着没有告诉爸爸，就可能永远没有机会了！所以我要告诉全班的是：爱要大声说出不要迟疑。现在就去做！"

爱，需要大声地表达，不论是对你的爱人还是父母。然而，我们对情人热切的表达已经很多，却从未向伟大的父母表达过。现在就去做，你的一句话对父母来说，胜过他们拥有的任何一件珍宝！

2.不要说伤害父母的话

去上海出差，顺便拜访一位多年未见的好朋友，朋友早年背井离乡，来到上海独自创业，现已是一位身家上亿的企业家，家有豪宅两套，名牌轿车三辆。

当天，在朋友家闲聊叙旧时，中途有人开门进来，这是一位和颜悦色、满头白发的老妇人，朋友忙介绍说，这是自己的老母亲。

从老人的穿着可以看出，她一定是出生在农村，还保持着乡下人简单朴素的打扮。然而，让我惊讶的是，她的手中还分别拿着一大块包装商品用的旧硬纸盒，还有两个空矿泉水瓶，拿回这些废品做什么？我心生疑问。

却见朋友笑呵呵地对老人说："妈，今天收获不小嘛！赶快放下来歇歇吧。"

只听母亲回答道："悔死了，去迟了一步，一台旧电扇被收破烂儿的抢先收走了。"

"没事，明天您下去早点，兴许还能捡到更好的东西。"朋友安慰道。很显然，朋友的老母亲在小区里拾废品收破烂儿。家里经济条件这么好，还需要母亲在外面拾破烂儿吗？把母亲送回房间后，猜到我的不解，朋友笑着对我解释说："这主要是为了让老母亲高兴。"

朋友说，自己出生在农村，小时候家里很苦，是无比勤俭的母亲把他培养成人的，节俭的习惯已经成为她生命的一部分。当他把母亲接到上海时，母亲发现小区垃圾筒里的很多东西都是很值钱的"宝贝"，于是开始往回捡，房间里，床底下到处都是。

刚开始朋友是坚决反对的，对母亲说，废品不卫生，污染家里的环境，而且丢人。可说了几次，还是不管用，母亲竟开始背着他偷偷地捡，然后将这些废品藏在楼道里的电表房里。因为自己住的是高档小区，很多人丢弃的东西，在母亲看来都是无比珍贵的，完全可以捡回来再用，实在用不上，还可以带回老家给村里的乡亲们用。

朋友说，自己的母亲今年已经70岁了，基本上没有回到乡下的可能了。有一次，他又因为此事狠狠地批评了母亲，没想到，母亲一下子就哭了，并嚷着要立即回老家去，中午还赌气不吃饭。

这件事发生后，朋友感到非常愧疚，之后他突然醒悟了过来，自己不是一直说要把母亲接到身边，好好孝顺她吗？孝顺，孝顺，不就是以"顺"为孝吗？如果自己都不顺着母亲，让母亲不高兴，那么，孝还从哪说起呢？

从这以后，朋友改变了态度，不再干涉母亲。为了能让母亲高兴，有时，当他回来时倘若看到垃圾筒旁边还有没被人收走的废品，还会主动告诉母亲，母亲一听，就会乐呵呵地赶紧朝下跑，生怕去迟了一步被别人抢了去。

朋友还跟我说了一件事。他说前不久，自己回家时，正好发现母亲跟小区里一个专业收废品的人在争吵。于是，他赶紧下了车，拉开母亲。那个收废品的一看到朋友，立即生气地说："这老人家是你母亲吧？你可得要好好说说她，她经常跟我抢废品，我每个月可都给小区上缴废品收集费的，你家这么有钱，怎么还让老人家跟我争抢呀？再这样我可不客气了！"

母亲则在一旁争辩道："这些废品又不是你家的，谁先看到谁先捡。"他连忙道歉，支走了母亲，然后悄悄塞了一些钱给对方，让他多担待些，且不要将此事说出去。

没想到，一周后，母亲高兴地对他说："多亏上次跟那个收废品的争辩了一下，现在，他再也不敢说我这个老太婆抢他的废品了。"

最后，朋友还说出了自己对母亲"妥协"的理解："其实，在无关紧要的分歧上，与亲人之间最好不要争辩，即便真理完全在你这边，因为一旦为此争辩下去，结果往往是，你赢了真理，却输了与对方相亲相爱的真情。"

3.爸爸，谢谢你比我还爱我

你知道吗？爸爸的爱真的像海一样，是没有止境的。你知道他一直在那儿。

小时候，看到别的父子像朋友一样相处，我既羡慕又忧伤。

我在一个家教很严的家庭里长大，父亲陆天明在外人眼里很温和，但对我从小就很严格。在我的记忆里，父亲总是一副忙忙碌碌的样子，回到家就扎进书房看书、写作，很少与我交流。从我的童年到青年时代，父亲与我沟通的次数屈指可数，淡淡的隔阂像薄纱一样，将我和父亲的心灵分隔在两个世界。

我从小酷爱文艺，梦想长大后能成为张艺谋那样的国际名导。高中毕业后，我准备报考北京电影学院导演系，但父亲坚决反对我的选择，认为我没有生活积淀和感受，拍不出什么好电影，还会沾染自高自大的毛病。他自作主张，为我填报了解放军国际关系学院的志愿。父亲掐断了我的梦想，为此我对他有了怨言。

大学毕业后，我在国防科工委当了一名翻译。一次，我路过北京电影学院，发现海报栏里张贴着导演系招收研究生的简章，我沉睡的梦想再度被激活了。这次，我没有告诉父亲，就报考了导演系的研究生。入学考试时，电影学院一位教授是父亲的朋友，给父亲打去电话："导演系研究生很难考，你不替儿子活动活动？"父亲断然拒绝了："他行需要我活动吗？他不行拉关系又有什么用？"

虽然我以总分第一名的成绩被导演系录取，但父亲的"冷酷"还是让我心里很不舒服。我总觉得父亲有些自私，过分专注自己的事业，而忽视了我的发展。

几年后，我成为北京电影制片厂的专业导演，因为是新人，我整整3年时间没有导过一部电影。那时候，我整天无所事事，常常坐在街头，看着夕阳发呆。此时，父亲已经写出了《苍天在上》、《大雪无痕》等颇有影响的剧本，我很希望父亲也能为我写一个剧本，再利用他的影响力为我寻找投资方。我委婉地暗示过父亲，但每次父亲都这样告诉我："你是个男人，自己的事情自己解决。"想到别人的父亲想方设法为子女牵线搭桥，而自己的父亲却对我的事业不闻不问，心里有种难以言说的滋味。

2001年，我的事业终于迎来了转机，我导演的电影《寻枪》荣获国际国内十多项大奖。我满以为父亲会表扬我几句，谁知，父亲从电视里看颁奖典礼时，只是淡淡地说："还行，但需要提高的地方还很多。"我回敬了父亲一句："在你眼里，我永远成不了气候。"因为话不投机，我与父亲吵了起来，很长时间谁也不搭理谁。

2004年9月，就在我执导的电影《可可西里》进行后期制作时，我年仅55岁的姑姑、著名作家陆星儿患癌症在上海去世。这给亲人们带来了巨大的悲痛，特别是父亲，他从小与姑姑感情很深，仿佛一夜之间，苍老了很多。

　　料理完姑姑的后事，我陪着父亲回到北京，此时再看父亲，那个威严、冷酷的男人竟那么瘦弱无助，我内心五味杂陈……见父亲头发乱了，我打来热水为他洗头发。这一平常举动，竟让父亲老泪纵横："孩子，从小到大爸爸对你很严厉，你也许觉得爸爸很冷酷，但爸爸从来都把你的每一步成长放在心里。溺爱和纵容孩子，是一个父亲最大的失职……"父亲的话让我的眼睛湿润了。

　　母亲告诉我："你在青藏高原拍摄《可可西里》时，你爸爸听说你患上了严重的高原病，累得吐血，因担心你，整夜睡不着，一说起你就泪流满面。"

　　在以后的日子里，无论遇到什么，都要微笑面对，因为，我们已经遇见了世上最好的爱，贴着世间最近的温暖，还会奢求怎样更好的人生呢！

　　黄健一眼就能认出来，那个坐在街头长椅上晒太阳的老人，就是他的父亲。因为，他依然穿着那件棉衣。

　　这件棉衣是10年前黄健参加工作的时候单位统一发放的。那时黄健刚从大学毕业，应聘到当地有名的一家大公司，为此家里人还热热闹闹地庆祝了一番。黄健当时觉得公司发的服装很不合身，尤其是棉衣，很土气，冬天穿在身上也不暖和。索性就扔在家里的衣柜里，一次也没穿过。

　　前几年，父母手脚不太灵便了，黄健每隔几天就会回家把家里的房间收拾一遍，把父母换下的衣服拿回自己家里洗。父母开始并不愿意，害怕增加儿子媳妇的负担，但是在儿子的坚持下父母就不再多说什么了。只是每次趁儿子回家之前把小件的衣服都洗了，让儿子拿走的不多。

　　"你妈出去了，该洗的衣服、床单她都洗好了。只有这件，要把里子取出来，你妈和我都弄不出来，就等你来了。"父亲说这话的时候，拿着一件几乎洗得泛白的蓝色工装坐在床边。

　　"这件，不是好几年前我发的那件棉衣吗？"黄健随口问道。

　　"是啊，我看你放了很长时间了，也没穿过，就拿出来自己穿了，挺暖和的。"父亲一边略带尴尬地解释，一边忙着解开棉衣的扣子。

黄健心里有些埋怨，给父亲添置过很多羽绒服和棉袄，父亲一件也不穿。被邻里看见还以为是儿子媳妇不孝顺，不给父母买。

"这件衣服那么多年了，洗得都褪色了，穿着也不合适。您还是穿羽绒服吧，暖和些。"黄健也沿床边坐下，接过父亲手上的棉衣。

"羽绒服洗着太麻烦了。这件棉衣是活面的，内胆好像是羊毛的，穿着不冷，洗着也方便。人家看到了，要是问：你这棉衣是哪儿买的？我就会说：是我儿子公司发的，这上面还有标志，他们福利好着呢！没啥不合适的。"父亲的语调明显升高了。

"爸。"黄健有些哽咽。

"你看，还有大大的帽子，出门裹着头一点也不冷。"父亲怕儿子不相信，将摘下来的帽子拿在自己头上比划。

"您喜欢，就穿着吧。但是天太冷的时候还是穿羽绒服，洗衣服很方便的。"黄健知道自己拗不过父亲，就顺了父亲的心意，一边说着一边把棉衣的面叠起来放进袋子里。但是从心底里升起来的那份愧疚久久挥之不去。

父亲大半辈子辛苦劳作，过重的家庭负累使他早早的满头银发，但他从不奢求回报，也从来不埋怨生活。对父亲而言，儿子的顺利长大就是最大的欣慰，而这件棉衣就是儿子长大成才的最好标志。

黄健一边用手揉搓着这件褪色的棉衣面，一边思索着怎么能让父亲满足这件棉衣的心思，又能够让父亲穿得更暖和，于是突然就有了主意。

送衣服回家给爸妈之前，黄健决定在棉衣里套上新的内里。他跑去裁缝店，亲自挑选加厚的棉料，让裁缝按照衣服的尺码重新做新的内里。衣服做好时，黄健自己还把棉衣套在身上试了试，摸着粗糙泛白的衣料，感受着如今的温暖，顿时心满意足。他几乎能想象父亲穿着"新"棉衣时的那份惊讶和欣慰，也能想象母亲知道事由后的那份爱的"责备"。

就在那时，黄健发觉自己对父母的关注、为父母做的事情真的太少了，以后应该长陪伴他们左右，细心关注父母的生活细节，满足他们的任何要求。

父爱,也许很多人觉得自己极少或者从未拥有过。其实,父爱自始至终都守在我们的身边,只不过是你没有感受到罢了。父亲不似母亲善于表达对我们的爱,他只是默默地奉献,用行动表达,所以我们很难感觉到父亲对我们的爱。爱,其实很简单且无处不在。也许你还没体会到父亲对你的爱,但为时未晚,父爱是淡而飘香的,你要用心去体验。

4.要尽孝,而不只是养老

子曰:"今之孝者,是谓能养。至于犬马,皆能有养。不敬,何以别乎?"子游问什么是孝。孔子说,现在人们所说的孝,往往是指能够赡养父母。其实,就连狗马之类都能够得到人的饲养,如果没有恭敬之心,赡养父母与饲养狗马之类有什么区别呢?

从圣贤对孝的理解可以看出,一个"孝"字并不像大家理解的赡养那么简单。除了赡养,还要对父母有一颗恭敬之心。孔子把"养"视为当然之事,是人之为人的自然本性,也是容易做到的。他所强调的是敬养。所谓敬养,就是要求子女对父母的赡养建立在尊敬的基础上,而不仅仅是满足父母的衣食住行等基本生存需求。

在孔子看来,敬养父母最难的是"以色事亲",保持父母精神上的愉悦。《论语》记载:"子夏问孝,子曰,'色难。有事,弟子服其劳;有酒食,先生馔,曾是以为孝乎?'"这段话从反面否定了把向父母提供饮食和劳动视为"孝"的观点,提出了一个更高层次的孝道要求——"以色事亲",即要求每一个子女都应当了解父母的心思,知道父母需要什么,然后去和颜悦色地侍奉父母,承顺父母,从而使父母内心欣慰,精神愉悦。

春节快到了，城里打工的小李要回老家过年。一起在外打工的同村的老王过年不回家，就托小李给他家里捎些东西，小李一口答应了。

临行那天，老王到火车站给小李送行。小李没料到，老王搬一个大箱子来了，里面全是他要给家里带回去的东西，箱子里面净是些食用油、花生、瓜子、果脯、饺子、酱油之类的东西。

小李很不屑："你带这些东西回去还不够路费呢，不如直接送点钱实际，他们喜欢什么就买什么。我每次回家都给钱，带东西太麻烦了。"

老王说："我在外面半年多也没挣多少钱，最近才找着合适的工作，你就把东西带给我妈，说是我单位发的。"

回村之后，小李扛着箱子先到了老王家，老王的母亲高兴地打开箱子，把东西通通倒出来，摆了满满的一炕。老王母亲高兴地说："儿子写信说找了一份好工作，单位啥都发，对他们可好呢。开始我还不信，哪有这么好的单位，现在看到这么多东西就相信了。"看着老人的满脸喜悦，小李隐隐约约觉得老王送东西是对的。

小李回到家之后，把2000块钱给了母亲，母亲也只是淡然一笑，远不如老王母亲那么兴高采烈。

孝顺并不能和金钱画等号，孝顺也不和你所获得的荣耀有关。有时候，孝顺仅仅是报个平安，让父母知道你目前的状态，使他们心里踏实。毕淑敏说："'孝'是稍纵即逝的眷恋，'孝'是无法重现的幸福，'孝'是一失足成千古恨的往事，'孝'是生命与生命交接处的链条，一旦断裂，永无连接。"

孝心，人人都在提及，但真正做到的人却不多。我们往往会说等父母老了，会照顾他们，好好孝顺他们。这都是对孝的片面理解，真正的孝顺，是从最小的点滴做起的。

有一个七十多岁的老读者，背驼得厉害，但他风雨无阻，几乎天天泡在图书馆的报刊阅览室里。不仅如此，在所有读者中，他总是第一个进去，最后一个走。有时读者都走尽了，他也不走，天天如此。阅览室管理员对这个读者烦透了，打心眼里烦。

那个老读者每次来到阅览室，只是翻翻这看看那，看上去毫无目的，纯粹是来消磨时光的，管理员们都对他没有好感。有一天偶然发生的一件事，让一位管理员从此改变了对老人的看法。

那天在下班的路上，同事突然问她："你母亲是不是被聘为我爱人所在的那个商场的监督员了？"

管理员愕然："没听她说过呀。"

同事说："我爱人在某商场当营业员，她们商场每天开门，迎来的第一个顾客常常是你母亲。而且老人什么也不买，却挨个看柜台，还要问这问那。时间一长，营业员们就以为老人是商场的领导雇的监督员，是来监督他们工作的——因为商场领导有话在先。因此，营业员们就对老人很戒备呢。"

听同事说完，这位管理员径直回到母亲家。父亲两年前病故，母亲一个人生活。管理员问母亲是否真的在给人家做监督员。母亲矢口否认："没有这回事呀，他们大概是误会了，我就是闲逛而已。"

听到这话，管理员开始数落母亲。这时，母亲长叹了一声，说："我们这些老人一天到晚太寂寞了，只好逛逛商店，消磨一下时间，可时间一长就养成习惯了，一天不去就觉得不对劲儿。要不，你说我干什么呢……"母亲说到这里，像个孩子一样委屈地哭了。

就在一刹那间，管理员突然感到心里酸酸的。母亲有一儿两女，由于种种原因，他们很少来看母亲，逢年过节的不是寄点东西，就是寄钱。直到此时她才明白母亲最需要的是排解寂寞和孤独。那天管理员没有回家住，而是陪母亲住了一晚，聊了一晚上以前的事情。

第二天早上，管理员上班很早，驼背老人仍然等候在阅览室门前。也不知为什么，她心中突然涌起一股柔情，第一次用善意的眼光来看这个老人。

不仅我们将来工作、有了自己的家庭以后很难陪着父母，即使是现在，我们待在家里的时间也是很少的，加上父母自己的社交时间也通常会在周末，我们与父母相处的时间更是一天天少起来。如果我们不能够了解父母的心意，不知道哪些事情会让他们担心，哪些事情会让他们难过，又从何谈起孝顺呢？

能养只是一半的孝，真正的孝顺是发自内心的那份真诚。只有心里时时想着孝，能努力践行，这才是真正的孝。

5.爱的最高境界就是尊重

长大之后我才慢慢体会到，两个男人之间，两个有着血缘关系的男人之间，那种最深的情愫，原来是不能用语言传递和表达的。就像我现在，和一天天苍老的父亲，我们两个人，总是相视着憨笑，傻笑，最后两个人同时"嘿"一声，继续做别的事情。

没有人知道，从小到大，当我穿梭于城市的楼群之间，当"小商小贩禁止入内"的字样闯入我的眼帘时，我的心里会有怎样的针扎般的酸楚。

父亲就是一个蹬着三轮车卖水果的小商贩，他用那辆破三轮车，走街串巷地辛苦劳作，起早贪黑地蹬着三轮车卖东西维持我们一家人的生计。

印象中，父亲总是很沉默，他不爱说笑，也丝毫没有生意人的精明和能说会道。小的时候，感觉父亲好像只会不停地摆弄整齐他满车的水果。

我知道我是穷人家的孩子，贫穷不仅给父母带来了生活上的窘迫，也让幼小的我感觉到了有钱没钱的差别是那样巨大。

比如，我穿得很土气，全是一些街坊邻居接济我的旧衣服，我没有任何玩具，唯一的零食是父亲卖不掉的水果。那个时候看到某个同学衣服挺括、气宇轩昂的父亲，我就非常羡慕。我简单地想，一个大老爷们，一辈子就蹬着个破三轮卖水果,也太窝囊没志气了。就算职业无高低贵贱之分,那人家卖水果的怎么能形成铺子,咱们为什么只能在三轮车上卖呢?再有就是父亲一天下来水果早早卖完,就兴奋得跟个孩子似的,把他的破三轮车擦了一遍又一遍,我总是冲他翻白眼,觉得他没出息到头了。

上初一的那个寒冬,有一天早上下着大雪,我不想穿那件别人送的土得掉渣的旧黄棉衣,便装着怕迟到一溜烟跑了。

结果我跑到学校后,冻得浑身直哆嗦。当时的学校未通暖气,都是生着小煤炉,教室里也很冷。

第一节课刚下课,就有外班的同学喊我,说有人找我。

空旷的操场上,雪很厚,雪地上只有父亲的一深一浅的脚印和三轮车的轱辘印。他穿的那件很不合体的棉大衣掩盖住了他的瘦小,头上也没有戴帽子,脚上是一双被磨偏了底的棉鞋。他的车上满是水果,用棉被盖着,只有两只冻蔫了的苹果在风雪中费力昂着它们的头。我低头迎去,父亲用左手一个一个地解开大衣的扣子,松开他一起紧夹着的右臂,从腋下取出一件新的防寒服,赶忙塞给我:"刚才我瞅雪越下越大,你也没有穿个棉衣,就去给你买了一件,学习累,别冻坏了。"

父亲一直看着我穿好后,才去系好他的大衣扣子,推着他的水果车,在风雪中渐渐离去。他的棉大衣,简直已穿成个破单衣片儿了,在风雪中飘来荡去,很滑稽的样子。

我穿着还带着父亲体温的新衣服,风雪模糊了我的双眼。以前我总是担心父亲在同学面前出现,我怕同学笑话父亲是个底层的小商贩。可是那天我看着父亲在风雪中瑟瑟发抖的背影,想到在冰天雪地里四处卖水果的艰辛,我心如刀绞。

下课,我望着天边的白云,荒唐地企盼,如果冬季从四季中消失,一年里只有春夏秋,那该多好啊!

母亲去世以后,父亲则显得更加忙碌了,为了给我攒上大学的学费,父亲白天卖水果,晚上就去蹬三轮拉客人。父亲没什么文化,我知道,他是怕我读不好书,以后找不到工作。父亲常在凌晨才回来,我起床上早自习时,父亲早已蹬着三轮去批水果了。

因此,我们父子俩,常常好几天不打一个照面儿。

因为妈妈生病住院,我的功课落下了许多,而没有了妈妈的管束,我好像一下子失去了生活的方向,我不明白命运为什么要这样捉弄我们这样的贫苦人家,我不明白慈爱的母亲怎么会一下子就没有了。

我很害怕一个人待在家里,我拼命想往热闹的地方钻,我跟着同学打游戏、溜旱冰、逛街,有时候接连几天不回家。依稀记得那是个星期二的早上,父亲居然没有去批发水果,他疲倦的身躯靠在门框上,仿佛一时间苍老了许多,父亲看着我久久不语,默默地递给我一块面包。

然后父亲又去收拾车子准备出门了,临走时父亲只说了一句:"我没照顾好你,你又瘦了!我怎么对得起你妈呢?"

当父亲转身而去的时候,我看到他眼角渗出了一滴晶莹的东西,阳光下,那颗泪水折射出强烈而夺目的光彩,刺得我连忙闭了双眼。

以前我一直以为父亲是不会哭的,即使是在我上高一,母亲患肝癌永远离去的时候,父亲几天几夜没合眼,他都没有流泪。

可是,这次,父亲哭了,从未在我面前哭泣过的父亲哭了。

我捧着那块面包,怎么也吃不下去。好像有什么东西在我胸膛中肆意翻滚着,涌动着,我羞愧难当,无地自容,我真想追上父亲,让他狠狠地打我一顿,骂我一顿。因为父亲这滴泪水,我完全抛弃了贪玩的恶习。

我考上了大学,在我生平第一次远离故乡去外地读书的前一天晚上,父亲跟我说了许多许多。长这么大,从未和父亲有过深谈,一直到深夜我在父亲的话音中和衣睡下,我感觉到父亲并没有起身离开,而是静静地看着我,看着这个让他疼爱一生的儿子。睡梦中,我似乎又看到父亲的眼泪,和上次不同的是,父亲笑了!那晚我觉得很温暖,很安全……

上大学后,父亲怕在异乡的我为他担心,有什么难处都瞒着我。为了给我挣学费,父亲什么样的苦活累活都干过,当过搬运工、收过废品、给人擦过玻璃、洗过抽油烟机……

放假回家的时候，我常陪着父亲坐着闲聊，我发现，他的肩膀并不像我想象的那么宽阔，他脸上的皱纹也突然多了许多，父亲的眼神很不好了，头发基本上白了。可他依然要乐呵呵地出去找点事做。

大一的那个假期，我第一次陪父亲去卖水果。很新鲜的水蜜桃和西瓜。我蹬着三轮，让父亲坐在车上的空档处，烈日下，我的肩膀被炙烤得疼痛不堪。

好不容易来到一条宽敞的街道上，一株法国梧桐下，父亲执意让我停下来休息一会。

就在我们父子俩坐在路边喘口气的时候，猛然间十几只水蜜桃从我们的车上"哗"地飞到我们身上脸上，破裂开来，甜蜜的汁液溢向我的眼睛。

几个穿着制服的人扯开嗓子大吼："谁让你们随地摆摊了，罚款罚款！"

我浑身的血都好像凝固了，刹那间感觉浑身冰凉，我"刷"地一下站起来，紧握了双拳。父亲死死地将我拖住，他布满皱纹的脸堆着讨好的、谦卑的笑容："对不起啊，我们只是累了在路边休息一下，我们没有随便卖东西……"

我的大脑一片空白，看着父亲低低地弯腰哀求，我木然地转过身去。

许久之后，那几个人离去了，围观的人却并未散去。我永远记得那是2004年7月6日，我不管多少人在看着我，顾不得惹父亲难过，我趴在三轮车上，趴在已受到损坏的桃子和西瓜上，放声痛哭。

从来在城市里都有很严格的法规和制度，却鲜有人在执法时面若春风、和颜悦色，不知道父亲这些年来都受过怎样的责难和伤害，不知道天下那些苦苦供养子女的父亲们，忍受了多少委屈和泪水。今天，让儿，一哭为快吧。

父亲现在，每天又精神十足地卖水果了，他说，蹬着三轮卖水果，想着儿子肯上进，这样的日子，踏实又乐呵。

父亲不太懂我为什么要放弃原来的专业去攻读社会学系的硕士，只有我自己很清楚，他给予我的爱，如大山般沉重。我愿意穷尽一生，为我生活在底层的父辈们，维护应有的尊严和权利。

我盼望有一天父亲蹬着三轮车停错了地方，有人温和地跟他说一声："老

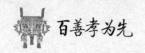

伯,您休息会儿,换个地儿吧,这儿不能卖东西啊。"如此,身为人子,夫复何求。

天下苦苦供养着子女的父母们,放下自尊与骄傲,咽下委屈和泪水。在心底那个"与你有关"的柔软角落,日复一日,年复一年地贮藏起不知如何说出口的深爱。

尤其是在那艰难时刻,那个给了我们生命又饱经风霜竭尽全力要支撑我们的人,是值得尊重的。

当世人用一双鄙夷的眼睛看着被重负压得只剩下拥有你的爱就会快乐的父母时,如果你肯站出来,不惧冷言冷语,握紧那粗糙干裂的手,天堂的大门就已经悄悄打开。

6.父母恩情似海,怎能遗忘在流年?

从前,有一棵巨大的果树。一个小男孩每天都喜欢在树下玩耍。他爬树,吃果子,靠在树下睡觉……他爱树,树也爱和他玩。时间过得很快,小男孩长大了,他不愿意每天都来树下玩耍了。

一天,男孩来到树下,注视着树,"来和我玩吧。"树说。

"我不再是孩子了,这里已经不好玩了。"孩子回答道,"我想要玩具,我需要钱去买玩具。"

"对不起,我没有钱……但是,你可以把我的果子摘下来,拿去卖掉,这样你就有钱了。"

男孩很高兴,把所有的果子都摘下来,离开了。男孩摘了果子后很久都没有回来,树很伤心。

一天,男孩回来了,树很激动。"来和我玩吧!"树说。

"我没时间玩,我得工作,养家糊口。我们需要一幢房子,你能帮助我吗?"

"对不起,我没有房子,但是你可以砍下我的树枝,拿去盖你的房子。"男孩把所有的树枝都砍下来,高兴地离开了。

看到男孩那么高兴,树非常欣慰。但是,男孩从此很久都没回来,树又一次陷入了孤独、伤心之中。

一个炎热的夏日,男孩终于回来了,树很欣喜。"来和我玩吧!"树说。

"我不能和你玩。我现在过得不开心,我想去航海放松一下。你能给我一条船吗?"

"我没有船,但你可以用我的树干造你的船,你就能快乐地航行到遥远的地方了。"男孩把树干砍下来,做成了一条船。

他去航海了,又消失了很长很长时间。

最后,过了很多年,男孩终于回来了。

"对不起,孩子,我再也没有果子可以给你了……"树说。

"我已经没有牙咬果子了。"男孩回答道。

"我也没有树干让你爬了。"树说。

"我已经老得爬不动了。"男孩说。

"我真的不能再给你任何东西,除了我正在死去的树根。"树含着泪说。

"我现在累了,只想找个地方休息。"男孩回答道。

"太好了! 老树根正是休息时最好的倚靠,来吧,来坐在我身边,休息一下吧!"

男孩坐下了,树很高兴,含着泪微笑着……

这是每个人的故事,树就是我们的父母。当我们年幼的时候,我们愿意和爸爸、妈妈玩。当我们长大成人,我们就离开了父母,只有我们需要一些东西或者遇到麻烦时,才会回去。然而,不论怎样,父母总是支持我们,竭力给我们每一样能让我们高兴的东西。

很多人也许会想,男孩对树太残酷了,我一定不会这样。但是,那正是我

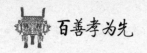

们对待父母的方式啊！对于等待的人，时间过得太慢；对于恐惧的人，时间过得太快；对于悲伤的人，时间总是太长；对于享受的人，时间总是太短……但是，对于那些在爱的人，时间却是永恒的。

父母一生都在为我们默默地奉献，我们要想一想，其实无论在我们成长的时期，还是已经长大的年纪，都已经到了回报父母的时候了。

午夜十二点，雨很大，还有闪电和雷鸣。

儿子恺迪已经熟睡。

听到一阵急促的敲门声，雅南以为是老公剑欣回家了，赶紧穿着袍子奔向客厅。猛一拉开门，出现在眼前的竟然是瘦弱的满头白发的公公和婆婆。

他们浑身湿漉漉的，眉目中满是惶惑、痛苦与不安。

雅南懵住了，脱口而出："爸，妈！你们怎么回来了？出什么事了？"婆婆红了眼，身体晃了晃，却半天说不出一个字。"没办法，没办法，再也忍不下去了！"公公一边伸手扶住老伴，一边嘀咕着。

雅南突然明白了什么，赶紧将老人扶稳："你们快回房间换上干衣服吧！我去厨房熬一碗姜汤，你们淋了雨，可别着了凉。"

几分钟以后，雅南将热腾腾的姜汤端到公公婆婆跟前。

"雅南啊，给你和老大添麻烦了，对不起啊！"公公流着泪，双手颤抖，"我就盼着，琥薇要是有你一半的体贴就好了！她说你弟弟赚不到钱，没本事请保姆，只有让老得无用的爹妈去敷衍扮样。我们知道女人生孩子很不容易，有命喝鸡汤无命喝黄汤，尽量顺着她。可不管怎么让，她还是不满意。一会儿嫌弃你妈抱孩子的姿势不对，一会儿抱怨饭菜不合胃口，一会儿又说家里人太吵休息不好……你妈忍不住唠叨了几句，她就说那房子是她从银行按揭供养的，不想讨厌的人住在里面，让我们马上消失！"

"太不像话了！"雅南气坏了，"连你们都不能容忍，她到底要干什么？"

在雅南眼里，这是一对天底下最勤劳最和善的父母。

自从雅南生下恺迪后，公公和婆婆就从乡下来到城里，与他们住在一起,帮忙打理家务。这一眨眼就是十年,雅南也将两个任劳任怨、默默奉献的老人视作自己的亲生父母。谁能料到,住在剑荣家不到一个月就发生了老人被驱逐的闹剧。

"我们是没有用!老头子,她骂得对,"婆婆缓过了气,不住摇着头,"这个城市,本来就没有我们的家。还是回乡下去吧,再破也是一个窝,我们明天就走!"

"妈,别这么说!"雅南听得很愧疚,一阵阵凉意袭上心头,"我们和两个姐姐可没有嫌弃过你们,这里永远都是你们的家!"

"唉!"婆婆没有说话,怔怔地将头扭向窗外,一贯充沛的精气神也仿佛突然被看不见的怪兽摄走了。雅南更难过了,低声叮嘱两位老人好好休息,慢慢回到了自己的卧室。

翻来覆去,雅南无法入眠。

老父母那一双孤零零、怯生生的身影如同阴霾,挥散不去。

她在不断拷问自己:"如果将来我老了,我会希望恺迪做些什么?是不是恺迪跑来告诉我,妈咪,我的家永远都是你的家,我就会很安心很快乐?"

"不,不!"雅南自言自语起来,"我会告诉他,妈咪很喜欢自己的儿子,但是也喜欢有一个自己的家,那个家里就只有一个真正的主人,那就是我自己!"

莫名其妙地,雅南又突然记起五岁时的恺迪。自己曾经好严肃好认真地说:"儿子呀,将来妈咪要帮你带你的宝贝哟!让你能好好地去工作!"恺迪却更加严肃更加认真地说:"妈咪呀,我不要你帮我带宝贝。我的宝贝是一个男孩,很顽皮。你看奶奶带我多辛苦,我不会让你的将来和奶奶一样辛苦的。"

恺迪的那一番话让雅南感动,一辈子都不会忘记。

"一个孩子都懂得以自己的体验来感恩父母的辛劳,我难道可以假装不知道父母的辛劳和期盼吗?如果我能让他们得到安全和满足,不就是给至亲最大的回报吗?"雅南越想越清晰,恨不能马上就到大天亮。

第二天清晨,雅南向睡意朦胧的老公宣布了一个重要决定:"我们刚买的那套小户型不要出租了!好好地装修一下,正好适合你的爸妈单独去居住。和子女在一起这么久了,也该他们享受一下二人世界了。父母不需要寄

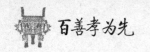

子女篱下，也该有自己的空间，哪怕是一个小小的蜗居。至于剑荣的孩子，由他们自己决定还要不要帮忙照顾。"

毫无疑问，给老去的并无什么钱财的父母一个小小的可以随意做主的家，哪怕只是一个小小的蜗居，都如同为他们建造了一个自由富丽的宫殿。在那个没有白眼和纷争的地方，老人才可以扮演说话算话的国王和皇后，尽享属于自己的快乐和惬意。

作为懂得孝顺和感恩的子女，应帮助父母撑起的，除了健康的身体，还有尊严。

因为父母是你生命的源起，他们抚养你成长，早已经伤痕累累。爱父母，就要敢于站出来承担，乐于为他们付出。

7.让爱在"谎言"中传递下去

姜楠是个平平凡凡的女孩，20岁出头，刚刚走上工作岗位，和父母住在一起，吃住都不用自己费心，日子过得自在小资。她有很多一直保持着联系的同学，没事儿就会三五个聚在一起吃饭，天南海北地聊天，坐到饭馆打烊。

朋友之中有一个还很有孩子气的男生，他们是高中同学，那时的朋友就是学校里的运动明星，笑起来一脸阳光，而这么多年过去了，似乎都一点儿都没有长大。姜楠和这个朋友因为认识多年的缘故，关系很好，经常去朋友家吃饭，和他的父母也很熟悉。这一天因为下班顺路，朋友又请姜楠去家里吃饭。

饭菜上桌，正中摆着一条香味诱人的红烧鱼。朋友笑着让姜楠赶快坐下，说："快来尝尝，这是我妈最拿手的菜了。"

姜楠有些不好意思，本来是过来吃顿便饭的，没有想到让人家这么费心费事。她看着那条诱人的红烧鱼，正在纠结应该从哪儿下手，坐在一旁的朋友已经默默地把没肉又多刺的鱼头夹到碗里了。和朋友一起吃饭的时候很少会点麻烦的红烧鱼，所以姜楠从来不知道朋友喜欢吃鱼头，暗自责怪自己的粗心。朋友的母亲好像是看穿了她在想什么，笑眯眯地给她夹了一大块鱼肉，说："我也不知道儿子怎么开始喜欢吃鱼头了。"

一顿饭吃得姜楠心满意足，摸着吃得圆滚滚的肚子，她决定走回家去，两家离得不远，但是天已经黑了，所以朋友坚持送。路上姜楠不忘了感叹朋友母亲做菜的美味，尤其是那条红烧鱼。

"对了，"姜楠问，"我从没听过你喜欢吃鱼头啊，怎么刚上来就把鱼头夹走了。"

朋友沉默了好一会儿，才回答："我不爱吃鱼头。"

"那你干嘛非要吃啊？"姜楠惊讶地说，朋友苦笑了起来，缓缓地说出这么做的缘由，小时候鱼头都是归母亲的。母亲总是说一个小小的鱼头里面能吃出7种味道，那时他不懂事，信以为真。

后来偶然的一次，朋友看了一本书，上面有一篇文章，题目是《妈妈爱吃鱼头》，上边说母亲是世界上最伟大的职业，当一个女人成了母亲，她会觉得自己的整个人生都得到了升华，孩子对于他们来说重于生命。所以所有的妈妈都喜欢吃鱼头，即便他们从前不喜欢吃，在做了母亲之后，为了把最好的东西留给自己爱的人，都会说自己喜欢吃鱼头。

"我那时才明白，原来二十多年，妈妈一直在骗我。现在我明白了，也该我骗骗她了，不然她不就白养我这么大了。"

姜楠不由自主地停下了脚步，想仔细看看面前这个人是不是记忆中那个一直长不大的高中生。朋友的笑容依旧阳光，只是多了温暖。

人们都熟悉《妈妈爱吃鱼头》的故事。

在那个物质匮乏的年代，吃没什么肉的鱼头，以及吃没有油荤的素食，其实都是贫苦人家不得已的选择——吃不起和舍不得。

从吃到穿,天下捉襟见肘的父母们好像都有特别的创意。

为了余出资源和营养满足子女的生长需求,节衣缩食逐渐成为他们的习惯。很多父母即使拥有了不错的家境,还是固执地保留着只买廉价货的癖好。

但子女的心却在这样的节俭中不安起来,因为,父母已经不强壮的身体,需要加倍呵护。

只要你有能力,请给父母送去最好的礼物,什么样的尝试都可以(别说他们会不乐意),如同当年他们把最好的吃穿住行包括自己的身心毫无保留地给了你。

那天下午,安妮陪妈妈去买鞋。

"妈,很疼吗?"看着妈妈费了很大的力,终于将脚放进那双精致的鞋子中,安妮的鼻尖冒出了汗,"我怎么不知道你的大脚趾上有疙瘩呢?"

"不疼!是我的脚不好。"妈有点气馁,急急地把脚缩回,"其实以前就有,只是不明显。老了老了,这个疙瘩也大起来,穿鞋子都顶出一大块。"

"老太太,大部分老年人的脚都会这样,"售鞋小姐态度蛮好,体贴地解释着,"这是正常的,建议你选择底子有韧劲皮子弹性好的鞋子,可以有效保养自己的脚。"

听到妈连声道谢,安妮的脸有些微微泛红。

首先,她并不知道对于老人来说,一双合脚的鞋意味着什么;其次,她真的是很惊讶,不明白妈今年才五十八岁,怎么就会被人叫做老。

安妮瞥眼悄悄看了看,发现妈的头发不知何时已间杂了很多白发。而她那瘦削的脸部,不仅有明显的老人斑和皱纹,脖子上的肌肉也松弛了,泛着黄光。

"妈!"安妮的心一酸,"你……"

"什么事?"

"我……""安妮克制住即将涌出的眼泪,故作欢快地提高了嗓门,"再去别家看一看吧,总会有合适的!"

"对咯,我又不着急。"妈站起身来,"你不知道吧?这双鞋子跟了我十年呢！当时商场大优惠，算下来比地摊货还便宜。直到今天，我还后悔没有多买一双呢！"

"妈！"安妮窘到极点，"十年前的鞋子你还一直穿着？难怪脚会走形。"

"有什么关系呢？我又不爱赶时髦！"妈宽容地笑了笑，"你可要知道，你们几个的学费、生活费、零花钱，都是我一家又一家去排队买大特价省出来的。你爸那点收入，喝粥还勉强，想要不焦不愁，还真得想点办法呢！"

"妈，你从来都不买正价的东西吗？"安妮有点迷惑，"印象中，我和哥的衣服不是都挺好的吗？那些也是你去排队买特价淘回来的？"

"当然了！"妈自豪起来，"不打折不采买！这是我们那一群'便宜妈妈团'的口号呢！很多店铺的营业员都认识我们，看到我们还要打招呼。"

安妮的脸越发滚烫，心如潮水翻腾。

她突然想起"白眼"这个词，心想，当年妈一定遭受过不少白眼吧！

安妮更难过了。

走着走着，妈的眼睛被一家名鞋店橱窗里的一双藕荷色的低跟鞋吸引，慢慢停住了脚步。装扮时尚的店员小姐殷勤地过来招呼："请问需要进来看一看吗？这款是新品，很适合这位女士呢！"妈妈的脸微红，正准备说不，安妮却点点头："是的，请拿来试一试吧！"

妈坐在软软的沙发上，慢慢伸出了脚，很小心很小心地放进新鞋子。

看得出来，这双鞋子让妈感到很舒适很自如。不可思议的是，当她起身移动步伐的时候，那双鞋如同施展了魔法，令她看起来年轻了好几岁。

"妈，喜欢吗？"

"喜欢！好舒服啊！"

"好的，我们就要这一双，"安妮掏出了信用卡，"妈，不用脱下来，你就穿着它去逛街吧。"

"等一等，"妈一把拦住了安妮，端详起另一只鞋子上的价签。一秒钟之后，她惊呼起来："老天爷，这双鞋子好贵！我不要了！"

"要，怎么能不要呢？我买给你！"

"请问,你们是要还是不要呢?"店员小姐很为难。

"要,当然要!"安妮一边给店员小姐眨眼睛,一边将妈已经脱下的一只鞋套到她脚上,"这家店今天做特价,这款只要三折,我们可不能错失良机哦!"

"真的只要三折?"妈又惊又喜,"还是有一点点贵啦!我都不穿这么贵的鞋子的。不过呢,这贵的鞋子真好,脚就像被棉花包着,软绵绵的,一点都不疼。"

店员小姐很懂事,急忙配合:"妈妈好福气呢!你女儿爱你,才给你买最好的鞋子。你放心,这双鞋子真的是特价,不是所有人都有机会碰到的哟!不要辜负了她呀。"

安妮如释重负,冲着善解人意的女孩点点头。

付完款,母女两个手挽着手往家走。妈时不时地低头看那双新鞋,遇到小坑洼的地方就放慢了脚步。妈甚至说:"哎呀,穿上这双鞋,我会不会突然忘记该如何走路了呢?"

安妮笑得说不出话来。

一周后的下午,安妮还接到妈打来的电话:"我们真是运气超好!这双鞋子可是世界名牌,贵得离谱。隔壁李妈妈也中意它,跑去店里看了好多次,都没有遇到这么厉害的折扣。店员小姐说,是我有福气,所以才会与那双鞋子结缘。我就说了,是我的女儿有孝心,大折扣才出现!"

父母的谎言根植于他们对子女的爱。如果你被这种"谎言"欺骗了许多年,这只能说明你把太多的心思花在自己的身上,而来不及细细聆听、也来不及用心体会父母所说的话。其实听懂父母的"谎言",只需要花一些时间,只需要多看一眼父母,甚至只需要分一点心思出来。

每个人都可以将心比心地去为父母思考,在听父母说话时,将自己代入他们的立场、心境,想一想怎么说、怎么做,这样一来就可以听出父母的话语中哪些是真话,哪些是爱的谎言,也可以听出父母对子女无私的付出,小心翼翼地关怀,以及温柔的庇护。

8.爱的药方

他的一生,医过的病人数十万,什么样的病人家属都见过,很糊涂的家属需要提醒、很慌忙的需要安慰、很蛮横的需要解释……独独有一位,不但不糊涂不慌乱不蛮横,还曾授意他开过药方。

让他怎样开药方的,是病人的女儿。

那是一位常见病人,六十多岁,风湿,入冬以来痛苦不堪。他让病人做了常规检查,又对照了病历,决定开药方。

这时,陪同病人来的女儿让父亲先出去,他父亲如蒙大赦,边走边拿打火机将烟点着,看上去瘾大且顽固。

病人出去后,女儿要求他在药方上附加一条:服药期间严禁抽烟。抽烟并不是风湿的病因,怎么可以是药方的内容? 他一生严谨行医,怎可贻笑大方。

那做女儿的着急起来,她说一直劝父亲戒烟,却总是失败。最近一次她偶尔听父亲叹道:"如果医生说戒烟能治好风湿,我一定不抽了。"

"无论与风湿有没有关系,请你一定附上这一条。"女儿求他。他行医五十多年,要求少开药的家属见过,要求多拿药的也见过,前者一般穷苦,后者可以拿回去报销,要求附加药方的却是没一次遇到,他破例开了这个不是药方的方子。

但是她又说:"能不能再开些可以吃两个月的调理药方? 照例在后面附加那一条。"

事后,他想明白了病人的女儿为什么会要求他开那张不是药方的方子——因为,药方后面,附加着爱。

任何药方,若是以爱作为引子,必定会具有神奇的疗效,也会更快地治愈病痛。

第十章

敬亲谅亲

——善待父母,善待爱

1.孝心就是用心体谅父母

古人云:亲爱之心生于孩幼。

这句话讲的是父子有亲就是爱的原点,亲爱之心在孩幼时代就养成了。亲爱是没有人来强迫的,不是造作出来的,是自然而然的。所以爱心是天性,我们称为性德,如果能够保持,那么当孩子慢慢长大以后,就能够把爱心扩展,对一切人都能仁爱。

圣人教化百姓,懂得循着人的天性来教化。天性是什么?父子有亲是天性,把父母跟儿女这种亲爱能够保持一生,而且能够发扬光大,对一切人都是这种亲爱,这个人就是圣人。圣人教人要爱、要敬,爱敬存心。爱心从哪里生长?从幼儿时代就开始生长,这是人的本心。

人的本心是什么?就是人性本善。爱敬是性德,本性本善,顺着这种性德来行爱敬之道,就十分容易。孝心亦是如此。如果我们循着本心来理解并谅解父母,就会发现,我们和父母之间原本就是和谐顺意的。如果我们不能体谅父母对我们的爱,那么我们的双眼就会被蒙蔽,对于父母的无私付出,也置若罔闻了。

那天,女孩跟妈妈又吵架了,一气之下,她摔门而去。她一个人在大街上走了很长时间,天色渐渐暗下来,昏黄的街灯稀稀落落地亮了,她感到又冷又饿。她想回家,可一想到和妈妈争吵的情景,她就再也不想回去了。她觉得妈妈不爱她,也不理解她。她不喜欢妈妈总是到学校给她送吃的送穿的,她更不喜欢妈妈冷着一张脸打量送她回来的男孩子,而且还冷言冷语。她甚至认为,这世上再也没有比妈妈更糟糕的母亲了。想到这些,那个家更让她烦恼了。

走着走着,她看到前面有个馄饨摊,便迫不及待地跑上前去,说:"阿婆,给我一碗馄饨。"老阿婆笑眯眯地给她盛了一碗馄饨。

"哦，不好意思。阿婆，我，我不要了。"女孩的手从衣兜里拿出来。因为出来的急，她一分钱都没带。

老阿婆看出了她的为难，和蔼地笑着说："来来来，孩子，我也要收摊了，这碗馄饨我请你吃。"老阿婆说着便端来一碗馄饨，还有一碟小菜。她满怀感激，刚吃了几口，眼泪就掉下来了，纷纷落在碗里。

"孩子，你这是怎么了？"老阿婆关切地问。

"阿婆，您真好。"她一边擦着眼泪一边说："我们不认识，您却对我这样好，而我的妈妈却因为我跟她拌了几句嘴就把我赶出来了，还说以后不让我回去了！"

老阿婆听了，叹了口气，她坐在女孩身边，也开始抹起了眼泪。女孩看到这情景，手足无措地问："阿婆，您这是怎么了？是不是因为我？""孩子，你怎么会这么想呢？你想想看，我只不过给你煮了一碗馄饨，你就这么感激我，那你妈妈给你煮了十多年的饭，你怎么会不感激呢？你怎么还跟她吵架呢？你觉得我好，可我的女儿不这么认为。女儿也是因为跟我吵架，我一时生气，让她走，结果她走了再也没回来。做女儿的怎么就不懂父母的心呢？有哪个父母真能狠下心来不要自己的孩子啊！女儿从小爱吃我做的馄饨，我便每天在大街小巷上卖馄饨，就是希望有一天女儿能闻到我煮的馄饨味，跟我回家。孩子，天下间的父母做什么都是为了自己的孩子好，可能有时候他们的行为有些过激，但也是因为爱子心切啊！"

女孩听到阿婆说的这些话，愣住了。她匆匆吃完了馄饨，开始往家走。当她走到家附近时，一眼就看到了疲惫不堪的母亲正在路口四处张望。母亲看到她时，脸上立刻露出了喜色："赶快回家吧，饭早就做好了，你再不回来，饭都要凉了！"听到母亲的呼唤，女孩再也忍不住了，一下子扑到母亲怀里，声泪俱下道："妈妈，是我错了，你原谅我吧。"

在生活中，我们时常做着和女孩相同的事情。很多时候，我们对别人给予的小恩小惠"感激不尽，铭记在心"，却对亲人一辈子的恩情"视而不见"。是的，母亲给我们煮了十几年、几十年的饭，给我们洗了十几年、几十年的衣服，小时候不知为我们跑了多少次医院，跑了多少次学校。为了我们能健康成长，他们把所有的心血和精力全部放在我们身上。对于这一切一切的付出，我们总是那样心安理得地接受，而当我们多为父母操一点心时，多为父母付出一点时，我们可能就会抱怨，就会发火。

为什么我们可以和朋友聊天聊上半天，却不能和父母亲说上一两句话呢？为什么我们可以轻易地原谅自己，却苛刻地对待我们的父母亲呢？或许，有时候他们的行为确实会给我们带来烦恼，我们为什么不能体谅这烦恼背后的良苦用心呢？

我们总是把父母所做的一切当作天经地义的事情，可我们却总是忽略掉孝敬父母更是天经地义的事。我们总是希望父母能懂我们的心，为我们做我们需要的一切，如果他们一时意会错了，我们就会埋怨，说他们不懂我们，不体谅我们。那我们有没有问过自己："我们体谅他们了吗？我们懂得他们的心吗？"这一辈子，父母曾经为我们做了多少事，用了多少心，我们从不会去计算，去铭记，而我们为他们做一点事情，都会记得清清楚楚：父亲节给父亲买了一个剃须刀，母亲节为母亲买了一件衣服。却忽略了父母在接过这些礼物时，眼角的湿润。犹太人有句谚语说得很好：父亲给儿子东西的时候，儿子笑了。儿子给父亲东西的时候，父亲哭了。

出门前，看看站在门口的父母，看看他们眼里的惦记和满足，对他们说一句放心；回家时，和他们聊聊生活的事情，别嫌弃他们话语繁琐，行事呆板，我们要学着体谅。从现在开始，记得做一个孝顺的子女，这一辈子，欠得最多的、能让你欠的、而且不求回报的也只有父母，不要抱怨他们的不理解，换种方式多多体谅他们。

父母与孩子的年龄差距，注定了两代人之间在处理问题的方式、思考问题的角度上难免会有分歧。在这种情况下，能站在对方的立场上进行换位思考是最明智的做法，也是对父母的一种孝顺。

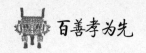

2.家的土壤种不得怨恨的种子

家是夜路上那盏永不会熄灭的明灯,不仅照亮了黑暗中的路途,还驱散了寒夜的凄清与荒凉;家是香甜的睡梦中那个飘出缕缕炊烟的小木屋,无论什么样的风雨都不能打破屋内的宁静,无论什么样的寒潮都无法扑灭温暖的火焰;家是心灵之舟可以安心停泊的港湾,包容和接纳你的全部,在这里你永远不用担心孤独和寂寞,因为总有个伴不离不弃地陪着你。

《菜根谭》上早有明示:"炎凉之态,富贵更甚于贫贱;妒忌之心,骨肉尤狠于外人。此处若不当以冷肠,御以平气,鲜不日坐烦恼障中矣。"

如果想要家庭幸福,就要学会包容,而不是彼此之间心生怨恨。一旦家人之间有了怨恨、嫌隙,那么恐怕再富贵也能感受世态炎凉,即便是至亲骨肉也难免手足相残。

明朝嘉靖年间,户部侍郎杨继康身居高位,家中虽无一子但是五个女儿和女婿对他们老两口都十分孝顺,算得上是生活幸福。这天,正是杨侍郎的寿诞之日,家里张灯结彩,前来拜寿的宾客络绎不绝,十分热闹,尤其是五个女儿全都带着厚礼赶到京城来给双亲祝寿。

杨继康的这五个女儿,其中有四个嫁得不是官绅就是城中首富,全是鼎盛之家,唯独三女儿杨三春嫁给了家境贫寒的穷书生邹应龙。

五个女儿同时来拜寿,家境殷实的四个女儿给双亲奉上的寿礼皆是极其名贵之物,唯有贫寒的三女儿只是送了父母一双自己做的鞋子。杨继康老两口本就因为三女婿邹应龙是个穷书生而看不上眼,再看他们送的礼物如此微薄更是冷眼以对。

二女儿双桃仗着平时父母对自己宠爱有加,此时更是趁机挑拨,言语尖酸刻薄,唆使杨夫人将三女儿和三女婿赶了出去,其余的家人继续为老人贺寿。三春见此情景，也不多说，只是和丈夫邹应龙离开了。

杨侍郎的寿辰没过多久，他就因为与朝中的奸臣严嵩作对，遭其诬陷被抄家革职了。杨家立刻从钟鸣鼎食的大户人家变成了人见人躲的"过街老鼠"。

杨家的仆人见主人大势已去全都纷纷逃散，唯有婢女翠云因感激杨家二老而留在他们身边继续服侍。杨继康看自己如今的情形，京城是再也待不下去了，幸好还有四个平时很孝顺的女儿、女婿，于是就带着夫人和翠云去投奔几个女儿。

谁料，曾经殷勤的女儿、女婿们如今却个个翻脸不认人，听见父亲、岳父有难全都一哄而散。大女儿在家中做不了主，大女婿为图飞黄腾达早已依附于严嵩；二女儿、女婿都是嫌贫爱富之人，如今看到杨继康落魄了更是唯恐避之不及；四女儿、五女儿虽然有心要收留父母，无奈婆家都惧怕严嵩的淫威，因而不敢接纳，只得气走了老两口。

满怀希望而来的杨老夫妇竟然在几个女儿家都碰了钉子，走投无路之下，他们只得暂住在郊外的城隍庙中。正所谓"福无双至，祸不单行"，此时天气突然降温，风雪交加，两位老人一生养尊处优，哪里遭过这种罪，身上的盘缠早就花完了，如今更是连口饭都吃不上了。

婢女翠云平时有吃的都紧着杨老夫妇先吃，如今两位老人已经一天没吃过东西了，再这样下去也不是办法。她忠心护主，只得冒着暴风雪外出乞讨食物，但是因为体力不支，晕倒在半路上。

正巧，婢女被邹应龙的弟弟邹世龙发现带到了哥哥、嫂子家。杨三春认出此人是父母身边的婢女翠云，将她救起后，得知了父母的遭遇。三春带人连夜冒着风雪赶到城隍庙，将饥寒交迫的杨老夫妇接到自己家中悉心照顾。

此时，勤学苦读的邹应龙金榜题名，高中状元荣归故里。他告诉杨继康，自己此行正是为了搜查严嵩的罪证，以便将其绳之以法。三年后，在京城为官的邹应龙终于用计斗倒了严嵩，杨继康得以沉冤昭雪，官复原职，还把一直忠心照顾自己的婢女翠云收为义女。这一日又是杨继康的寿诞，经历过兴衰荣辱的杨老夫妇此时早已将世间很多事情都看开了，他们坐在寿堂之上，

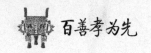

看着六个女儿拜寿，尽享天伦之乐。

人称"西部歌王"的王洛宾说过："宽容、谅解是组合家庭最基本的东西。"同时，这也是每一个家庭成员都应该领会并掌握的技巧，是需要共同学习的课题。曾经有人为了家中的琐事向庙里的大法师请教开示，法师告诉他：对待家人要有心——事事忍让、凡事包容的爱心；将心比心的诚心；寻找心灵平静的清心；懂得等待的耐心；学会选择和放弃的宽心。

周朝的鲁国，有个姓闵名损，字子骞的人。他小的时候母亲就不幸去世了。父亲又续了后妻，后妻又连续生了两个弟弟。人都有私心，因为不是自己亲生的，所以后母对待孩子就有很大的差别。后母平时对子骞很不好。严冬，后母给自己亲生的两个孩子穿着棉花做的棉衣，两个小孩子就算是在户外玩耍小脸也是红扑扑的。但是，子骞却裹在单薄的芦花做成的衣服里。数九寒天，寒风刺骨，子骞经常被冻得四肢僵硬、脸色发紫。就是在这种极大的差别中，子骞也从来没有一点怨言。假如今天是你，在这样的家庭生活中，是不是能够承受？是不是有勇气继续生活下去？今人或许没有办法，可是对子骞来讲，他一点都不感到难过，一点也不抱怨他的后母。

在一个寒冷的冬天，子骞的父亲外出办事，要子骞驾车。冰天雪地，子骞身上芦苇做的衣服哪能抵挡住冬天的严寒！双手被冻僵了，嘴唇冻紫了。一阵寒风吹过，子骞剧烈抖动的身体实在无法抓紧缰绳，一失手，驾车的辔鞍就掉了，这引起了马车很大的震动。

坐在车里的父亲身体猛晃，非常生气，心想：这么大了连马车都驾不好！便要下车呵斥。正要斥骂时，他突然发现子骞脸色发紫，浑身颤抖。很是奇怪，便上前扯开子骞的衣襟，顿时脸色大变，眼睛湿润：原来，子骞的"棉衣"里全都是一丝丝的芦苇絮，没有棉花的影子！这样寒冷的天气，子骞怎么能忍受得了呢。让孩子在三九天里受这样的冷冻之苦，是自己没尽到做父亲的责任啊！这时，父亲火冒三丈，想不到同床共枕的妻子竟然这样恶劣，居然对一个孩子都如此狠毒。他当即决定把妻子赶出门去。子骞听后扑通一声跪在地上，含泪抱着父亲说："母亲在的时候，只有我一个人寒冷，可是如果母亲不在的时候，家里的三个孩子就都要受冻挨饿了。"他的这番话使父亲非常的感动，于是就不再赶他的后母了。看到闵子骞一点都不怀恨于心，后母深受感动，她对自己的行为感到相当的后悔，最后也把子骞看成和自己的小孩一样的爱护。

在当时，假如子骞的父亲一怒之下把后妻赶出家门，那么可以说，这个家庭从此以后就不再有天伦之乐，取而代之的是妻离子散，这是何等的悲惨！可是因为有这样一位孝子子骞，才使整个家庭为之转变，从可能沦落到悲惨境地的家庭转变为幸福温馨。这个力量只在我们一念之间，这一念就是纯洁之孝，也就是每一个人心目当中都有的至性的纯孝。

"母在一子寒，母去三子单。"这句话，流传千古，让后代的人都来赞美闵子骞的孝心孝行。假如我们也是生长在类似的家庭环境当中，我们也应该要懂得与后母好好的相处，谅解母亲的过失。如果能向子骞学习，相信在家庭生活当中，一定可以免去许多的误会、许多的争执、许多的不愉快。人都有孝心、孝行，天下不会有人心肠会像铁石一样，只要我们肯用心，发自内心对父母孝顺奉养，父母再怎么不好，也都会有感动的一天。

只有善于原谅父母的一时过失，才能够保证自己的家庭永远和睦、幸福、温暖。要知道，母亲能够给我们生命，这已经是莫大的恩惠了。闵子骞连后母都能够原谅，何况是我们的亲生父母呢？谅解父母的过失，其实也是在向父母感恩，是在尽自己的一份孝心。

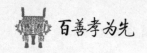

3.原谅父母是走向成熟的必经之路

国学大师钱穆先生说家人相处时,应当兼顾情义,尤其是作为子女的,应该以不伤害父母为前提。如果对父母无情,则必陷于大不义的境地。懂得了这些,在面对父母的过错时也就没有什么怨言了。

人们常常会说,天下无不是之父母。这话不能从字面上僵化理解,圣贤都会犯错,何况身为普通人的父母呢?

有很多孩子面对父母时又爱又怕,爱是父母生我们、养我们付出了无私的关爱,我们怕的是父母发脾气或骂自己,有时是孩子的错,但有时却是父母的错,在这种情况下,我们应该及时与父母沟通,用客观的角度来与父母讲道理。这才是解决问题的方法。

但是,若子女规劝父母,而父母不听怎么办?孔子说,在这种情况下,仍要对父母表示恭顺,虽然为父母不能改正错误和缺点而担忧,但不能心怀怨恨。

郑国国君郑武公娶了一个夫人,叫武姜,生了两个儿子,长子寤生,次子段。寤生出生时武姜因为难产差点儿丢了性命,所以她只喜欢段。

郑武公准备立太子。他和大臣们商量决定立长子寤生为太子,夫人武姜却坚决不同意,她想让小儿子段继承君位,一再要求武公立段为太子。武公是一个很有主见的国君,他没有采纳武姜的意见,而是按规矩立寤生为太子。

郑武公病逝后,太子寤生即位,就是郑庄公。武姜见小儿子段没有大权,就要求庄公把制邑册封给段。因为制邑是有名的军事重镇,庄公于是拒绝了母亲的要求,并解释说先君曾有遗命,制邑不许分封给任何人。武姜听后非常生气,但又不死心,又要求庄公把京城分封给段。

庄公为了安慰母亲,便同意将京城封给段。众大臣知道此事后,纷纷劝阻庄公。大夫祭仲直言道:"主公,京城地广民众,把京城分封出去,等于将国家一分为二。况且公子段如果倚仗夫人的宠爱，扩大自己的势力，将来恐怕对国家有害无益！"但是庄公已对母亲应允，不能更改了。

段得到京城，在其母武姜的怂恿下悄悄地开始招兵买马，训练兵士，积蓄一切力量，做好一切准备，暗中策划谋反。只等待机会到了，便与母亲里应外合，袭击郑庄公，夺取国君的位置。段逐渐将势力范围扩大到郑国的北部和西部边境，这些地区原本不属京城管辖，但地方官不敢得罪他，只好违心地服从他的命令。

段的阴谋活动早被大夫祭仲看在眼里，他劝庄公采取手段，早日清除祸患，以巩固自己的地位，庄公没有同意。

鲁隐公元年(公元前772年)，段认为时机已到，率领战车、兵士向都城逼近，准备偷袭都城，废黜庄公。武姜则计划在城内作为内应，帮助段一举取胜。然而郑庄公已知道他们准备反叛的日期，早有戒备，并提前派公子吕率两百多辆战车袭取京城。

段得知京城失守的消息，无心再进攻都城，更无力夺回京城，只好在城外驻扎下来。郑军进攻，段没有办法，只好跑到了共国。

叛乱被庄公平定后，他将母亲武姜送到颍地囚禁起来，并发誓说：不到黄泉之下，再不见面！

一转眼几年过去了。一天，一个叫颍考叔的官员来拜见庄公。庄公留他一道吃饭，并赐羊腿给他。颍考叔把羊腿的好肉割下来不吃，却恭恭敬敬地放在一边。庄公不知是何缘故，便问他。颍考叔说："臣家中有一年迈的母亲，我想把您赐给我的羊肉带回家去孝敬母亲……"

庄公听到颍考叔这番话，马上联想到自己的母亲武姜，情不自禁掉下泪来。颍考叔装作一无所知，忙问他为何如此伤心。庄公凄楚地叹了一口气，将自己矛盾的心情告诉给他："你可以随时见到母亲、孝敬母亲，只有我没有这样的机会！"颍考叔笑道："我有一个好办法，能完美地解决这件事。您可以令人挖掘一条地沟，一直挖到流出泉水为止，在那里您可以同母亲相见。这样做既不违背誓言，又尽了孝道，岂不是两全其美吗？"

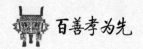

庄公按照这个方法终于见到母亲，与母亲和好如初。

原谅父母的过错、失误，重归于好，这是做子女应该做的事。父母与子女之间或多或少存在着代沟，这个代沟往往是由于彼此的成长环境不同造成的，因为接受的思想不同，所以父母和我们的人生观、价值观就会不同，所以在做决定的时候父母就可能与我们大相径庭，随之而来的就是误解与矛盾。其实每个人都是时代的产物，我们要把父母当成普通人一样看待，站在他们的角度上看问题，互相谅解，以一个正确的方式来解决问题。

父母离婚了，父亲离开了这个城市。他和妹妹、母亲相依为命。母亲常常发呆走神，不能正常工作。那个时候，他还小，却因无力承担家庭重担而常常伤心。为了省钱，他便去野地里打草。母亲渐渐精神失常了，他看着日益憔悴的母亲只能咬着牙坚持下来。

他因为要照顾家庭而没有考上大学，却在机缘巧合下做了一名体育老师，然后认识了一个女孩。结婚之后，妻子非常照顾精神失常的母亲，他感到这样的生活也很知足。

过了一段时间，父亲再次出现了。那个女人花光了父亲所有的钱，又跟别人跑了。父亲声嘶力竭地说："你是跟我有血缘关系的儿子。"他说："在需要你抚养的时候，你离开我们。现在需要有人赡养你了，你反而回来了。"母亲看见这一幕，对他说："让你父亲回来吧。"他没有说话，沉默许久问母亲："你不恨他吗？"母亲没有做声。

已是寒冬，他来到父亲那个勉强可以称之为家的地方，只有一张单人床，一个热水壶和几袋方便面。父亲看到他，说："请进吧。"他进到屋子里，发现自己比父亲还要高，他点起一根烟，环视四周，说："我过两天来接你回去。"

他给父亲重新租了房子，凡事亲力亲为，买家具，挑床单，甚至于碗筷他都亲自去买。在忙这些的时候，他渐渐觉得自己心里的恨已经没有了。

不久，妹妹回来了，她说："哥，你不恨父亲了。"他点头，道："自从父亲回来,母亲很久都没有发作了。父亲现在待母亲不错,帮她梳头,帮她洗衣,叫母亲老伴的时候,母亲都会微笑。"

　　爱和恨只是一线之隔,父子之间的血缘深情是无法阻隔的,促成父子和解的,正是"孝心"和"爱心"。

4.带爱回家,让幸福化蛹成蝶

　　凉志是在夏末的一个午后,收到邮局寄来的盒子的。他的女儿15岁了,吵着要看里面是什么。不过,盒子里的东西,让她大失所望。那是一台很旧的复读机,上面整齐地码着四盒卡式录音带,每一张封面,都有不同的地址。一张白色的卡片,静静地躺着,写着隽秀的笔迹:

　　请听着我的声音去旅行。如果有时间,让我的声音,带你去完成一次旅行吧。

　　凉志有些意外,决定试一试,这究竟会是一段怎样的旅程。

　　第一盒:滨江大道,8点

　　我是凉夏。我叫你爸爸,你会不会觉得有些意外。其实,我还想叫你老爸。不过,我们已经有12年没见面了。如果我那样叫你,我们都会觉得很奇怪。

　　现在,滨江大道上游人还不多吧。但12年前,妈妈就要在这个时间,带着我出摊了。她有一个给游人照相的摊位。那一年我5岁,穿大红花布裙子,粉绿塑料凉鞋。当然,这不是因为妈妈懂得时尚装饰,而是因为滨江大道上,有太多行人,妈妈必须把我打扮得鲜亮如信号灯,方便她随时可以看到我。

　　如果你正在滨江大道上,能看见那尊荷花的雕像吗?那里就是我们从前的照相摊,位置不是很好。不过,你知道的,妈妈是个很聪明的人。她每天会买20张彩票,送给肯照15元相片的人,并且用诚恳的口气说:"祝你好运。"于是,我们的照相摊就出名了,生意也会比别人好一些。

您知道吗?我就是在那个时候学会照相的。不过,过程有点辛酸。那是一个周末的早晨,几个人围住妈妈的照相摊子。他们不让妈妈再送彩票,说着就动手砸起东西。其实,有关那一段记忆,我已经记得不是很清楚了。我只记得妈妈被推倒在地上,蜷着身,紧紧护着那架二手市场买来的单反相机。

爸,别笑妈妈要钱不要命好吗?那架相机可是家里最贵的东西。妈妈用所有积蓄买回它的时候,对我说,有了这架相机,我们就会衣食无忧,还可以给我买很贵的"奥利奥"。是"奥利奥"!在当时的零食界,那可是风头一时无两的抢手货。我曾经为了能拥有一片,给邻居的小朋友洗过一条粘着鼻涕的脏手帕。

后来,妈妈手臂骨折,不能照相。我们又不能放着摊子不开。妈妈说,干脆你来拍吧。于是,我套上妈妈的大马甲,在她的口授中,学会了对光圈、按快门……于是,我们的照相摊,又红了。

爸,2000年4月12日的晚报,你看过吗?在F06的副刊上,登着全市摄影大赛的获奖作品选。在业余组的纪念奖里,就有我拍的照片。那是一张实验品,妈妈坐在江边的长椅上,夕阳轻柔地围在她的身边。因为手臂的疼痛,她微微皱着眉,神情也显得有一点疲惫倦怠。然而当我叫她的时候,她却忽然绽开一个匆忙的笑容。我把她定格进了胶片。

第二盒:洛阳路,12点

从滨江大道整修开始,我和妈妈就搬到这里了。从左边数的第四家小店,就曾经属于妈妈和我。有粉色的Barbie书包或是可爱的巴布豆。我是妈妈的情报员,学校流行什么,我们的小店总是第一个出货。这样看起来,我和妈妈还真有经商的天分。

初二那年,学校出了件大事。一个男生溜进正在建设的教学楼工地,掉进一个两米的深坑里。猜不到我为什么和你说这个吧?那就请你去看看小店前,那块摆满小商品的陈旧木板吧。最初,它就盖在那个深坑上面,是我,为了给小店做个展示台,偷偷搬走了。这件事,后来闹得很大。学校、建筑公司和我,都成了被告,我被问责,要承担20%的赔偿费用。20%,这是个不大的比例,但是从总价10万的赔款分摊下来,对于我和妈妈来说,无疑一笔巨款。

妈妈为了还钱,四处借债。而我在学校,也成了"贪小便宜,惹大祸"的案例。可是爸爸,你相信吗?那些人人都可以对我指指点点的日子,我从没有掉过一滴眼泪。因为我努力让自己变得坚硬,像一团刺,抵御一切外来的伤害。从事发到收到判决结果,妈妈始终没有责备过我一次。她每天忙着开店,然后去医院探望那个受伤的男生,给他送一壶熬制一天的骨头汤。我很少和她同去,因为我不想看她低声下气的样子。只有周末,我才会陪她走一段夜路。那天,从医院回来的路上,我说:"妈,你不用这样为难自己的,我们都赔他家钱了,不欠什么。"

但妈妈却轻轻搂住我说:"欠与不欠都是自己心里说了算,不是赔了钱就可以心安理得。知道妈妈为什么在这件事上没批评过你吗?因为我知道我的女儿,每天都在自责中生活得很辛苦。"

那一天,我在妈妈的怀中哭了。15岁的我,已经很少哭得那样肆无忌惮。

第三盒:西康路48号,19点

老爸,我还是决定这样叫你。这样听起来,会不会觉得更亲切?你现在看到的,应该是一家"豪享来",那扇明亮的窗子,会不会看起来很眼熟?在两年前的一个傍晚,我真的遇见过你,就在西康路的这家"豪享来"。你穿深蓝色西装,没扎领带。那是个华灯初上的夜晚,我刚从学校上完晚自习。透过洁净的玻璃窗,我看见了你。起初,我不敢确定,只是觉得你的样子和照片里很像。可是你对面的客人,不停地喊着你的名字,我想,那就不会错了。那天你喝了许多酒,脸色被薰得绯红。你摇摇晃晃地走出来,送走客人,就摔倒在路旁。

你一定不记得是谁扶你上的出租车吧?是我,你还在我手里,塞了一张20元的小费。你说:"谢谢你,给你添麻烦了,你们饭店的服务真好。"

嗨,老爸,谈谈感想吧。和10年不见的女儿相遇,你却把我当成了服务生。这件事,我一直没有告诉妈妈,因为妈妈不想见到你。我只是把那张20元的纸币夹进了书页。其实,很长一段时间,我都以为妈妈是因为恨你,才会和你断绝一切来往。可是,就在高考前的一个下午,我和妈妈有过一段谈话,我才知道，是我错了。那是我第一次，像个大人一样和妈妈说往事，我们说到了你。我问她："你是不是到现在都没原谅过爸爸？"

妈妈却摇着头笑了。她说："不是，我只是不想给自己一条可以依靠的退路。和你爸离婚那年，我才33岁。我不给自己一个背水一战的决心，我怎么把你带大。没有你爸，我不是一样把你照顾得很好？没少了你的吃穿。如果我一天到头，就想怎么和你爸要钱，咱俩过得一定不幸福。其实，幸福这东西，你越是想和别人要，你越是找不到。"

老爸，你看，我的生命中没有你，原来也是件这么值得庆幸的事。我想，妈妈一直在用自己，给我做一个榜样。她是想告诉我，做一个自立自强的人，远比等人救济帮忙要快乐得多。只是我这么说，你可不要生气哦。

第四盒：民生路12号，22点

对不起，这么晚还要让你来学校。不过，老爸，我很想让你了解，我和妈妈当时的心情。那天已经是夜里10点。我忽然接到小静的电话，她是我的好朋友，在电话里她高兴地说，学校高考的榜单贴出来了，我看到了你的名字。那天，我和妈妈奢侈地打着出租去了学校。

我第一次看到妈妈那样放肆地哭了，眼泪大滴地流过笑容。也许，那么多年的隐忍克制，都在等待我荣登红榜的这一天。后来，我们决定去吃肯德基，但是它已经打烊了。于是我们就在它门前楼梯上坐着，谁也不想回家。我靠在妈妈怀里悄悄地说："妈，如果我考砸了，怎么办？"

妈妈说："那就再考呗。"她从手袋拿出一只小本子给我看，里面密密麻麻地记着考后心理辅导。妈妈照本宣科地说："我准备先说一句名言，失败是成功之母。"只是她还没说完，就被我打断了。我说："不对。大错特错了。我今天的成功，不是因为有个失败的母亲，而是有个成功的妈！"

老爸，你来评，我说得对不对？

其实，很遗憾，在我的成长中，你没能和我一起分享生活中的酸甜苦辣，但是现在，我很想和你分享这份珍贵的快乐。这也是我寄给你这四盒录音带的原因。因为我想让你知道，我这个快要被你遗忘的孩子，依然过得很好。

最后，祝你健康，别再喝那么多酒，好吗？听说我还有个妹妹，也祝她幸福。明天，我要去上海读书了。今天的旅行，到此结束。

再见了，老爸。

复读机里只剩下丝丝的转带声，凉志无声站在深夜的校门前，任眼泪静静流过脸颊。他从不知道，一直被他忽视的女儿，原来已经坚强地长大了。他仰起头，看校门前大红的榜单，轻轻地念着那个已经被他淡忘许久的名字，凉夏。

有句话说的好：宽容是你看待这个世界的高度。很多时候，我们将伤害紧握在手，以为是对伤害最大的报复，可是孰不知，其实那颗脆弱的心却一次又一次被我们自伤着，始终找不到释放的窗口。不如，放开手去，打开心门，让那些伤害随风飘散，让爱照亮心灵中那些黑暗的角落。

多年以后，昊天仍记得当晚和大哥一起为母亲守灵的时候大哥说的话，每每想起来，也都痛心疾首。大哥对昊天说："昊天，其实我挺恨你的。当初妈选择把你过继给婶抚养而不是选择送我的时候，我真是羡慕你。你别看妈白天都乐呵呵的，你觉得她真的想把你送人吗？我好多次偷偷看到她躲在房间里哭呢。从小妈就疼你，她把你送给婶，是想让你有更好的生活，但你反过来却恨了她一辈子。之前我是因为妈把你送人了恨你，后来我是因为你不知道妈妈的难处才恨你。"

昊天6岁的时候，家里一共有7个孩子。昊天的父亲去世得早，只有母亲拉扯着这一群孩子。可以说是偏爱昊天吧，在昊天正值要入学的时候，母亲选择把昊天送给弟妹抚养。昊天的婶家比昊天家富裕，但一直想要个孩子却未果。母亲想让昊天上学，走出村子，但无奈家中经济条件不行，除了把昊天送人这一下策，实在想不出其他的法子。

母亲把昊天带到他婶家那天，指着他婶说，以后叫妈。6岁的昊天早已偷听到两位大人的谈话，低头不语，眼泪默默地落了下来。此后，昊天总是偷偷地趴在低矮破旧的院墙上，看着曾经的兄弟姐妹围在母亲身边，等着一锅粗面馒头出锅。一双双肮脏的小手迫不及待地伸出来……母亲驱逐着他们，愤愤地说他们是一个个小饿死鬼。

没过几天，昊天就随着现在的妈妈进城上学去了。在昊天的生活中，原来的母亲和兄弟姐妹们渐渐远去。昊天渐渐成为一个城里的孩子，穿校服，穿白运动鞋，头发短而整齐，说普通话。

上高中的一天放学回家后，昊天看到母亲和妈妈坐在餐桌上说着话。昊天呆站在那里，不知所措。还是妈妈先看到的昊天，招呼着："昊天，你看谁来了！"母亲也转过头，深情地望着昊天。昊天转身回了自己的房间，留下母亲失望的面容。

妈妈总会和昊天说他的兄弟姐妹们的近况，说姐姐出嫁了，哥也娶了媳妇，小妹去了广州打工……还叫昊天回去看看母亲。但昊天只是一直沉默着。

高中，昊天没有回去；大学，昊天也没有回去；工作了，昊天还是没有回去。当初母亲将他送人的时候，他怨母亲。多年过去，他没有回去看母亲，并不是因为怨，那怨早已随着时间被消磨殆尽。他没有回去看母亲，是早已忘了如何与母亲相处，那个给予他生命的母亲，在他的脑海中除了那和蔼的面容，似乎什么都没有了。

终于有一天，妈妈对昊天说，母亲病倒了，口口喊着昊天呢。昊天立马上了当晚回村的车。

躺在床上的是年迈没有多少气血的母亲，昊天跪在床边，握着母亲的手，却迟迟说不出话来。母亲睁开了眼睛，热泪滚滚地看着昊天，断断续续地说出5个字："昊天，别怨妈……"

昊天的情感一下子宣泄而出，他抱住母亲，眼泪奔涌而出，一个劲儿地喊着"妈！"

母亲去世那晚，昊天和大哥为母亲守灵。两人沉默许久，大哥说出了文章开头的那段话，昊天突然觉得自己像个不懂事的孩子，和母亲闹了一辈子的别扭。

对你来说，也许宽容是一种理解。把心交换，理解别人，从中善待自己，站在别人的立场上去思考问题，多多为他人考虑，想必自己也会有新的收获。假如你真的做到了，你会发现你收获的更多。

对我们来说，也许宽容是一种爱。假如你热爱生活，那么就尝试一下从爱你的父母开始，当你把爱当做习惯，你会发现世间是如此的美好。

5.敬亲谅亲，善待父母

"孝"，是中国古代重要的伦理思想之一。《礼记》上说："孝子之有深爱者必有和气，有和气者必有愉色，有愉色者必有婉容"。在组词中，孝一般是孝敬和孝顺，敬即为敬重、恭敬，顺即是顺从、顺应，是对父母的一种态度。

对父母的奉养难就难在和颜悦色和恭敬的态度，在这个方面，周文王就做得很好。

周文王姬昌是个十分孝顺的人，每天天不亮的时候就沐浴更衣，收拾停当之后，就去父亲卧室门前恭候以向父亲问安。为了解父亲的心情和身体情况，他不但每天早上过去问候父亲，每天中午和晚上也会不厌其烦地向父亲请安，问候父亲心情可好，身体可安。

如果看到父亲身体、精神都不错，文王就显得特别开心；而如果哪天看到父亲身体不是太好，他就变得异常的忧虑，饭也吃不好，觉也睡不香，走路时候的脚步都变得踉跄起来。只有等到父亲的身体恢复正常之后，他的情绪才能跟着恢复过来。

周文王不但每天早晚给父亲请安，而且每到父亲吃饭的时候，他还会特别注意饭菜是否合父亲的胃口，等到一切都安排妥当之后，他才会放心地离开。

在今天看来，周文王的举止似乎显得过于烦琐和矫情，但也正是他的这种举动，才能显示他对父亲的一片孝心和尊敬之情。也正因为这点，他得到了百姓们更多的认可和敬爱。

想必卧冰求鲤中的王祥大家都很熟悉，但是对于王览可能就有点陌生了。

王览，字符通，是王祥的异母弟弟。在母亲朱氏百般刁难王祥的时候，王览总是护着哥哥：有一次，母亲朱氏拿着鞭子要抽打王祥，王览上前护着哥哥，鞭子一下子打到他的身上，朱氏看抽到了自己的儿子，才停下鞭子……

后来，兄弟俩都慢慢长大，王祥先娶妻成家，朱氏由于不喜欢王祥，对他的妻子也是百般刁难，在这个时候，王览总是劝解母亲，帮着哥哥嫂子。后来，王览自己也娶了妻子，他告诉妻子家里的情况，让妻子也帮忙护着哥哥嫂子，王览的妻子于是也像丈夫一样，经常护着哥哥嫂子。

后来，由于王祥不但孝顺，而且刻苦学习，声名远扬，王览的母亲觉得自己儿子还没有什么声名，不禁对王祥充满怨恨和嫉妒，就想偷偷地把王祥害死，后来，她想了个方法。一次，大家都在吃饭时，她让人给王祥的酒中下毒，王览知晓此事，就主动要求喝哥哥的那杯酒，朱氏被吓得不行，只得赶紧夺下酒杯把酒倒了。

自从这件事之后，王览害怕母亲再加害哥哥，总是主动替哥哥尝饭尝菜，朱氏见此，才算彻底打消了害死王祥的念头。

在王览的感怀下，朱氏慢慢地接受了王祥，一家人的生活逐渐变得和睦起来。后来，兄弟俩的声名大盛，还都做了官。

王览的母亲所做的一些事情虽然令人不齿，但是王览能够以礼节劝母亲，最终使母亲认识到自己的错误，并加以改正，这充分体现了王览的孝心。要做到批评母亲、指责母亲很容易，但是要像王览那样不厌其烦地劝解，始终保持着对母亲的敬爱，才是最难的。

我们要知道，敬亲谅亲，对亲有礼，对亲有谅，这才是孝子所为，和颜悦色的脸,宽大的心胸,是很重要的。你要把自己的笑容和宽容长时间地留在父母心间,这样,父母就对你少了一分挂念,少一分担心,少一分隔膜;这样,父母就能经常保持一种欢愉的心情,益于父母的健康和长寿。

6.理智处理与父母的矛盾

沟通对于一个人是重要,沟通是人与人之间感情的桥梁。对父母来说也是这样,常与父母沟通会消除很多矛盾,从而让我们与父母之间拥有一个无隔阂的亲情。

小宝的爸爸是个沉默寡言的人,很少看到他笑的时候,在家也非常严肃。

小宝从没有听爸爸当面说过他喜欢儿子的话,也从没有听到他说过表扬儿子的话,所以小宝一直很怕他。

有一次小宝到楼下张阿姨家做客,正好讲到爸爸。小宝说:"我爸常常对我发脾气,吃早餐的时候他常骂我打翻东西,吃饭不细嚼慢咽,把胳膊肘放在桌上,等等。我非常怕他,他好像一点都不喜欢我。"

张阿姨笑着对小宝说:"呵呵,小宝,其实爸爸是很爱你的,只是你还小,不了解这种爱。你知道吗?你爸在你那次生病住院的时候还哭了呢。"

"我爸哭了?怎么可能?"小宝听张阿姨这么一说,顿时心里暖暖的。

"小宝,你应该多主动和爸爸谈谈心,把你的想法告诉爸爸。"张阿姨鼓励说。

晚上回家的时候,小宝不知道该怎么和爸爸谈心,就悄悄地写了一封信给爸爸:"爸爸,我很爱您,可您总是对我这么凶,所以我有的时候很害怕见到您。其实,我也有很多优点,我希望能得到您的表扬和肯定。爸爸,我有很多想法想和您说,可不知道怎么开口。不管怎么样,爸爸,我爱您,我知道您

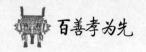

也一直很爱我。您的儿子：小宝。"

第二天早上，小宝一觉醒来，就收到了爸爸的一封回信："好儿子，以前是老爸做得不好，你并不像我批评你的那样糟糕，你的本性里有许多真善美。是爸爸做得不好，从明天起，我会认真地做一个好父亲，要和你结为好朋友，你痛苦的时候同你一起痛苦，你欢乐的时候同你一起欢乐。如果你看到这封信，请到客厅来，咱们好好地聊聊……"

那天，小宝和爸爸聊了很久。从那以后，他们真的成了好朋友。

其实，爸爸妈妈是我们最好的朋友，想要让爸爸妈妈知道你的感受和想法，最好的办法就是多和他们聊天、沟通。如果喜欢与父母交谈，相互倾诉自己的心声，我们就会变得活泼开朗，也会更容易感受到家庭的温暖和父母对我们的爱。

如果子女与父母之间出现矛盾，我们首先要学会沟通，作为子女应该多与父母谈心，增加与父母沟通的机会，这不但能加强父子、母子之间的亲情，而且能消除彼此之间的误会和矛盾。

沟通是心灵之间的桥梁，沟通是两个人倾听对方心声。随着年龄的增长，我们与父母之间的沟通变少了，取而代之的是沉默或争吵。

缺少了与父母之间的沟通自然也就会和父母有代沟，无形之间产生隔阂。有人说，现在的老一辈永远不理解小一辈的所作所为，而小一辈永远也不理解老一辈所说的话。时代的不同，思想的不同，年龄的不同，导致我们与父母有一种无法逾越的代沟。对此，我们要及时与父母沟通，表达我们的思想，接受他们的思想，这样才会有一个和睦的家庭。

常言道，冰冻三尺非一日之寒。有话不说，有意见不交流，长此以往，轻则造成误会，重则造成心灵创伤。

父母与孩子之间存在代沟，这是很正常的，关键在于：有"沟"就要去"通"。沟通，能架起你与父母、长辈之间心灵的桥梁，赢得理解与支持，获得彼此的人生经验，体验关爱，品味真情。

7.守住心底的秘密

什么是家？家不是旅馆,什么都准备好了等着你随时入住,说来就来,想走就走;家需要你为之付出时间、精力与心血,需要你为之洗洗刷刷地劳作。家不是象征符号,摆在一个神秘莫测的位置上,让你猜不透、想不明白,也触不到、摸不着;家就是实实在在地过日子,它装载着家人之间的烦恼与忧愁,它也阻隔了外面风雨的侵扰。家就是温馨! 想要维持温馨的家庭生活,就需要宽容与忍耐。

屠格涅夫说过:"不会宽容别人的人,是不配得到别人的宽容的。"这说明了宽容是相互的,宽容别人的过失能够给自己带来海阔天高的恬淡心境,宽容能化解人际关系危机。宽容是人类生活中至高无上的美德,它是人类情感中最重要的一部分,这种情感能融化心头的冰霜,营造温暖而和谐的生活氛围。

谁都想拥有一个和谐的外部生存环境,说话有人响应,办事有人配合,生活适意自在。这种状态并不难达到,只是它需要你拥有一种独特的人生智慧——让步。

形形九岁了。她已经三年没有见过爸爸,只是从妈妈那里知道,爸爸出门做生意一直没有回来。妈妈说:"爸爸工作忙! 在外边做生意给形形攒钱,为将来送形形出国读书。"

形形想爸爸的时候就看看他的照片,通过写信和爸爸"说话"。爸爸总是从东北一座城市云飞路的43号寄来信件。形形在脑海里深深地印着这个地方,因为爸爸就住在那里。有一次过年,形形问妈妈:"爸爸平时忙,那为什么过年都不回来呢?"妈妈说:"爸爸等忙完这一阵就会回来了,以后就不到外地去了,他更想念我们,想念这个家。"

就这样，彤彤和爸爸通信，期盼着时间快点过去，早一天见到爸爸。

彤彤最快乐的时候就是读爸爸的来信。在一封信中，彤彤问爸爸，"爸爸，你住的地方是什么样子的，有没有家里漂亮？"爸爸在回信中描述了他住的43号。"它是一所很大的宅子，好大的院子，很多的房子和房间。和爸爸一起住的还有很多的同事。我住的房间里铺着地板，落地的大窗户，特别敞亮。白天太阳光洒进屋里，暖洋洋的。楼下是一片青草地，从大门处有一条碎石铺成的小路，经过院子一直通向房子，房子的窗前有花坛，里面有一种叫不出名字的花……"

彤彤心里一直想着爸爸住的地方，她好喜欢那里的样子，她觉得那里比家里还要温馨漂亮。她想，我一定要到爸爸那里去玩，到那里亲眼看一看。她在梦里都会梦到爸爸妈妈牵着她的手，漫步在43号草地间的碎石小路上。彤彤对妈妈说："爸爸忙，没有时间回来，那我们去他那里玩，去那里看爸爸吧。"妈妈说："爸爸要专心工作，非常辛苦，他不愿意我们去打扰他。我们要听爸爸的话。"可是想去看爸爸的念头还是在彤彤的心里越发强烈。

彤彤的学校要带孩子们春游，可彤彤根本没有心思春游，她一心想着爸爸的住所。于是，她趁着春游的时间，拿着妈妈给她的100块备用金去了火车站，用36块钱买了一张通往爸爸所在城市的火车票。这是她第一次一个人出远门，而且是去一个陌生的城市。到了目的地，她看着眼前的人流不知所措。可是她告诉自己，要镇定，很快就可以看到爸爸了。她问一个车站门外卖水果的阿姨，云飞路怎么走？好心的阿姨告诉她，那里是郊区。彤彤不相信爸爸的地址是郊区，又问了一位警察叔叔，警察叔叔也和阿姨说的一样。

于是，彤彤就坐上警察叔叔告诉她应该坐的公共汽车，奔向去往43号的路上。车开了好久，路越跑越窄，彤彤看见了低矮的平房，路边的菜地，知道真的到郊区来了。到了云飞路一站，彤彤下车却看不到爸爸说的大宅子。只好又去问人，一个赶着驴车的老爷爷说："孩子，那里还要走一段，你到那里干什么？""我去看爸爸。"彤彤单纯地望着老爷爷。好心的老爷爷说："噢，是这样！孩子坐上我的板车，我顺路经过那里。"彤彤高兴极了。驴车一直走到路的尽头，43号终于出现在彤彤的眼前。但是她没有看见盛开着鲜花的草地,也没有看见宽敞的窗户。眼前的景象让形形惊呆了!

形形没有进去找爸爸,她转身就离开了那里,按原路回到了家里。之后的形形,无论在学校还是在家里,都变得比以前沉默了。

爸爸又来信了,形形没有回信。没有接到孩子回信的爸爸,紧接着又写了一封,形形还是没有回信,甚至看都不看就塞进抽屉。终于,爸爸按捺不住焦急的心情,写信问妈妈,形形怎么了?妈妈这才注意到形形的反常,问她:"为什么不给爸爸回信?你不是盼着爸爸早点回来吗?你不是很想念爸爸吗?"形形压抑很久的泪水终于像潮水般涌出,她哭得好伤心,她告诉妈妈她去了43号。妈妈瞬间清楚了一切,她把形形紧紧抱在怀里,用手摸着形形的头,说:"好孩子,妈妈能理解你,知道你为什么伤心。可是你要记住,你爸爸是个好人,他只是一时意气用事帮了一个不该帮的朋友,他是被别人陷害的。"听到这里,形形停止了哭泣,认真地看着妈妈。妈妈继续说:"你爸爸,不让我告诉你他的情况,就是怕伤害你,你还不懂太多。你能理解爸爸吗?你应该尊敬他,否则爸爸会非常伤心。爸爸最怕你不喜欢他……"形形明白了妈妈的话,她和妈妈有个约定,永远向爸爸保守她去过43号的秘密。

当天晚上,形形就给爸爸写了回信,她在信里说:"亲爱的爸爸,对不起,最近没有给你回信,请你原谅我。我这几天在考试,所以……"从那以后,她还是像以前一样和爸爸通信。爸爸在半年后的一封信里告诉她,今年春节他可以回家了。爸爸想念形形,爱形形,再也不离开她和妈妈了。

爸爸回家的那天,她和妈妈去车站接爸爸,她一眼就认出人群里的爸爸,跑过去紧紧地抱住他。

20年过去了,形形一直收藏着那段日子和爸爸的通信,也一直保守着那个秘密。那个秘密就是形形看到的43号是一座监狱。

在发生过重大伤害和特殊事件的家庭,父母没有义务必须告知后辈所有秘密,请尊重他们保持缄默的权利。作为子女,需要努力淡化自己的怨恨和猜疑,尽可能地谅解,学会忘记过去的不快,陪伴父母好好度过每一天,珍

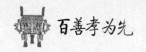

惜当下的团聚,让快乐和幸福重新开花结果。

　　王恩宏15岁那年到父亲开的公司去度暑假,无意中发现父亲和秘书之间的关系暧昧,并且还生了个小弟弟,已经3岁了。当时激动、愤怒、怨恨、矛盾和压抑的心情一起涌上心头,而当时他的父亲却浑然不知,居然还让他跟那个被喊阿姨的秘书学英语,下班后还要陪她接小孩儿。那个小孩儿有着跟王恩宏一样的大眼睛,整天跟屁虫似的追着他喊哥哥。

　　王恩宏愤怒了,他恨父亲,他甚至觉得父亲是这个世界最可恶的人。因此,他恶劣地对待那个秘书,粗暴地对待那个原来是自己亲弟弟的小男孩。

　　一次,在他又一次推倒那个跟屁虫的弟弟,并恶意让他走远一些,小男孩委屈地哭着想扑到父亲怀里时,他听见父亲这样说:"你爸爸干什么去了,出差还没有回来吗?快到你妈妈那儿去吧。"小弟弟很识趣地停住奔跑的脚步,而那个秘书就赶快把小男孩带走了。那一刻,王恩宏突然觉得父亲活得好累。一抬头就看见那个被喊爸爸的男人鬓间已经有了丝丝白发,心中不知道为什么有点不怨父亲了。

　　在暑假过完的时候,王恩宏即将返校,临走的时候,王恩宏忍不住问父亲:"爸爸,那个是我的亲弟弟吗?"

　　父亲迟疑道:"你会告诉你的妈妈吗?"

　　"你在乎妈妈吗?"

　　"在乎。"

　　"那是我们男人之间的秘密,对吧?爸爸。"

　　父亲听后,欣慰地一笑说以后你会明白的。

　　20岁生日时,父亲才郑重其事地告诉他事情的真相:原来王恩宏的父母早在十年前已经离婚了,离婚的当年,父母觉得他太小,就没有告诉他。父母离婚的第三年,王恩宏生了场大病,因此积极给他治疗的父母再次隐瞒了他们离婚的事实;然后就是高考……这一瞒就瞒了十年。

在这个世界上,或许只有父母的爱才是最持久的,并贯穿我们生命的始终。就像与生俱来的情愫,存在我们内心深处,不经意间,我们孤寂的心灵就会被这浓浓的亲情温暖地簇拥,干涸的心田就会被亲情温柔地滋润。

8.妈妈也需要成长

晚饭过后,母亲忙着做家务。刚上五年级的女儿走近问道:"妈妈,问您一个问题,您的心愿是什么?"

母亲先是一愣,接着不耐烦地回答:"心愿很多,跟你说没用。"

女儿执拗地要求:"您就说说看,这对我很重要。"

母亲看着女儿坚持的样子,就回答说:"好吧,就说给你听听。第一,希望你努力学习,保持好成绩;第二,希望你听话,不让大人操心;第三,希望你将来考上名牌大学;第四……"

女儿打断母亲的回答:"哎,妈妈,您不要总是说对我的期望,说说您自己的心愿吧?"母亲配合着女儿,又沉浸在对美好未来的种种设想之中:"我嘛,一是希望身体健康,青春长驻;二是希望工作顺心,事业有成;三是希望家庭和睦,美满幸福;四是……"

女儿再次打断母亲的回答:"妈妈,您说的这些又大又空,说点实际的吧,比如您想要什么。"

母亲好像发现了什么似的,有些恼火地打断女儿的话:"我就知道你跟我玩心眼儿,一定是老师留了关于心愿的作文题目,你写不出来就想到我这里挖材料对不对?实话告诉你吧,我的心愿多着呢!我想要别墅,我想要小轿车,我想要高档时装,看,我的手袋坏了,还想要一只真皮手袋,你看这些实际不实际?这些你都能满足我吗?跟你说有什么用?好了,心愿说完了,你去写作业吧。"

女儿回到自己的房间，母亲觉得女儿今天很奇怪，又站起身推开女儿的房门。女儿正在写作业，还一边流泪，不停地用手背擦着。母亲的无名火又上来了，声音比刚才还要高出几个分贝，喊道："你想偷懒不写作业是不是？你故意气我是不是？"

女儿解释："妈妈，我不是……"

"还敢顶嘴！告诉你，九点钟之前写不完这篇作文就不许睡觉！"母亲很气愤地命令着，一转身"嘭"地把门关上。

第二天晚上吃完饭，女儿照例进屋写作业，母亲照例忙着每日必做的家务。

这时，妈妈发现茶几上多出了一束鲜花，鲜花旁放了一个包装袋，上面放了一张小纸条：妈妈，今天是您的生日，我用平时攒的零花钱和这两年的压岁钱给您买了一只真皮手袋。让您高兴，这是我最大的心愿。落款：想给您一份惊喜却不小心惹您生气的孩子。

母亲的手颤抖了，呆呆地坐在沙发上说不出一句话。

在这个世界上，人无完人。父母不可能永远没有错误，他们也有不良的习惯和不好的品质，但是作为子女，我们不能直接与父母顶撞。那我们怎么办呢？我们可以委婉地讲道理，让父母意识到自己是不对的，从而改正。

爱父母、就要学会对父母宽容，像他们宽容自己一样宽容他们，因为爱可以化解一切仇恨与隔阂。

唐朝时，有个叫吴章的人，在他很小的时候，母亲就去世了。后来父亲又为他娶了一个后娘。没过多久，后娘就给吴章添了一个小弟弟。但是非常不幸，小弟弟出生时间不长，他的父亲就在一次战争中阵亡了。

吴章的后娘一直盘算着公公死后怎么才能多分到一点财产。按照当时惯例，吴章身为长子，祖父分给父亲的那份财产，理当由长子首先继承。可是后娘不希望吴章继承这笔财产，怕他日后对自己的孩子不利，所以她总是在吴章的祖父面前说他的坏话。

吴章对财产看得很淡，他也不想参与到这样的家庭纠纷中去。所以，他每天只是一心一意地读书，把全部心思都花在求取知识上。可是后娘并没有因为吴章的礼让而善罢甘休，只要一找到机会，她就对吴章百般指责。

　　有一次，吴章的一个朋友急需一笔钱。为了帮助他，吴章就把自己平日里画的几幅扇画拿到集市上卖掉，把卖画的钱送给了那位朋友。后娘知道这件事后，马上跑到吴章的祖父面前，添油加醋地说了吴章的一大堆坏话。她跟吴章的祖父说，吴章把家里收藏的古玩字画偷偷拿出去卖了，并把卖画所得的钱都给了他结交的坏朋友，几个人一起挥霍掉了。这下可把祖父给气坏了，还没问明原委，直接就让人把吴章叫来，当着全家人的面，劈头盖脸地把吴章狠狠地教训了一顿。

　　对此，吴章并没有据理力争，而是默默地承受着。祖父气得没办法，索性就将他关了起来，同时派人对吴章的行为进行一番详细的核实。没过多长时间，就真相大白了。从此，吴章的祖父再也不相信他后娘所说的话了。

　　祖父去世之后，吴章得到了大部分财产，可是他对后娘并没有丝毫的怨恨，仍以仁爱之心对待她，早晚都亲自去拜见后娘，向她问安，并表示今后不论发生什么事情，他都要奉养孝敬她一辈子。吴章的这些举动使后娘感到无地自容，慢慢地低下了头。

　　在吴章做了官以后，他亲自把后娘和弟弟接到自己任职的地方，一家人过着幸福美满的日子。吴章不仅为官廉洁，而且宽容大度，不计前嫌。因此深受人们尊敬，成了当时有名的大清官。

　　当面对父母不对时，我们要用一颗宽容的心，去沟通，去说服他们，这样他们也会从错误中改进，彼此之间的相处也会变得和谐起来。